Paul Beatty (Los Ángeles, 1962) estudió Psicología en la
Universidad de Boston y Escritura Creativa en el Brooklyn
College. Ha publicado las novelas *The White Boy Shuffle*, *Tuff* y
Slumberland y los poemarios *Big Bank Take Little Bank* y *Joker,
Joker, Deuce*. Es el editor de *Hokum*, una celebrada antología del
humor afroamericano. *El vendido* obtuvo en 2016 el primer
Premio Booker concedido a un estadounidense. Tiene tres hijos
y vive en Nueva York.

PAUL BEATTY

EL VENDIDO

TRADUCCIÓN DE ÍÑIGO GARCÍA URETA
REVISIÓN DE ANDREA M. CUSSET

MALPASO

BARCELONA   MÉXICO   BUENOS AIRES   NUEVA YORK

Para Althea Amrik Wasow

PRÓLOGO

Tal vez cueste creerlo viniendo de un negro, pero lo cierto es que nunca he robado nada. Nunca he hecho trampas, ni en la declaración de la renta ni a las cartas. Nunca me he colado en el cine ni he dejado de devolverle el cambio extra a un cajero de supermercado ajeno a las formas del mercantilismo y las tristes perspectivas del salario mínimo. Nunca he desvalijado una casa ni he atracado una licorería. Nunca me he montado en un autobús atestado o en un vagón de metro para ocupar un asiento reservado a los ancianos, sacar mi enorme pene y masturbarme a placer con una expresión depravada, aunque algo alicaída, en el rostro. Y, sin embargo, aquí estoy, en las cavernosas estancias del Tribunal Supremo de los Estados Unidos de América, con el coche aparcado de manera ilegal (y algo irónica) en Constitution Avenue, las manos esposadas a la espalda y el derecho a guardar silencio hace tiempo declinado (adiós, muy buenas). Aquí estoy, sentado en una silla acolchada que, como este país, es menos cómoda de lo que parece.

Convocado por un sobre de aspecto oficioso con un ¡IM-PORTANTE! estampado en grandes letras rojas, no he dejado de sufrir desde que llegué a la ciudad.

Estimado señor (decía la carta):

¡Enhorabuena, acaba de ganar un premio extraordinario! Su caso ha sido escogido entre cientos de apelaciones para ser visto por el Tribunal Supremo de los Estados Unidos de América. ¡Qué magnífico honor! Es muy recomendable que se presente con al menos dos horas de antelación. La audiencia está fijada para las 10.00 horas del día 19 de marzo del año de nuestro Señor...

La carta concluía con instrucciones precisas para llegar al edificio del Tribunal Supremo desde el aeropuerto, la estación de tren o la autovía I-95, y llevaba una cartilla de cupones de descuento para varias atracciones, restaurantes, hoteles y similares. No iba firmada; terminaba simplemente así:

Atentamente,

El Pueblo de los Estados Unidos de América

Se supone que Washington, D. C., con sus anchas calles, sus caóticas rotondas, sus estatuas de mármol, sus columnas dóricas y sus cúpulas, debería recordar a la antigua Roma (eso si las calles de la antigua Roma hubieran estado llenas de negros sin techo, perros antibombas, buses turísticos y cerezos en flor). Ayer por la tarde, como un etíope con sandalias surgido de las más tenebrosas selvas de Los Ángeles, me aventuré a salir del hotel y me uní a la peregrinación de paletos con vaqueros que desfilaban lenta y patrióticamente por los monumentos del imperio. Contemplé sobrecogido el Lincoln Memorial. Si el honrado Abe volviese a la vida y, de algún modo, lograra levantar del trono los siete metros de su cuerpo huesudo, ¿qué diría? ¿Qué haría? ¿Marcarse unos pasos de break-dance? ¿Jugar a las canicas en la acera? ¿Leer el periódico para descubrir que la Unión por él salvada es ahora una plutocracia disfuncional, que las personas por él liberadas son esclavas del ritmo, el rap o la usura y que sus propias habilidades serían hoy más útiles en una cancha de baloncesto que en la Casa Blanca? Allí al menos podría robar la pelota, elevarse para anotar tres puntos barbudos, mantener la pose y soltar una burrada mientras la bola emboca la canasta. No hay quien detenga al gran emancipador: la única esperanza es frenarlo un poco. Como era previsible, en el Pentágono no hay nada que hacer salvo declarar una guerra. A los turistas ni siquiera se les permite sacar fotos con el edificio al fondo, así que serví encantado a mi país cuando una uniformada familia que acumulaba cuatro generaciones de marinos me pasó una cámara desechable y me pidió que los siguiera a distancia para sacarles fotos a hurtadillas mientras, sin razón aparente, se cuadraban, saludaban y hacían el signo de la paz. En el National Mall había una marcha individual sobre Washington. Un solitario muchacho blanco yacía en la hierba jodiendo de tal forma la profundidad de campo que el lejano Monumento a Washington parecía una erección caucásica enorme y puntiaguda brotando de su bragueta bajada. El chico bromeaba con los transeúntes, sonreía a las cámaras de los teléfonos y acariciaba su falso priapismo fotográfico.

En el zoo me detuve frente a la jaula de los primates y oí a una mujer maravillarse ante el aspecto «presidencial» de un gorila de doscientos kilos que, sentado a horcajadas sobre la rama de un roble, no quitaba ojo a sus crías enjauladas. Cuando su novio golpeó con el dedo la placa informativa y señaló que, casualmente, nuestro «presidencial» espalda plateada se llamaba Baraka, ella se echó a reír hasta que me vio a mí, el otro gorila de doscientos kilos allí presente, metiéndome en la boca algo que bien podría haber sido un plátano o un polo a medio comer. Entonces la mujer se vino abajo desconsolada y, a moco tendido, se deshizo en disculpas por su imperdonable patinazo y por mi propio nacimiento. «Algunos de mis mejores amigos son monos», añadió a bote pronto. Entonces fui yo quien se partió de risa. Comprendía bien lo que pasaba. La ciudad entera es un *lapsus linguae* freudiano, un gran falo de cemento erguido por las gestas y fechorías de Estados Unidos. ¿La esclavitud? ¿El Destino Manifiesto? ¿*Laverne & Shirley*?

¿Brazos cruzados mientras Alemania intentaba cargarse a todos los judíos de Europa? Mire, algunos de mis mejores amigos son el Museo de Arte Africano, el Museo del Holocausto, el Museo del Indio Americano y el Museo Nacional de Mujeres Artistas. Es más, le haré saber que la hija de mi hermana está casada con un orangután.

Basta una visita a Georgetown y Chinatown, un paseo por la Casa Blanca, la Casa Phoenix, la Casa Blair y la casa del crack para ver el mensaje meridianamente claro. Tanto en la antigua Roma como en la América moderna, o eres ciudadano o eres esclavo. León o judío. Culpable o inocente. Acomodado o incomodado. Y aquí, en el Tribunal Supremo de los Estados Unidos de América, que me den si, entre las esposas y lo que resbala el cuero de la silla, la única forma de evitar que el trasero se me escurra ignominiosamente hasta el puñetero suelo es reclinarme en un ángulo que en una celda no llegaría a displicente, pero que en la sala del tribunal va sin duda más allá del desacato.

Con las llaves tintineando como campanillas de trineo, los funcionarios desfilan por las estancias como yuntas de percherones rapados y sin carro uncidos por amor a Dios y a la patria. La yegua altiva que dirige la recua con un llamativo fajín cruzado en el pecho me da un golpecito en el respaldo de la silla. Quiere que me siente derecho, pero, como se espera del legendario desobediente civil que soy, me recuesto aún más en actitud desafiante y acabo dándome una feroz culada por ejercer mi torpe derecho a la resistencia pacífica. Primero sacude la llave de las esposas frente a mi cara; luego, con un brazo mondo y rechoncho, me endereza sin miramientos y coloca la silla tan cerca de la mesa que al sentarme distingo el reflejo de mi traje y mi corbata en el rutilante acabado de caoba con aroma a limón. Es la primera vez que llevo traje. El tipo que lo vendía me dijo: «Le va a encantar cómo le queda, se lo garantizo». Pero el rostro que me mira desde la mesa tiene la misma pinta que cualquier negro con traje, con rastas, con trenzas o con calva, cualquier negro corporativo y africano cuyo nombre desconoces y cuya cara no te suena: pinta de criminal. «Cuando te queda bien, te sientes bien», prometió el vendedor. Lo garantizó. Así que cuando llegue a casa pienso pedirle que me reembolse los ciento veintinueve pavos porque no me encanta cómo me queda. Ni cómo me siento. Me siento como este traje: sin clase, picajoso y deshilachado.

Normalmente los polis esperan que les des las gracias, ya sea porque te han indicado el camino a la oficina de correos, ya porque te han zurrado de lo lindo en el asiento trasero de un coche patrulla o, como en mi caso, porque te han quitado las esposas, te han devuelto la hierba con toda su parafernalia y te han ofrecido la tradicional pluma del Tribunal Supremo. Pero esta mujer lleva la lástima dibujada en el rostro desde esta mañana, cuando ella y su séquito salieron a mi encuentro al final de los famosos cuarenta y cuatro escalones del templo presididos por la inscripción JUSTICIA E IGUALDAD ANTE LA LEY. Allí estaban, hombro con hombro, entornando los ojos por el sol de la mañana, las chaquetas polinizadas por las flores de cerezo, bloqueándome la entrada al edificio. Todos sabíamos que era una farsa, un último e inútil alarde de poder estatal. El único que no estaba al tanto era el cocker spaniel, que saltó excitado hacia mí con la correa retráctil zumbando tras él. Me olisqueó los zapatos y los pantalones, me rozó la entrepierna con su húmedo hocico forrado de mocos y se sentó dócilmente a mi lado aporreando el suelo con su cola orgullosa.

Se me acusa de un crimen tan horrendo que trincarme por posesión de marihuana en un recinto federal sería como inculpar a Hitler por vago y maleante o a una multinacional como British Petroleum por deslucir bienes inmuebles tras medio siglo jorobando con sus refinerías y vertidos tóxicos, por no hablar de una campaña publicitaria desvergonzadamente cínica. Así que vacío la pipa en la mesa de caoba con dos sonoros golpes, rebaño la resina viscosa, la tiro al suelo, lleno la cazoleta con hierba de cosecha propia y, como el comandante de un pelotón de fusilamiento que le enciende el último cigarrillo a un desertor, la señora agente saca su Bic y me da fuego con suma gentileza. Rechazo la venda y doy la calada más gloriosa en la historia de la maría. Llamad a los discriminados por su raza, a los abortistas frustrados y a los quemadores de banderas acogidos a la Quinta Enmienda y decidles que exijan un nuevo juicio porque estoy poniéndome hasta arriba en el tribunal más alto del país. Los esbirros me miran estupefactos. Soy el mono de Scopes, el eslabón perdido en la evolución de la jurisprudencia afroamericana vuelto a la vida. Puedo oír al cocker spaniel gimoteando en el pasillo, tocando la puerta con la pata, mientras exhalo una columna de humo tan formidable como un hongo nuclear hacia los rostros que se alinean en los gigantescos frisos del techo. Hammurabi, Moisés, Salomón (ensalmos de democracia y juego limpio en mármol español veteado), Mahoma, Napoleón, Carlomagno y un griego pervertido ataviado con una toga me lanzan sus pétreas miradas de reproche. Me pregunto si miraron con el mismo desdén a los chicos de Scottsboro o a Al Gore, Jr.

Solo Confucio mantiene la compostura. Luce una informal bata de raso con grandes mangas, zapatillas de kung-fu, impresionante mostacho y barba shaolín. Alzo la pipa y le ofrezco una calada; el viaje más largo comienza con una chupadita...

—Esa mierda del «viaje más largo» es de Lao-Tse —me corrige.

—Todos los putos filósofos-poetas sonáis igual —le contesto.

Me alucina ser el último hito en la larga historia de los casos raciales. Sospecho que los constitucionalistas y los paleontólogos de la cultura discutirán sobre mi lugar en la cronología.

Someterán mi pipa a la prueba del carbono 14 para determinar si soy descendiente directo de Dred Scott, ese enigma de color que, siendo esclavo en un estado libre, era lo bastante hombre para su esposa y sus hijos y lo bastante hombre para perseguir la libertad querellándose contra su amo, pero no lo bastante hombre para la Constitución porque a ojos del tribunal solo era una propiedad: un bípedo negro «sin derechos que un hombre blanco estuviera obligado a respetar». Examinarán escritos legales, hojearán cartapacios anteriores a la guerra e intentarán determinar si la sentencia de este caso ratifica o anula la de «Plessy contra Ferguson». Rebuscarán en plantaciones, en guetos y en los palacetes suburbanos estilo Tudor donde se practica la discriminación positiva; excavarán patios buscando vestigios fantasmales de injusticias pasadas en fichas de dominó y dados fósiles; desempolvarán derechos petrificados que yacen en vetustos códigos, me declararán «precedente imprevisto de la generación hip-hop» en la línea de Luther *Luke Skyywalker* Campbell, el rapero de dientes separados que reclamaba su derecho a divertirse y parodiar al hombre blanco como este había hecho durante años con nosotros. Aunque de haberme hallado entre sus señorías le habría arrebatado la estilográfica a Rehnquist, el excelentísimo presidente del tribunal, para emitir un solitario voto particular proclamando categóricamente que «cualquier rapero de medio pelo cuyo tema estelar se titule "Estoy cachondo" no tendrá derechos que el hombre blanco (o, ya puestos, cualquier break-boy digno de sus pumas) esté obligado a respetar».

El humo me abrasa la garganta. «¡Justicia e igualdad ante la ley!», grito a nadie en concreto para acreditar la potencia de la maría y la levedad de mi constitución. En barrios como el de mi infancia, lugares pobres en praxis y ricos en retórica, los colegas tienen un dicho: «Prefiero que me juzguen doce a que seis carguen mi ataúd». Es una máxima, un tópico rapero, una tabla de salvación, un algoritmo desolador que en apariencia alude a la fe en el sistema, pero que en realidad significa «dispara primero, confía en el abogado de oficio y agradece que aún conservas la salud». No tengo tanta calle, pero que yo sepa no hay ningún corolario para el tribunal de apelaciones. Nunca he visto a un hampón de esquina que se meta un sorbo de licor de malta diciendo: «Prefiero que lo revisen nueve a que lo juzgue uno».

La gente ha dado la vida para conseguir un poco de esa «justicia e igualdad ante la ley» que tan alegremente se anuncia en el exterior del edificio, pero, culpables o inocentes, la mayoría de los facinerosos nunca llegan tan lejos. Sus recursos rara vez van más allá de una madre llorosa que suplica la misericordia divina o una segunda hipoteca sobre la casa de la abuela. Y si creyera en esos eslóganes debería admitir que me he hartado de recibir justicia, pero no creo en ellos. La necesidad de adornar un edificio o un recinto con locuciones como *Arbeit Macht Frei, La pequeña ciudad más grande del mundo* o *El lugar más feliz de la Tierra* es una muestra de inseguridad, una excusa artificiosa para ocupar un espacio y un tiempo finitos. ¿Han estado alguna vez en Reno, Nevada? Es una ciudad pequeña, sí, y también la boñiga más grande del mundo. Y si en verdad Disneylandia fuese el lugar más feliz de la Tierra, o lo mantendrían en secreto o la entrada sería gratis, no el equivalente a la renta per cápita de una nación subsahariana como Detroit.

No siempre me he sentido así. De niño pensaba que todos los problemas de la América negra se resolverían si tuviéramos un lema, un escueto *Liberté, egalité, fraternité* que grabaríamos sobre el hierro forjado de verjas chirriantes o bordaríamos en banderolas, escarapelas y cuadros para la pared de la cocina. Como lo mejor del folclore afroamericano y sus peinados, tendría que ser simple y a la vez profundo. Noble y a un tiempo igualitario. Una tarjeta de presentación para una raza entera que en principio no tendría connotaciones raciales, pero que, al mismo tiempo, sería muy muy negra para los enterados. No sé de dónde sacan esas ideas los jovencitos, pero cuando tus amigos se refieren a sus padres empleando el nombre de pila tienes la sensación de que algo no acaba de ir bien. Y, ya puestos, en estos tiempos de mala hostia y crisis permanente, ¿no sería preferible que las desgarradas familias negras se reunieran en torno a la chimenea, contemplasen la repisa y hallasen consuelo en las edificantes palabras inscritas en hermosos letreros hechos a mano o en monedas de oro de edición limitada compradas a altas horas de la noche en la teletienda con una tarjeta que ya no da más de sí? Otras etnias tienen sus propios lemas. *Ni conquistados ni conquistables*, reza el de la nación chickasaw, aunque la sentencia no guarda relación con las mesas de los casinos ni con el hecho de que combatieran en el bando confederado durante la Guerra Civil. *Allahu akbar*, *Shikata ga nai*, *Nunca más*, *Promoción de Harvard del 96*, *Proteger y servir* son mucho más que simples saludos o frases trilladas: son consignas que usamos para recargar las pilas, chis verbales que reactivan nuestra fuerza vital y nos unen a otros seres humanos con ideas, piel y zapatos similares. ¿Cómo dicen en el Mediterráneo? *Stessa faccia, stessa razza*, «la misma cara, la misma raza». Cada raza tiene su lema. ¿No se lo creen? ¿Se han fijado en el tipo moreno de Recursos Humanos? ¿El que actúa como un blanco y habla como un blanco aunque hay algo en él que no acaba de encajar? Acérquense a él. Pregúntenle por qué los guardametas mexicanos son tan brutos o si la comida de la furgoneta de tacos aparcada ahí fuera es de fiar. ¡Venga, pregúntenselo! Pínchenlo. Caliéntenle esa cabeza dura de indio, a ver cuánto tarda en volverse y soltarles en español: «¡Por la raza, todo! ¡Fuera de la raza, nada!».

A los diez años pasé una larga noche acurrucado bajo el edredón con Osolindo, un peluche relleno de un sentido lingüístico tan espumoso como enigmático y de cierto dogmatismo haroldbloomiano. Era el oso amoroso más literario y mi crítico más despiadado. En la viciada oscuridad de aquella cueva con murciélagos de rayón, sus gruesos brazos amarillos y casi inmóviles pugnaban por sostener la linterna mientras intentábamos salvar a la raza negra en ocho palabras como máximo. Echando mano del latín que aprendía en casa producía un lema tras otro y los iba poniendo frente a su hocico de plástico acorazonado para que me diera el visto bueno. El chasco del primer intento (*América negra: veni, vidi, vici. ¡Pollo frito!*) izó las orejas de Osolindo y cerró aquellos ojos duramente plastificados. *Semper fi, semper funky* le erizó el vello de poliéster. Cuando empezó a dar rabiosos zarpazos en el colchón, cuando se alzó sobre las gruesas patas amarillas enseñando las garras y los colmillos ursinos, traté de recordar lo que recomendaba el manual de los scouts en caso de conflicto con un peluche enojado, ebrio de autoridad editorial y borracho de vino robado en la alacena: «Si tropiezas con un oso cabreado, mantén la calma. Habla en voz baja, no retrocedas, crécete y escribe frases claras, sencillas y edificantes en latín».

Unum corpus, una mens, una cor, unum amor.
Un cuerpo, una mente, un corazón, un amor.

Tenía un pase. Sonaba a leyenda para la matrícula del coche. Ya la veía en cursiva circunnavegando el borde de una medalla al valor en la guerra racial. Osolindo no la odiaba, pero por la manera como arrugó el hocico aquella noche, justo antes de dormirse, advertí que mi consigna lo inquietaba porque sugería una cierta uniformidad colectiva, ¿y acaso los negros no estaban siempre quejándose de que se los etiquetara como un grupo monolítico? No quise perturbar su descanso diciéndole que todos los negros piensan igual. Nadie lo admite, pero todos los negros se creen mejores que los demás negros. Ni la Asociación Nacional para el Progreso de la Gente de Color ni la Liga Urbana se han dignado contestarme, de modo que el credo negro solo existe en mi cabeza, donde aguarda impaciente un movimiento, una nación y, supongo (dado que hoy en día la marca lo es todo), un logo.

Aunque tal vez no necesitemos un lema. ¿Cuántas veces he oído decir «ya me conoces, negrata, mi lema es...»? Si fuera más listo sacaría provecho de mi latín. Cobraría diez dólares la palabra. O quince si no son del barrio o quieren que les traduzca «no culpes al jugador, culpa al juego». Si es verdad eso de que tu cuerpo es tu templo, podría sacarme una pasta. Abrir una pequeña tienda en la avenida y contar con una larga cola de clientes tatuados que se han convertido a sí mismos en santuarios aconfesionales: cruces egipcias, sankofas y crucifijos luchando por ocupar el espacio abdominal contra dioses del sol aztecas y galaxias de David con una sola estrella. Ideogramas que recorren pantorrillas depiladas y columnas vertebrales, elegías chinescas a amadísimos difuntos que deberían decir cosas como «descansa en paz, abuelita Beverly» cuando en realidad significan «¡que se coma tu madre el arroz tres delicias!». Tío, me iba a hacer de oro. Vendrían a cualquier hora de la noche colgados como perchas. Podría sentarme detrás de una ventanilla de plexiglás y agenciarme una de esas cajas corredizas que usan los empleados de las gasolineras. Deslizaría la caja y, subrepticiamente, como presos que depositan sus instancias carcelarias, la clientela me entregaría sus lucubraciones. Cuanto más duros los hombres, más legible sería la letra. Cuanto más dulces las mujeres, más belicosas las sentencias. «Ya me conoces —dirían—, mi lema es...» Soltarían el dinero en la caja con citas de Shakespeare o de *Scarface*, pasajes bíblicos, sandeces gansteriles y aforismos de colegio escritos con todo tipo de medios, desde sangre hasta lápiz de ojos.

Y ya estuvieran garabateados en una servilleta arrugada, en un plato de papel manchado de salsa barbacoa y ensalada de patatas o en una página arrancada con esmero de un diario secreto comenzado tras unas vacaciones en el reformatorio («si le contara esto a alguien me darían por saco»), lo cierto es que siempre me tomaría en serio mi trabajo. Estoy hablando de sujetos para quienes la frase «tío, si me ponen una pistola en la cabeza» no es una figura retórica, y cuando alguien ha apretado el frío cañón metálico contra el yin y el yang que llevas tatuado en la sien y aún vives para contarlo, no necesitas leer el *I Ching* para apreciar el equilibrio cósmico del universo y el poder de los tatuajes que coronan la raja del poto. Porque ¿qué otro lema podrías escoger sino «donde las dan las toman»? (*Quod circumvehitur, revehitur.*)

En las horas de ocio vendrían a enseñarme mis manualidades. Las letras góticas brillando bajo las farolas, su clásica sintaxis ortografiada sobre musculaturas sudorosas embutidas en camisetas de tirantes. El tonto anda y el dinero manda... *Pecunia sermo, somnium ambulo.* Dativos y acusativos bruñidos en las yugulares; nada más bello que la lengua de la ciencia y el amor surfeando olas de tocino en el cuerpo de una coleguita.

Solo quiero pinga... *Austerus verpa.* La vacilante declinación de un sustantivo telegrafiada en sus frentes sería lo más cerca que estarían muchos de ser blancos, de oler a blanco. O los Crips o a la mierda... *Criptum vexo vel carpo vex.* Puro esencialismo sin esencia. Sangre dentro y sangre fuera... *Minuo in, minuo sicco.* Es la satisfacción de ver tu lema en el espejo y pensar: «El negrata que no esté paranoico está loco»... *Ullus niger vir quisnam est non insanus ist rabidus*, algo que habría dicho el mismísimo Julio César de haber sido negro. Actúa según tu edad, no según el número que calzas... *Factio vestri aevum, non vestri calceus amplitudo.* Oye, y si a esta América cada vez más plural le da por encargar un nuevo lema, que me avisen porque tengo uno mejor que *E pluribus unum*. *Tu dormis, tu perdis...* Si te duermes, te pierdes.

Me quitan la pipa de la mano.

—¡Venga, tío, deja eso! Hay que meterse en faena, colega.

Hampton Fiske, mi abogado y viejo amigo, dispersa el humo con una tranquilidad pasmosa y luego me reboza con una nube antifúngica de ambientador vaporizado. Estoy demasiado ciego para hablar, así que nos saludamos alzando la barbilla. Ambos esbozamos una sonrisa de complicidad: reconocemos el olor, es brisa tropical, la misma mierda que usábamos para ocultar las pruebas a nuestros padres porque olía a polvo de ángel. Si mamá volvía a casa, se quitaba las alpargatas y notaba un hedor a manzanas asadas o a fresas con nata, sabía que habías estado fumando. Pero si la choza olía a PCP, la peste podía atribuirse «al tío Rick y a los otros». También cabía la alternativa de que se limitara a guardar silencio con la esperanza de que el problema desapareciese sin más: estaba demasiado cansada para lidiar con la posibilidad de que su único hijo fuese adicto a la fenciclidina.

El Tribunal Supremo no es territorio de Hamp. Es un abogado penalista de la vieja escuela. Cuando llamas a su despacho te ponen invariablemente en espera. No porque Hamp esté atareado o porque no tenga recepcionista; tampoco porque al mismo tiempo llame un pánfilo que ha visto el anuncio en una parada de autobús o el número de teléfono 1-800-LIBERTAD raspado por un transeúnte a su servicio en el bastidor de un espejo carcelario o en la mampara de un coche patrulla. No, te pone en espera porque le gusta oír el contestador automático, una perorata de diez minutos sobre sus incontables victorias y sobreseimientos.

Ha llamado al Grupo Fiske. Cualquier bufete estudia los cargos, nosotros los descargamos. Asesinato: inocente. Conducción teme-

raria: inocente. Atentado a la autoridad: inocente. Abuso sexual: inocente. Maltrato de menores: inocente. Maltrato de ancianos: inocente. Robo: sobreseído. Falsificación: sobreseído. Violencia doméstica (más de mil casos): sobreseído. Corrupción de menores: sobreseído. Uso de niños en tráfico de drogas: sobreseído. Secuestro...

Hamp sabe bien que solo un reo completamente desesperado tendrá la paciencia de soportar una letanía donde se enumeran prácticamente todos los delitos incluidos en el código penal del condado de Los Ángeles, primero en inglés, luego en español y después en tagalo. Esa es la gente a la que quiere defender. Los condenados de la Tierra, así nos llama. Tipos demasiado pobres para pagarse la tele por cable y demasiado idiotas para darse cuenta de que no se están perdiendo nada. «Si Jean Valjean me hubiese contratado a mí —suele decir—, *Los miserables* se quedaría en seis páginas. ¿Hurto de pan? Sobreseído.»

Su contestador no menciona mis crímenes. En la comparecencia ante el tribunal de distrito, justo antes de preguntarme si me declaraba culpable, el juez leyó la lista de los delitos que se me imputaban. Se me acusaba de todas las infracciones imaginables, desde lesa patria hasta metedura de pata justo cuando estábamos tan contentos. Me puse en pie atónito tratando de dilucidar si existe un término medio entre «culpable» e «inocente». ¿Por qué eran esas mis únicas opciones?, pensé. ¿Por qué no podía ser «ninguna de las dos» o «ambas»?

Después de una larga pausa, miré al juez y dije:

—Me declaro humano, señoría.

Esto me valió una sonrisita comprensiva y una sanción por desacato al tribunal que Hamp anuló al instante reduciéndola al tiempo de prisión preventiva. Después afirmó que, en realidad, su defendido se declaraba inocente; acto seguido solicitó, medio en serio medio en broma, un cambio de jurisdicción proponiendo que, dada la gravedad de los cargos, tal vez fuera mejor que el juicio se celebrase en Núremberg o en Salem,

Massachusetts. Y aunque nunca me dijo nada, sospecho que entonces comprendió el verdadero alcance de lo que antes había considerado un simple y típico caso de insensatez negra en el gueto. Al día siguiente pidió el ingreso en el colegio de abogados adscrito al Supremo.

Pero todo eso es agua pasada. Porque ahora estoy aquí, en Washington, D. C., colgado de la soga jurídica, ciego de memoria y de maría, con la boca seca y sintiéndome como si acabara de despertar en el autobús número 7 con una curda monumental tras una larga noche de juerga y fútiles intentos para ligar con las mexicanas en el muelle de Santa Mónica; miro por la ventanilla y percibo (lentamente, atontado aún por la hierba) que me he saltado la parada y no tengo ni idea de dónde estoy o por qué me mira todo el mundo. Como esa mujer de la primera fila de la sala, esa que, inclinada sobre la barandilla de madera con el rostro crispado de rabia, extiende sus dedos corazones, largos, esbeltos y cuidados, en mi dirección. Las mujeres negras tienen las manos muy bonitas, y las suyas se vuelven más elegantes cada vez que pincha el aire con sus estocadas de cacao. Son manos de poeta, una de esas maestras-poetas de pelo natural y pulseritas de bronce cuyos versos elegíacos lo comparan todo con el jazz. El parto, como el jazz. Muhammad Ali, como el jazz. Filadelfia, como el jazz. El jazz, como el jazz. Todo como el jazz, menos yo. Para ella yo soy un remix anglosajón, un uso indebido de la música negra. Soy Pat Boone, con la cara pintada de negro, cantando una versión edulcorada del «Ain't That a Shame» de Fats Domino. Soy cada nota de rock británico no punki desde que los Beatles idearon los acordes con los que arranca «A Hard Day's Night». Pero ¿qué pasa con Bobby *What You Won't Do for Love* Caldwell, qué pasa con Gerry Mulligan, Third Bass y Janis Joplin? Eso es lo que quiero gritarle. ¿Y qué hay de Eric Clapton? Esperen, eso lo retiro. ¡A la mierda Eric Clapton! Ella salta la barandilla con los grandes pechos por delante, sortea a los policías y se dirige a mí con las yemas de los dedos asidas a las puntas de ese chal modelo Toni Morrison que arrastra como una cola de cometa de cachemira y que parece gritarme: «¿Es que no ves lo larga, suave, brillante y cara que soy? Hijoputa, ¡vas a tratarme como a una reina!».

Ahora la tengo frente a mí mascullando plácidas incoherencias sobre el orgullo negro, los barcos de esclavos, el acuerdo de los tres quintos, Ronald Reagan, el poll tax, la Marcha sobre Washington, el mito de los quarterbacks, el indudable racismo de los caballos con túnicas blancas del Ku Klux Klan y, con gran énfasis, la necesidad de proteger las maleables mentes de la cada vez más redundante «joven juventud negra». En efecto: la mente del pequeño hidrocéfalo que se aferra a las caderas de su maestra con el rostro enterrado en su entrepierna necesita a todas luces un guardaespaldas o, al menos, un profiláctico mental. Saca la cabeza para tomar aire y espera una explicación convincente: quiere que alguien le diga por qué me odia tanto su profesora. Al no obtener respuesta, el alumno regresa a la cálida humedad de ese maravilloso sitio ajeno al estereotipo de que los hombres negros no bajan allí. ¿Y qué podría haberle dicho yo?

—¿Sabes lo que pasa cuando juegas a Serpientes y Escaleras y estás casi en la línea de meta, pero entonces sacas un seis y aterrizas en ese tobogán rojo, largo y con muchas curvas que te lleva desde la casilla sesenta y siete hasta la veinticuatro?

—Sí, señor —responde cortésmente.

—Vale —le digo frotando la bola de billar que tiene por cabeza—, pues yo soy ese largo tobogán rojo.

La maestra-poeta me suelta un bofetón en la cara. Y sé por qué. Como casi todos los presentes, quiere que me sienta culpable. Quiere alguna muestra de contrición, que me derrumbe hecho un mar de lágrimas, que le ahorre al Estado algo de dinero y a ella la vergüenza de compartir mi negritud. Yo tam-

bién espero verme inundado por esa sensación familiar y abru-
madora que produce la culpa negra; deseo que me hinque de
rodillas, que me flagele con humillantes sinsentidos idiomá-
ticos hasta doblarme el espinazo mientras suplico piedad a
América, mientras confieso entre lágrimas mis nefandos pe-
cados contra el color y el país, mientras pido perdón a la orgullosa historia negra. Pero no pasa nada. Nada salvo el zumbido del aire acondicionado y de mi propio colocón, mientras un
segurata escolta a nuestra maestra de vuelta a su asiento con el
niño pequeño detrás aferrado a la pashmina como si le fuera la
vida en ello. Entretanto, el escozor de mi mejilla, que para ella
ha de ser un recordatorio perpetuo, ya se ha disipado y soy incapaz de sentir un solo pinchazo de remordimiento.

¡Menudo desastre! Mi vida va a ser juzgada y por vez primera vez no me siento culpable. Al fin me he librado de esa culpa omnipresente, tan negra como el pastel de manzana de restaurante de comida rápida y el baloncesto penitenciario, y me
siento casi blanco, liberado de toda esa vergüenza racial que
lleva a un estudiante con gafas de primero de carrera a aborre-
cer que llegue el viernes y sirvan pollo frito en la cantina. Porque yo era la «diversidad» a la que con tanto ahínco se aludía en la brillante literatura de la facultad, pero no había beca
en el mundo que lograra hacerme chupar el cartílago de un
muslo de pollo delante de todo primero. Ya no comparto esa
culpabilidad colectiva, la misma que evita que el lunes por la
mañana el tercer chelo de la orquesta, la secretaria administra-
tiva, el mozo de almacén y la ganadora «no tan guapa pero
es que es una belleza negra» del certamen de belleza se plan-
ten en el trabajo y disparen a cada hijoputa blanco que se les
ponga a tiro. Esa culpa que me ha obligado a murmurar «culpa mía» por cada pase de rebote extraviado, por cada político
sometido a una investigación federal, por cada comediante de
ojos saltones y voz de siervo agradecido, por cada película ne-

gra filmada a partir de 1968. No, ya no me siento responsable, y ahora entiendo que el único momento en el que los negros no nos sentimos culpables es cuando realmente hemos hecho algo mal, porque eso nos libra de enfrentarnos a la disonancia cognitiva de ser a un tiempo negros e inocentes, y en cierto modo la perspectiva de acabar en la cárcel pasa a suponer un alivio. Igual que entretener a los blancos es un alivio, votar a los republicanos es un alivio y casarse con una blanca otro, si bien transitorio.

Incómodo por sentirme tan cómodo, hago un último intento por estar en armonía con mi gente. Cierro los ojos, apoyo la cabeza en la mesa y hundo mi ancha nariz en el hueco del brazo. Me concentro en la respiración, dejando las banderas y la fanfarria fuera, y reviso mi vasto depósito de ensoñaciones negroides hasta que doy con una escabrosa imagen de archivo de la lucha por los derechos civiles. La tomo con cuidado, asiéndola por los delicados bordes, y la saco de su sagrado carrete. La paso por engranajes mentales y puertas psicológicas, y por la bombilla que, ocasionalmente, parpadea con una idea decente dentro de mi cabeza. Enciendo el proyector. No hace falta enfocar. Toda carnicería humana siempre se filma y rememora en la más alta definición. Las imágenes son cristalinas, están grabadas en nuestras memorias y en los televisores de plasma de manera permanente. Es ese bucle incesante del Mes de la Historia Negra, con los perros ladrando, el agua saliendo a borbotones de las mangueras de bomberos, los carbunclos que supuran sangre por entre los cortes de pelo de dos dólares. Esa sangre incolora se desliza por los rostros perlados de sudor, y la luz de las noticias de la noche... esas son las imágenes que conforman nuestro superego colectivo en 16 mm. Pero hoy no soy más que un bulbo raquídeo y no consigo concentrarme. El rollo de película comienza a saltar en mi cabeza, se corta el sonido y en Selma, Alabama, los manifestantes se derrumban como fichas de dominó y comienzan a parecerse a los negros de cine mudo que resbalan masivamente sobre la cáscara de plátano de la discriminación positiva y caen al suelo en una maraña de piernas y sueños torcidos. Los manifestantes de Washington se convierten en zombis de los derechos civiles, cien mil hombres marchan como sonámbulos por el paseo y estiran los dedos rígidos anhelando su libra de carne. El zombi en cabeza parece cansado de que lo levanten entre los muertos cada vez que alguien quiere opinar sobre lo que la gente negra debe y no debe hacer, sobre lo que puede y no puede tener. No sabe que el micro está encendido y, entre dientes, confiesa que si hubiera probado esa bazofia sin azúcar que pasaba por té helado en los mostradores segregados del Sur, habría suspendido todo ese follón de los derechos civiles. Antes de los boicots, las palizas y los asesinatos. Deposita una lata de refresco light en el podio.

—Todo va mejor con Coca-Cola —afirma—. ¡Es la chispa de la vida!

Sigo sin sentirme culpable. Si de verdad estoy retrocediendo y arrastrando conmigo a toda la América negra, no podría importarme menos. ¿Acaso es culpa mía que el único beneficio tangible del movimiento por los derechos civiles sea que los negros ya no temen tanto a los perros? No, no lo es.

La alguacil se pone en pie, da unos cuantos golpes de mazo y recita la invocación del Tribunal:

—El honorable presidente y los jueces del Tribunal Supremo de Estados Unidos.

Hampton me ayuda a levantarme, temblando, y, como todos los presentes, ambos nos erguimos con solemnidad litúrgica cuando entran en la sala los jueces, que se esfuerzan por parecer imparciales, con sus cortes de pelo de la época de Eisenhower y ese gesto inexpresivo y rutinario que viene a decir: «Otro día, otro dólar». Lástima que sea imposible no ser presuntuoso cuando llevas un traje negro de seda y el juez negro se ha despistado y ha olvidado quitarse el Rolex de platino de cincuenta mil pavos. Supongo que si tuviera más seguridad en el trabajo que el dios del tiempo, yo también fardaría como un cerdo.

—*Oyez! Oyez! Oyez!*

Llegados a este punto, tras cinco años de interminables decisiones, revocaciones, apelaciones, aplazamientos y audiencias, ya ni siquiera recuerdo si soy acusado o demandante. Lo único que sé es que el juez de cara amarga con el cronómetro posracial no tiene intención de quitarme ojo. Me fulmina con la mirada sin pestañear: está rabioso porque he jodido su imagen política. Lo he puesto en evidencia, como el niño que va por primera vez al zoo y contempla frustrado los terrarios en apariencia vacíos hasta que por fin se detiene frente a uno y grita: «¡Ahí está!».

Y ahí está. El *Chamaeleo africanus figurantibus*, oculto al fondo, entre todos los arbustos, con las patas llenas de barro asidas con fuerza a la rama judicial mientras, estupefacto y silencioso, va royendo las hojas de la injusticia. «Ojos que no ven, corazón que no siente», ese es el lema del trabajador negro, pero ahora todo el país puede ver a este. Mantenemos la nariz colectiva pegada al cristal, asombrados de que haya sido capaz de camuflar durante tanto tiempo ese culo negro como el carbón de Alabama entre los colores rojo, blanco y azul de la bandera estadounidense.

—Todas las personas que tengan asuntos pendientes ante el muy honorable Tribunal Supremo de Estados Unidos deben acercarse y prestar oído porque ahora se abre la sesión. ¡Dios salve a Estados Unidos y a este honorable tribunal!

Hamp me masajea el hombro. Es un recordatorio de que no debo preocuparme por el magistrado de cabeza escarolada ni por la república a la que representa. Estamos en el Supremo, no ante un tribunal popular. No tengo que hacer nada. No necesito recibos de tintorería ni informes policiales, nadie va a pedirme las fotos del parachoques abollado. Aquí los abogados argumentan, los jueces cuestionan y yo me limito a encorvarme y disfrutar del ciego que llevo.

El presidente toma la palabra. Su desapasionada actitud del Medio Oeste contribuye a aliviar la tensión en la sala.

—Vamos a examinar el primer caso de esta mañana, es el 09-2606 —se detiene un segundo para frotarse los ojos, y luego añade—: Sí, efectivamente, el caso 09-2606, «yo contra los Estados Unidos de América».

No se arma la gorda, solo se oyen algunas risitas sofocadas y se suceden los gestos de desaprobación, acompañados de un perceptible «¿quién cojones se cree que es este hijo de puta?» dicho entre dientes. Lo reconozco, YO CONTRA LOS ESTADOS UNIDOS DE AMÉRICA suena un poco egocéntrico, pero ¿qué puedo decir? Me apellido Yo. Así, sin más. Soy descendiente no del todo orgulloso de los Yoz de Kentucky, una de las primeras familias negras que se establecieron en el sudoeste de Los Ángeles, y las raíces de mi familia se remontan a la primera nave que escapó de la represión sureña auspiciada por el estado: el autobús Greyhound. Cuando nací, mi padre, fiel a esa retorcida tradición de los artistas judíos que cambiaban de nombre o de los negros neuróticos y malogrados que los envidiaban, decidió truncar el apellido eliminando esa ingobernable zeta como hizo Jack Benny con el nombre Benjamin Kubelski o Kirk Douglas con el apellido Danielovitch; como hicieron Jerry Lewis (que se deshizo de Dean Martin), Max Baer (que acabó con Schmeling), Third Bass (que suprimió la ciencia) y Sammy Davis, Jr. (que se arrancó el judaísmo). Papá no iba a permitir que una consonante superflua fuera un lastre para mí. Le gustaba decir que no anglicanizó ni africanizó mi apellido, sino que lo actualizó, que nací habiendo alcanzado mi máxi-

mo potencial y que por tanto podía saltarme a Maslow, el tercer grado y a Jesús.

Consciente de que las estrellas de cine más feas, los raperos más blancos y los intelectuales más beocios son con frecuencia los miembros más respetados de su profesión, Hamp,
el abogado defensor con pinta de criminal, deja caer confia-
do el mondadientes en el atril y se pasa la lengua por el in-
cisivo con la funda de oro. Se alisa el traje, uno blanco como
un diente de leche y holgado como un caftán, con la chaqueta cruzada que cuelga de su cuerpo huesudo como un globo de
aire caliente vacío, y que, dependiendo de los gustos musicales de cada uno, casa o choca con el tono de su piel de mam-
ba negra, su permanente de Cleopatra y esa compostura a lo
Mike Tyson antes de un k.o. en el primer asalto. Casi me esperaba que fuera a dirigirse a la concurrencia con un «estima-
dos rufianes y rufianas, tal vez hayáis oído que mi cliente no es
de fiar, ¡pero es fácil decirlo cuando mi cliente es un facinero-
so». En una época en la que los activistas sociales tienen programas de televisión y millones de dólares, no quedan muchos
como Hampton Fiske, uno de esos chiflados que ofrecen asistencia jurídica gratis y que creen en el sistema y en la Constitución (pero a los que tampoco se les escapa la brecha entre la
retórica y la realidad). Y aunque no me queda claro si de verdad cree en mí o no, sé que cuando empieza a defender lo in-
defendible no habrá diferencia porque es un tipo cuya tarjeta
de visita reza: «Todos los días son *casual Friday* para el pobre».

Fiske apenas ha pronunciado «con la venia» cuando, de
manera casi imperceptible, nuestro juez negro se inclina hacia delante en su asiento. De no ser por el chirrido de una de
las ruedas de la silla giratoria, nadie se habría dado cuenta. Y
con cada mención de alguna oscura cláusula de la Ley de Derechos Civiles o de un caso que sentó precedente, su señoría
se mueve con impaciencia haciendo que la silla chirríe una y

otra vez al trasladar su agitado peso corporal de una nalga flácida y diabética a la otra. Puedes aceptar al hombre, pero no la presión arterial, y esa vena que le bombea con rabia en la frente. Tiene los ojos inyectados en sangre y me está lanzando una mirada enrojecida de loco, una de esas que en el barrio denominamos «la mirada de Willowbrook Avenue», una laguna Estigia de cuatro carriles que en el Dickens de los sesenta separaba los barrios blancos del negro, aunque ahora, en esta época posthuida-de-blancos-y-cualquiera-que-tenga-donde-caerse-muerto, el infierno se extiende a ambos lados de la calle. Las orillas son peligrosas y mientras esperas a que cambie el semáforo tu vida también puede cambiar. Cabe que algún pandillero que pasa por allí en representación de algún color, banda o cualquiera de las cinco etapas del duelo te saque la pipa por la ventanilla del acompañante de un cupé bicolor, y que, tras lanzarte una miradita de juez negro del Tribunal Supremo, te espete: «¿De dónde eres, imbécil?».

La respuesta correcta, por supuesto, es «de ningún sitio», pero a veces no te oyen, por el ruido del motor, que chisporrotea porque no tiene silenciador, por la vista de un contencioso, porque los medios liberales cuestionan tus credenciales o por la zorra negra que te acusa de acoso sexual. Aunque a veces tampoco basta con decir «de ningún sitio». No porque no te crean (a fin de cuentas, todo el mundo es de algún sitio), sino porque no quieren creerte. Así que ahora, habiendo perdido la compostura de civilizado patricio, este magistrado con cara de aguafiestas, sentado en su silla giratoria de respaldo alto, no se distingue en nada del pandillero que cruza Willowbrook Avenue fardando de «trabuco» porque tiene uno.

Por primera vez en el ejercicio de su larga carrera en el Tribunal Supremo, el juez negro tiene una pregunta. Nunca ha realizado una interpelación de este tipo, de modo que no sabe ni cómo empezar. Mira al juez italiano para pedir permiso y,

PRÓLOGO

lentamente, alza una mano hinchada, con los dedos como puros, demasiado enfurecido para esperar su aprobación.

—¡Negrata!, ¿tú estás loco? —me suelta con una voz sorprendentemente aguda para un negro de su envergadura. Ajenos ya a cualquier ápice de objetividad y ecuanimidad, sus puños como jamones golpean el banco con tal fuerza que el lujoso, gigante y plateado reloj que pende del techo empieza a balancearse de un lado a otro por encima de la cabeza del presidente del tribunal. El juez negro se coloca demasiado cerca de su micrófono y me grita; tiene que gritarme porque, aunque estoy sentado a apenas unos metros, nuestras diferencias nos sitúan a años luz. Exige que le explique cómo es posible que en los tiempos que corren un hombre negro viole los principios sagrados de la Decimotercera Enmienda y posea un esclavo.

¿Cómo puedo hacer caso omiso de la Decimocuarta Enmienda y argumentar que a veces la segregación une a la gente? Como todos aquellos que creen en el sistema, quiere respuestas. Desea creer que Shakespeare escribió todos esos libros, que Lincoln luchó en la Guerra Civil para liberar a los esclavos y que Estados Unidos entró en la Segunda Guerra Mundial para rescatar a los judíos y salvaguardar la democracia, que están volviendo Jesús y las dobles sesiones en los cines. Pero yo no soy ningún americano panglosiano. Y cuando hice lo que hice no pensaba en derechos inalienables ni en la orgullosa historia de nuestro pueblo. Hice lo que funcionaba y, además, un poquito de esclavitud y de segregación nunca han hecho daño a nadie. Y, si no, ¡pues que así sea, joder!

A veces, cuando estás tan colocado, la línea entre el pensamiento y el habla se difumina y, a juzgar por los espumarajos que echa el juez negro por la boca, esa última parte la he dicho en voz alta y todo dios me ha oído exclamar «¡pues que así sea, joder!». El juez negro se levanta como si buscase pelea. En la punta de la lengua se le ha formado un pegote de saliva que

30

brota de las regiones más recónditas de su Facultad de Derecho en Yale, pero el presidente del tribunal lo interpela por su nombre. Y el juez negro se contiene y vuelve a dejarse caer en su asiento. Traga saliva, si no es el orgullo lo que se traga.

—¿Segregación racial? ¿Esclavitud? ¡Hijo de la grandísima puta, no me cabe la más mínima duda de que tus padres te criaron para algo mejor que todo eso! Así que ¡adelante, que empiece el linchamiento!

PALETADAS DE MIERDA

1

Supongo que ese es justo el problema, que no me instruyeron mejor. Mi padre (Carl Jung lo tenga en su gloria) fue un científico social de cierto renombre. Como fundador y, que yo sepa, único profesional que practicaba la psicología de la liberación, le gustaba andar en bata de laboratorio por la casa, también conocida como «la caja de Skinner». Y a mí, su cobaya negra, un chico distraído, en las nubes, me educó siguiendo al pie de la letra la teoría del desarrollo cognitivo de Piaget. No se me alimentaba: se me presentaban estímulos tibios del apetito. No se me castigaba: se corregían mis reflejos incondicionados. No se me amaba: se me criaba en una atmósfera de intimidad calculada con profundos niveles de compromiso. Vivíamos en Dickens, un gueto periférico situado al sur de Los Ángeles y, por extraño que parezca, crecí en una granja. Al igual que muchas otras poblaciones californianas, Dickens, fundada en 1868, comenzó siendo una comunidad agrícola. (No así Irvine, que se fundó para dar cobijo a republicanos blancos, estúpidos, gordos y feos, y a los chihuahuas y refugiados asiáticos que los aman.) El acta constitutiva de Dickens estipulaba que «nuestra población estará siempre limpia de chinos, hispanos (sea cual sea su tono, dialecto o sombrero), franceses, pelirrojas, señoritos de ciudad y judíos sin oficio ni beneficio». Sin embargo, en su sabiduría, si bien algo limitada, los fundadores decidieron destinar las quinientas hectáreas que bordean el canal a lo que denominaron «agricultura residencial», y así nació mi barrio, una sección de diez manzanas conocida popularmente como las Granjas. Uno sabe que ha entrado en las Granjas porque las aceras desaparecen en un abrir y cerrar de ojos, y con ellas las llantas y el estéreo del coche, la osadía y las ideas progresistas... Todo se esfuma en un aire denso que apesta a estiércol y, si el viento sopla en la dirección correcta, a hierba de primera. Hombres hechos y derechos circulan en bicis de montaña o de piñón fijo por calles donde corretea todo tipo de aves de corral, desde pollos hasta pavos reales. Pedalean sin manos, pues van contando pequeños fajos de billetes y levantando la mirada lo suficiente para alzar una ceja y decirte: «¿Qué pasa, tío? ¿Q' hubo?». Los neumáticos clavados en los árboles del patio y las cercas brindan a las casas rústicas un toque de autenticidad pionera que hace olvidar que cada ventana, cada puerta y cada gatera tiene más barras y candados que el economato de la cárcel. Ancianos y niños de ocho años que ya lo han visto todo se sientan en sillas de jardín desvencijadas, navaja en mano, a la espera de que ocurra algo. Y siempre ocurre algo.

Durante los veinte años que duró nuestra relación, papá fue decano interino del Departamento de Psicología en la Escuela Universitaria de West Riverside. Hijo de un encargado de establo, se había criado en un pequeño rancho de Lexington, Kentucky, y la agricultura era para él un ejercicio de nostalgia. De modo que cuando le ofrecieron un puesto como docente en la Costa Oeste, la oportunidad de vivir en una comunidad negra y criar caballos le pareció demasiado buena para dejarla escapar, aunque no le alcanzara para pagar la hipoteca ni los gastos de mantenimiento.

Si se hubiese dedicado a la psicología comparada, los caballos y las vacas tal vez habrían sobrevivido más de tres años y los tomates no habrían tenido tantos gusanos, pero en el fondo lo que le interesaba era la causa negra, no el control de plagas o el bienestar del reino animal. Y, en ese afán por desbloquear las llaves de la libertad mental, yo era su Anna Freud, su pequeño caso práctico. De modo que cuando no me enseñaba a montar a caballo se dedicaba a reproducir famosos experimentos de ciencias sociales conmigo como grupo de control y grupo experimental a un tiempo. Y, como cualquier otro niño negro «primitivo» lo bastante afortunado para llegar vivito y coleando a la etapa de las operaciones formales, he advertido que tuve una educación penosa cuyas consecuencias no llegaré a superar del todo en la vida.

Supongo que, si se tiene en cuenta la ausencia de un comité de ética que supervisara los métodos educativos de mi padre, los experimentos comenzaron de un modo muy inocente. A comienzos del siglo xx, y con objeto de demostrar que el miedo es un comportamiento adquirido, los conductistas Watson y Rayner expusieron al pequeño Albert, de nueve meses, a estímulos neutrales, tales como ratones de laboratorio, monos y periódicos ardiendo. Al principio, el sujeto del experimento, un bebé, no se vio perturbado por los simios, los roedores ni las llamas, pero después de que Watson asociara los ratones con ruidos fuertes y repetidos, nuestro pequeño Albert acabó desarrollando una clara aversión no solo a los ratones de laboratorio, sino a cualquier cosa peluda. A los siete meses, papá fue colocándome objetos en el moisés: coches de policía de juguete, latas frías de cerveza Pabst Blue Ribbon, chapas de las campañas electorales de Richard Nixon y un ejemplar del *Economist*, pero, en lugar de condicionarme con un ruido ensordecedor, aprendí a asustarme de los estímulos que me presentaba porque mi padre sacaba el revólver del calibre 38 especial que teníamos en casa y se ponía a pegar tiros al techo, mientras gritaba: «¡Vuelve a África, negrata!», lo bastante alto para hacerse oír, mientras en el estéreo de la sala de estar sonaba «Sweet Home Alabama» a todo volumen. Hasta el día de hoy, no he sido capaz de sentarme a ver ni una serie policíaca de tres al cuarto en la tele. Para colmo, siento una extraña afinidad con Neil Young y, cuando me cuesta conciliar el sueño, no escucho grabaciones de olas o tormentas, sino las cintas del Watergate.

En mi familia corre la historia de que, entre los doce meses y los cuatro años, me ató la mano derecha a la espalda para que creciera zurdo, con el hemisferio derecho dominante y bien centrado. Tenía ocho años cuando mi padre decidió probar el «efecto espectador» aplicado a la «comunidad negra», de modo que recreó el infame caso de Kitty Genovese conmigo, un prepubescente, en el papel de la pobre señora Genovese, a la que, allá por 1964, robaron, violaron y apuñalaron hasta matarla en las impasibles calles de Nueva York mientras decenas de transeúntes y vecinos del barrio ignoraban sus gritos de manual introductorio a la psicología. De ahí el «efecto espectador»: cuantas más personas tengas a tu alrededor para proporcionarte ayuda, menos probable será que la recibas. Papá partía de la hipótesis de que esto no podía aplicarse a los negros, una raza afectuosa cuya supervivencia siempre ha dependido de la ayuda mutua en tiempos de necesidad. Así que me plantó en el cruce más concurrido del barrio con los bolsillos a rebosar de billetes de dólar, el último y más brillante aparato electrónico enchufado a los oídos, una pesada cadena de oro de rapero colgándome del cuello e, inexplicablemente, un set de alfombrillas de Honda Civic hechas a medida, que me colgó del antebrazo como si fueran la servilleta de un camarero, y mientras yo lloraba a moco tendido, mi propio padre me atracó. Me golpeó delante de una multitud de transeúntes que no tardaron en reaccionar: apenas me había dado un par de puñetazos en la cara cuando acudieron, pero no en mi ayuda, sino en la de mi padre. Encantados de la vida, empezaron a soltarme codazos y golpes con efecto, de esos que salen en la tele. Una mujer me estranguló desde atrás con una llave bien ejecutada y, en retrospectiva, misericordiosa. Cuando recuperé el conocimiento, vi a mi padre observándolos a ella y a los demás atacantes con los rostros aún sudorosos, los pechos aún agitados por el esfuerzo que requería semejante altruismo, e imaginé que, al igual que a mí, todavía les pitaban los oídos con mis gritos y sus propias risas frenéticas.

¿Se siente satisfecho tras este acto de altruismo?

NADA		UN POCO		MUCHO
1	2	3	4	5

De camino a casa, papá me pasó un brazo por los doloridos hombros y se disculpó por no haber contemplado el «efecto arrastre».

Luego quiso estudiar «el servilismo y la obediencia en la generación del hip-hop». Yo tendría unos diez años cuando mi padre me sentó delante de un espejo, se puso una máscara de Ronald Reagan de Halloween, prendió unas alas de capitán de Trans World Airlines a su bata blanca y se presentó como un representante de la autoridad blanca.

—El negrata del espejo es un memo —me explicó con esa «voz blanca» y chillona que ponen los cómicos de color mientras me colocaba unos electrodos en las sienes; los cables terminaban en una consola de aire siniestro llena de botones, diales y medidores de voltaje anticuados—. Le harás al mocoso del espejo una serie de preguntas de la hoja que hay encima de la mesa sobre su supuesta historia negra. Si se equivoca o no contesta en diez segundos, presionarás el botón rojo, lo que le provocará una descarga eléctrica que cobrará intensidad con cada respuesta errónea.

Sabía que de nada serviría suplicar, porque no habría misericordia. Se suponía que me lo tenía merecido por leer el único cómic que había caído en mis manos. Uno de Batman, el número 203, titulado *¡Revelamos los espectaculares secretos de* *la batcueva!* Un ejemplar enmohecido que habían arrojado a la granja y que recogí y devolví a la legibilidad como si de una gran obra literaria herida se tratase. Era lo primero que había leído del mundo exterior, y cuando lo saqué durante un recreo en la instrucción doméstica, mi padre me lo confiscó. A partir de entonces, cada vez que no me sabía algo o había tenido un mal día en el vecindario, me mostraba la cubierta medio rasgada del cómic. «¿Lo ves? Si no desperdiciaras tu vida leyendo esta mierda, te darías cuenta de que Batman no va a venir a salvarte el culo, ¡ni a ti ni a los tuyos!»

Leí la primera pregunta:

—«Antes de declarar su independencia en 1957, ¿qué dos colonias formaban parte de la nación de Ghana, en el África occidental?»

No sabía la respuesta. Agucé el oído esperando percibir el rugido del batmóvil a propulsión doblando la esquina, pero solo alcancé a oír el cronógrafo de mi padre marcando los segundos. Apreté los dientes, pulsé el botón rojo y esperé a que expirara el plazo.

—La respuesta es Togo y Costa de Oro.

Como había predicho mi padre, presioné el botón obedientemente. Las agujas se irguieron en el dial, seguidas de mi columna vertebral, y vi cómo se convulsionaba mi trémula figura en el espejo, bailoteando con violencia durante uno o dos segundos.

¡Jesús!

—¿Cuántos voltios era eso? —le pregunté sin poder parar los temblores.

—El sujeto solo formulará las preguntas que aparecen en la hoja —respondió mi padre con frialdad, pasando ante mí para girar un dial negro unos clics a la derecha, hasta que el indicador se puso en XXX—. Por favor, lee la siguiente pregunta.

Empezaba a ver borroso, algo psicosomático, sospechaba,

pero todo estaba tan desenfocado como un vídeo pirata de cinco pavos visto en una tele vieja sacada del rastro, y tuve que pegarme el tembloroso papel a la nariz para leerla.

—«Entre los veintitrés mil estudiantes de trece y catorce años que realizaron el examen de admisión en el Instituto Stuyvesant, la escuela pública más fina de Nueva York, ¿cuántos afroamericanos puntuaron lo suficiente para conseguir una plaza?»

Terminé de leer y empezó a sangrarme la nariz; de la fosa nasal izquierda me brotaron unas gotitas carmesíes que cayeron encima de la mesa en perfectos intervalos de un segundo. Mi padre renunció al cronógrafo e inició la cuenta atrás. Le miré con recelo. La pregunta era demasiado actual. Era evidente que había estado leyendo el *New York Times* durante el desayuno y que, ávido de carnaza racial, había preparado el experimento del día frente a un tazón de Krispies, pasando las hojas tan rápido y con tanta rabia que las afiladas esquinas del papel se rompían y salían volando.

¿Qué haría Batman si apareciera en la cocina justo en ese instante y viera a un padre electrocutando a su propio hijo por el bien de la ciencia? Pues echaría mano al cinturón para sacar unas bombas de gas lacrimógeno, eso haría. Y cuando mi padre se ahogase con los humos tóxicos, terminaría de asfixiarlo (eso suponiendo que contara con el batcable necesario para agarrotar ese cuello fofo como una salchicha) y luego le quemaría los ojos con sus rayos láser, tomaría algunas fotos con la cámara en miniatura para la batposteridad y, a continuación, con la llave maestra le robaría el descapotable Karmann Ghia de color azul cielo, usado exclusivamente para viajar por barrios blancos. Y nos daríamos el piro. Eso es lo que haría Batman, me dije. En cambio yo, el cobarde batmarica que era y sigo siendo, no podía pensar más que en cuestionar la pésima formulación de la pregunta. Por ejemplo, ¿cuántos estudiantes negros se habían presentado a la prueba? ¿Cuál era el tamaño medio de una clase en el instituto Stuyvesant?

Pero antes de que la décima gota de sangre hubiera alcanzado la mesa, y antes incluso de que mi padre pudiera soltar la respuesta (siete), presioné el botón rojo administrándome así una descarga eléctrica que habría amilanado a Thor y lobotomizado a una clase entera de cultos alumnos ya sedados. Porque, a esas alturas, hasta yo sentía curiosidad. Quería ver qué sucede cuando legan un niño negro de diez años a la ciencia.

Lo que descubrí es que la frase «descargar el vientre» es inapropiada porque ocurrió exactamente lo contrario: el vientre me descargó a mí. Fue una evacuación de heces comparable con las grandes retiradas de la historia: Dunkerque, Saigón y Nueva Orleans. Pero, a diferencia de lo sucedido con los británicos, los vietnamitas capitalistas y los inundados residentes del Distrito 9, los ocupantes de mi tracto intestinal no tenían adónde ir. Aquella marea de mierda y orina, fétida y escurridiza, me rebasó las nalgas y las pelotas, me resbaló por las piernas y se me arremolinó en los tobillos, alrededor de las zapatillas. Preocupado por la integridad de su experimento, mi padre se pellizcó la nariz y me indicó que continuara sin más. Gracias a Dios, me sabía la respuesta a la tercera pregunta: «¿Cuántas cámaras hay en Wu-Tang?». Porque, de no haberla sabido, mi cerebro tendría un color gris ceniza y la consistencia de una briqueta de barbacoa el 5 de julio.

Mi curso intensivo de desarrollo infantil concluyó dos años más tarde, cuando papá trató de emular el estudio de los doctores Kenneth y Mamie Clark sobre la conciencia del color en los niños negros, para lo cual echaron mano de unas muñecas blancas y negras. En comparación, la versión de mi padre era algo más revolucionaria. Y un pelín más moderna. Mientras los señores Clark se habían limitado a poner ante unos escolares dos muñecas de tamaño natural calzadas con botas de montar, una blanca y otra de color, y a pedirles que escogieran una, mi padre me plantó delante de dos maquetas recargadas y me preguntó:

—¿Con cuál de estos subtextos socioculturales te identificas, hijo?

La maqueta 1 mostraba a Ken y a Barbie Malibú con trajes de baño a juego, gafas y tubos de buceo refrescándose en la idílica piscina de una casa de ensueño. En la maqueta 2, por el contrario, Martin Luther King, Jr., Malcolm X, Harriet Tubman y un señor Huevo de piel oscura corrían (y se bamboleaban) en un terreno cenagoso perseguidos por unos pastores alemanes de plástico que precedían a un escuadrón de linchamiento compuesto por geypermans con capuchas del Ku Klux Klan.

—¿Qué es eso? —pregunté mientras señalaba un adorno navideño blanco que giraba lentamente sobre el pantano brillando como una bola de discoteca al sol de la tarde.

—Es la estrella polar. Siguen la estrella polar. Se dirigen a la libertad.

Tomé en mis manos a Martin Luther King, a Malcolm y a Harriet, y me burlé de papá preguntándole:

—¿Y qué son? ¿Fantasías desanimadas de ayer y hoy?

La verdad es que Martin Luther King, Jr. no tenía mal aspecto. Iba elegante, con un traje negro lustroso y ajustado. Llevaba la autobiografía de Gandhi en la mano izquierda y un micrófono en la derecha. Malcolm iba equipado de manera similar, pero llevaba gafas y sostenía un cóctel molotov encendido que iba derritiéndole la mano poco a poco. El cordial y racialmente ambiguo señor Huevo, que parecía una versión sospechosamente juvenil de mi padre, se mantenía fiel a la consigna de no caer por mucho que uno se escore, ya fuera sobre la palma de mi mano, ya perseguido por supremacistas blancos. Sin embargo, algo no cuadraba en la señora Tubman. Iba vestida con un saco de arpillera y no recuerdo que ninguno de mis profesores de historia describiera a la «Moisés de los esclavos» como una mujer de bandera con medidas 90-60-90, cabello largo y sedoso, cejas depiladas, ojos azules, labios de felatriz y tetas puntiagudas.

—Papá, has pintado a Barbie de negro.

—Quería mantener el umbral de belleza. Establecer un punto de referencia para el atractivo, de modo que no pudieras decir que una muñeca era más bonita que la otra.

A la Barbie de la plantación le salía un cordón de la espalda. Tiré de él.

—Las mates son un rollo, vámonos de compras —dijo con voz cantarina y chillona.

Devolví a los héroes negros a la ciénaga de la mesa de la cocina y les moví las extremidades para que retomaran las poses de fugitivos.

—Pues me quedo con Barbie y Ken.

Mi padre perdió la objetividad científica y me agarró por la camisa.

—¿Cómo? ¿Por qué? —gritó.

—Porque los blancos tienen mejores accesorios. Vamos, mira. Harriet Tubman lleva una linterna de gas, un bastón y una brújula. En cambio, ¡Barbie y Ken tienen una lancha y un bugui para correr por las dunas! Ni punto de comparación.

Al día siguiente mi padre quemó sus «hallazgos» en la chimenea. Incluso en una simple escuela universitaria, o publicas o mueres. Pero lo peor no era no conseguir una plaza de aparcamiento con su nombre o una carga lectiva menor, lo peor era afrontar que yo fuera un experimento social fallido. Un hijo estadísticamente irrisorio que había echado por tierra sus esperanzas, tanto para mí como para la raza negra. Me hizo entregarle mi cuaderno de sueños. Dejó de denominar «refuerzo positivo» a mi paga semanal y comenzó a referirse a ella como una «restitución». Y aunque nunca dejó de instruirme mediante los libros, no tardó en comprarme una pala, un bieldo, un rastrillo y una esquiladora de ovejas. Así me enviaba a los campos con una palmadita en el trasero y una insignia con la famosa frase de Booker T. Washington prendida en el peto para invitarme a sacar partido de las circunstancias: «Echad el balde en el sitio donde estáis».

Si hay un cielo digno del esfuerzo que hace la gente para llegar a él, por el bien de mi padre espero que exista un boletín de psicología celestial. Uno donde se publiquen resultados de experimentos fallidos, porque reconocer teorías infundadas y resultados negativos es tan importante como publicar estudios que demuestren que el vino es el remedio universal que siempre hemos fingido que era.

No todos los recuerdos que tengo de mi padre son malos. Aunque técnicamente yo era hijo único, papá, como tantos hombres negros, tenía otros muchos hijos. Los habitantes de Dickens eran su prole. No tenía mano con los caballos, pero toda la ciudad lo conocía: lo llamaban el Hombre que Susurraba a los Negratas. Cada vez que a un negro «se le iba la puta pinza» y había que convencerlo de que bajase de un árbol o del precipicio del paso elevado de la autopista, llamaban a papá. Este tomaba su biblia de psicología social, *La planificación del cambio*, de Bennis, Benne y Robert Chin, este último un psicólogo chinoamericano terriblemente infravalorado al que mi padre tenía por mentor a pesar de no haberlo conocido nunca. A la mayoría de los niños les leen cuentos de hadas; a mí me arrullaban con lecturas de capítulos con títulos como «La utilidad de los modelos de entorno en sistemas para los practicantes». Y eso era mi padre en el fondo, un practicante. No recuerdo una sola vez que no me llevara consigo a susurrarle a algún negrata. Por el camino siempre iba jactándose de que la comunidad negra se parecía mucho a él; era TMD.

—¿Todo menos doctos?

—Todo menos derrotados. Cuando llegábamos, solía dejarme sentado en el techo de alguna camioneta cercana o de pie encima de un contenedor, me daba un cuaderno y me decía que tomara notas. Al principio temía por él, en medio del estruendo de las sirenas, los gritos y los cristales rotos que crujían bajo las suelas de sus zapatos de ante. Pero papá sabía cómo abordar lo inabordable. Con el rostro comprensivo y taciturno y las palmas de las manos en alto, como una de esas figurillas de Jesús que lleva la gente en el salpicadero del coche, caminaba hacia esos lunáticos que blandían un cuchillo y que, tras haberse pimplado una botella de Hennessy XO y varias litronas, tenían las pupilas del tamaño de átomos aniquilados. Mi padre hacía caso omiso de los uniformes de trabajo ensangrentados, con restos de sesos y heces, y los abrazaba como si estuviera saludando a un viejo amigo. La gente creía que lo que le permitía acercarse a ellos era su abnegación, pero yo sé que era su voz. Tenía voz de bajo de doowop y siempre hablaba en clave de fa sostenido. Un tono sutil y sonoro que te hacía sentir seguro, que te hacía sentir como se siente un adolescente que escucha a los Five Satins cantar «In the Still of the Night». No es la música lo que amansa a las fieras, sino la insensibilización sistemática. Y la voz de mi padre tenía algo, era capaz de calmar a los enfurecidos y permitirles afrontar sus miedos sin sufrir ansiedad por ello.

Ya en primaria, sabía que California era un lugar muy especial. Lo sabía por el sabor de las granadas, que te daba ganas de llorar, por la forma en que el sol estival teñía nuestros afros de un tono anaranjado y porque mi padre se ponía meloso hablando del estadio de los Dodgers, del zinfandel blanco y del último atardecer de destello verde que había contemplado desde la cumbre del monte Wilson. Y, si te paras a pensarlo, casi todo lo que hizo soportable el siglo XX se inventó en algún garaje de California: el ordenador Apple, el boogie board y el gangsta rap. Gracias a la carrera de mi padre como «hombre que susurraba a los negros» presencié el nacimiento de este último, cuando, a las seis de la mañana de un día frío y oscuro en el gueto, a dos manzanas de donde vivíamos, Carl *Kilo G* Garfield, que iba hasta el culo de todo y parecía tocado por el lirismo de Alfred Lord Tennyson, salió de su garaje con los ojos entrecerrados para leer su Moleskin y una pipa de crack colgándole de los dedos. La fiebre del crack estaba en pleno apogeo. Yo tendría unos diez años. Kilo G trepó hasta el techo de su camioneta Toyota amarilla tuneada como un bólido, con el TO y el TA lijados y cubiertos de pintura para que se leyera YO, y comenzó a recitar a voz en grito, puntuando sus pentámetros yámbicos con los disparos de un revólver niquelado del 38 y las súplicas de su chica para que arrastrara aquel culo al aire de vuelta a casa.

LA CARGA DE LA BRIGADA MORENA

> Medio litro, medio litro,
> medio litro y ¡adelante!
> Por el Callejón de la Muerte
> cabalga la brigada cervecera.
> «¡Adelante, morenito,
> ataca a los Bloods!», él dijo.
> Hacia el Callejón de la Muerte
> cabalga la brigada cervecera.

Cuando al fin llegaron, los tipos del SWAT se desplegaron parapetándose detrás de las puertas de los coches patrulla y los troncos de los sicómoros, con los rifles de asalto amartillados, pero ningún agente podía parar de reírse el tiempo necesario para tirar a matar.

Con esos no te las veas: si aparecen, los baleas.
Negratas por aquí, negratas por allí.
¿Negrata enfrente? Tiro en la frente.
Sangran nudillos, ruedan casquillos,
arde el buga y el matón se arruga.
¡Vaya paliza, vaya golpiza!
Ya está huyendo a la carrera
la brigada cervecera.

Y cuando mi padre, el Hombre que Susurraba a los Negratas, sorteó la barricada de la policía con esa sonrisa beatífica en el rostro, para rodear al camello con un brazo envuelto en tweed y, susurrándole al oído, le habló de algo profundo, Kilo G parpadeó con aire inexpresivo, como un espectador que se ha ofrecido voluntario y se queda mudo ante el hipnotizador en el escenario del casino indio. Luego, con calma, le entregó el arma y las llaves de su corazón. Los policías hicieron ademán de detenerlo, pero mi padre les pidió que se quedaran donde estaban, hizo señas a Kilo G para que terminara el poema e incluso fingió acabar con él cada verso, como si se los supiera de memoria:

Pero esta litrona no besa la lona.
¡Esta litrona te pone al revés
porque tiene el mundo a sus pies!
Bebamos, pues, sin tristeza
otro litro de cerveza.
¡Esa es nuestra fortaleza!
¡Ya llegó la borrachera,
oh brigada cervecera!

Los furgones de la policía y los coches patrulla se esfumaron en la bruma de la mañana dejando a mi padre solo en mitad de la calle, disfrutando de su humanitarismo. Se volvió hacia mí henchido de gozo.

—¿Sabes lo que le he soltado a ese hijoputa psicótico para que bajara el arma?

—¿Qué le has dicho, papá?

—Le he dicho: «Hermano, tienes que hacerte dos preguntas: ¿quién soy? y ¿cómo puedo llegar a ser yo mismo?». Esa es la terapia básica centrada en el individuo. Quieres que el cliente se sienta importante, que sienta que él o ella controla el proceso de sanación. Acuérdate de esta mierda.

Quise preguntarle por qué a mí nunca me hablaba en ese tono tranquilizador que utilizaba con sus «clientes», pero sabía que, en lugar de responder, me daría con el cinturón y mi proceso de sanación conllevaría mercromina, y que aun entonces me castigaría a no menos de tres semanas de imaginación junguiana activa. Alejándose a toda velocidad como una distante galaxia en espiral, las sirenas rojas y azules giraban silenciosas y brillantes, iluminando la niebla marina de la mañana como una especie de aurora boreal urbana. Metí el dedo en un agujero de bala que había en el tronco de un árbol y pensé que, así como la bala se había hundido diez anillos en el árbol, yo tampoco podría dejar nunca ese barrio. Que iría al instituto local. Que me graduaría sin destacar en nada, otra nulidad con un currículo de seis líneas repleto de erratas, siempre de camino a la Oficina de Empleo, al aparcamiento del local de estriptis y a las clases preparatorias de alguna oposición de tres al cuarto. Que tomaría por esposa, jodería y mataría a Marpessa Delissa Dawson, la vecinita de al lado y mi único amor. Que tendría hijos. Que los amenazaría con enviarlos a una academia militar y con no pagar la fianza si alguna vez los arrestaban. Que sería el tipo de negro que juega al billar en un burdel y engaña a su esposa con la rubia de bote del supermercado Trader Joe de National con Westwood Boulevard. Que dejaría de darle la murga a mi padre por mi madre desaparecida para admitir por fin que la maternidad, como toda trilogía artística, está sobrevalorada. Que, después de pasarme la vida flagelándome por no haber sido amamantado ni haber terminado de ver *El señor de los anillos*, *Paraíso* o *La guía del autoestopista galáctico*, como todos los californianos de clase media baja, moriría en el mismo dormitorio donde había crecido, mirando las mismas grietas que dejó el terremoto del año 1968 en el techo de estuco. Así que preguntas introspectivas como «¿quién soy?» o «¿cómo puedo llegar a ser esa persona?» no me concernían porque ya sabía la respuesta. Como toda la ciudad de Dickens, yo era el hijo de mi padre, un producto de mi entorno y nada más. Dickens era yo. Y yo era mi padre. El problema es que ambos desaparecieron de mi vida, primero papá y luego mi ciudad natal, y de repente no tenía ni idea de quién era, y ni una sola pista sobre cómo llegar a ser yo mismo.

2

¡Del Westside, puto negro! ¡Qué!

3

Las tres leyes fundamentales de la física en el gueto son: 1) el negro que te putea tiende a seguir puteándote hasta el fin de los tiempos; 2) sea cual sea la posición del sol en el cielo, la hora es siempre «culo de mono y media, sus pelotas menos cuarto»; y 3) cada vez que le peguen un tiro a alguien a quien quieres estarás invariablemente en casa por las vacaciones de Navidad, mediado tu primer año de universidad. Has sacado a pasear el caballo para encontrarte con tu padre en una reunión de los intelectuales del Dum Dum Donuts, el *think tank* local, donde él y el resto de los sabios del barrio te pondrán ciego de sidra, rollitos de canela y terapia de reorientación. (No es que tu padre piense que eres gay, pero le preocupa que siempre vuelvas a casa antes de las once y que la palabra «culito» no parezca formar parte de tu vocabulario.) Es una noche fría. Tú vas a lo tuyo, saboreando el último batido de vainilla, y de pronto te topas con un grupo de detectives agolpados alrededor de un cadáver. Desmontas. Te acercas y reconoces un zapato o una manga de camisa o una joya. Mi padre estaba boca abajo en el cruce. Lo reconocí por la mano, el puño cerrado y los nudillos apretados, por las venas del dorso, todavía abultadas. Contaminé la escena del crimen al quitarle una pelusa de su afro enmarañado, al enderezarle el arrugado cuello de la camisa Oxford, al retirarle la gravilla de la mejilla y, de manera mucho más clamorosa, según el informe policial, al meter la mano en el charco de sangre que rodeaba su cuerpo, el cual, para mi sorpresa, estaba frío. No caliente, no bullendo con la rabia negra y la frustración vital de un hombre decente y un poco chiflado que nunca llegó a ser lo que pensaba que era.

—¿Eres el hijo?

El detective me miró de arriba abajo. Con el ceño fruncido y moviendo los ojos de un lado a otro, estudió cada rasgo característico. Detrás de la sonrisa de desprecio, casi advertía cómo su cerebro cruzaba referencias (cicatrices, altura...) con alguna base de datos de criminales dentro de su cabeza.

—Sí, lo soy.

—¿Y tienes algo especial?

—¿Cómo dice?

—Los agentes involucrados han dicho que, cuando los atacó, gritó, y cito textualmente: «Os lo advierto, arquetipos autoritarios recalcitrantes, ¡no sabéis quién es mi hijo!». Así que dime, ¿eres especial?

¿Quién soy?, y ¿cómo puedo ser esa persona?

—No, no soy nadie especial.

Se supone que debes llorar cuando muere tu padre. Que debes culpar al sistema porque tu padre ha muerto a manos de la policía. Que debes lamentar ser de color y de clase media baja en un estado policial que solo protege a los blancos ricos y a las estrellas de cine de todas las razas, aunque no se me ocurre ninguna asiáticoamericana. Pero no lloré. Pensé que su muerte era un truco, otro de sus elaborados ardides para instruirme sobre la grave situación de la raza negra e inspirarme para que hiciera algo con mi vida. Esperaba que se levantara, se sacudiera el polvo y me dijera: «Mira, negrata, si esto puede pasarle al negro más inteligente del mundo, imagínate lo que podría ocurrirle a un idiota como tú. Que el racismo esté muerto no significa que no sigan disparando a los negros a la vista de todos».

Si me dieran a elegir, me importaría una mierda ser negro. Ahora bien, cuando llega el formulario del censo por correo, ante la pregunta RAZA marco la casilla OTRAS RAZAS y escribo orgulloso CALIFORNIANO. Claro que, dos meses después, un trabajador del censo se planta en mi puerta, me mira y dice:

—Mira que eres bobo, negrito. Como negro, ¿qué has de decir en tu defensa?

Y, como negro nunca tengo nada que decir en mi defensa. De ahí la necesidad de un lema. Si lo tuviéramos, levantaría el puño, lo gritaría y le daría al gobierno con la puerta en las narices. Pero no lo tenemos. Así que murmuro un «lo siento» y garabateo mis iniciales junto a la casilla marcada NEGRO, AFROAMERICANO, MORENO, COBARDE. No, la escasa inspiración que pueda tener en esta vida no proviene de ningún orgullo racial. Me viene del mismo anhelo que ha forjado a presidentes admirables y a excelsos farsantes, a verdaderos líderes empresariales y a grandes capitanes del fútbol; es ese anhelo edípico por el cual los hombres emprendamos todo tipo de mierdas que en realidad preferiríamos no hacer, como jugar al baloncesto y liarnos a puñetazos con el niño de al lado, porque en esta familia no nos metemos con nadie, pero si nos buscan las vueltas, nos encuentran, vaya que sí. Hablo de la más básica de las necesidades: la necesidad del niño de complacer al padre.

Muchos padres fomentan dicha necesidad a través de una manipulación inmoral que comienza en la infancia. Consienten a los niños haciéndoles el avioncito, comprándoles helado en días fríos y llevándolos al Mar de Salton y al Museo de Ciencias sus fines de semana alternos. Esos incesantes trucos de magia en los que aparecen dólares de la nada, esos juegos mentales de visita inmobiliaria que te obnubilan haciéndote creer que el magnífico panorama visible desde el segundo piso de la mansión Tudor en las colinas (por no decir el mundo entero) pronto será tuyo, están diseñados para engañarnos, para hacernos creer que, sin tu padre y sin esa orientación paternal, el resto de tu vida será un interminable «te lo dije» en una existencia baladí sin Mickey Mouse. Pero más tarde, en la adolescencia, después de pasarse con los codazos accidentales jugando al baloncesto, las collejas a medianoche porque ya lleva dos copas de más, con el humo en la cara cuando fuma cristal o la guindilla en la boca por soltar un «coño» cuando solo estabas intentando parecerte a papá, te das cuenta de que los helados y las excursiones al túnel de lavado de coches no eran más que un señuelo. Tretas y subterfugios para ocultar una libido decreciente, un salario bajo y la incapacidad para estar a la altura de las expectativas de sus propios padres. El anhelo edípico de complacer a papá es tan poderoso que se impone incluso en un barrio como el mío, donde la mayor parte de los padres están ausentes y, aun así, por la noche los niños se sientan obedientemente junto a la ventana a esperar que papá vuelva a casa. Por supuesto, mi problema era que papá siempre estaba en casa.

En cuanto sacaron las fotos de la escena del crimen, entrevistaron a los testigos y contaron los chistes macabros de costumbre, tomé el cuerpo acribillado de mi padre por las axilas y arrastré sus talones más allá del contorno de tiza, más allá de los marcadores amarillos que numeraban los casquillos, más allá del cruce, el aparcamiento y las puertas dobles de cristal. Senté a mi padre a su mesa favorita, le pedí «lo de siempre», dos helados de chocolate y un vaso de leche, y se lo puse delante. Dado que había llegado con treinta y cinco minutos de retraso y muerto, ya había empezado la reunión, que presidía Foy Cheshire, estrella de la tele en declive, viejo amigo de mi padre y un hombre demasiado ansioso para llenar el vacío y asumir el liderazgo. Hubo un momento de incertidumbre. Los dum dums escépticos miraban al corpulento Foy como la nación debió de mirar a Andrew Johnson después de que asesinaran a Lincoln.

Sorbí ruidosamente para apurar mi batido. Era la señal para que continuase la reunión, porque así lo habría querido mi padre.

La revolución del Dum Dum Donuts debe continuar.

Mi padre fundó el Club de los Intelectuales del Dum Dum Donuts cuando advirtió que la franquicia local del Dum Dum Donuts era el único negocio que, sin pertenecer a negros o latinos, no había sido quemado y saqueado durante los disturbios. De hecho, los saqueadores, los policías y los bomberos se detenían en la ventanilla del servicio veinticuatro horas para abastecerse de trenzas de azúcar, bollos de canela y una limonada sorprendentemente buena mientras se enfrentaban a los incendios, la fatiga y los molestos equipos de noticias, que preguntaban a cualquiera que estuviera al alcance del micrófono:

—¿Crees que los disturbios van a cambiar algo?

—Oye, estoy saliendo en la tele, ¿no, zorra?

En todos sus años de existencia, nunca han robado ni desvalijado el Dum Dum Donuts, nadie le ha arrojado huevos ni lo ha arrasado. Y a día de hoy la fachada art déco de la franquicia sigue libre de grafitis y manchas de orina. Los clientes no aparcan en la plaza para minusválidos. Los ciclistas dejan sus vehículos sin candado y perfectamente alineados en los soportes, como bicis de paseo holandesas en una estación de tren de Ámsterdam. Hay algo tranquilo, casi monástico, en la tienda de donuts del gueto. Está limpia. Inmaculada. Los empleados siempre están cuerdos y se muestran respetuosos. Tal vez sea la iluminación tenue o la vistosa decoración, cuyos colores están pensados para representar un emblemático arce helado con un arcoíris de rocío. Sea lo que sea, mi padre advirtió que la tienda de donuts era el único lugar de Dickens donde se comportaban los negros. La gente se pasaba la nata sin lactosa. Los extraños te señalaban educadamente la punta de la nariz y te hacían la seña universal de «quítate el azúcar glasé de la cara». En 12,56 kilómetros cuadrados de barrio negro, los 260 metros cuadrados del Dum Dum Donuts eran el único lugar de toda la «comunidad» donde uno podía experimentar la raíz latina de la palabra, donde un ciudadano podía sentirse unido a sus semejantes. Así que una lluviosa tarde de domingo, no mucho después de que se esfumaran los tanques y la atención de los medios, mi padre pidió lo de siempre, se sentó a la mesa que quedaba más cerca del cajero automático y en voz alta, aunque sin dirigirse a nadie en concreto, dijo:

—¿Sabíais que la media del patrimonio neto familiar en los hogares blancos alcanza los 113.149 dólares, mientras que en los hispanos es de 6.325 y la de los negros, de 5.677?

—¿De verdad?

—¿Cuál es tu fuente, negrata?

—El Centro de Investigaciones Pew.

Todo hijo de puta desde Harvard hasta Harlem respeta el Centro de Investigaciones Pew, y al escuchar eso, los clientes se dieron la vuelta, interesados, en sus chirriantes asientos de plástico lo mejor que pudieron, porque aquellas sillas giratorias solo se movían seis grados en ambas direcciones. Con educación, papá le pidió al gerente que bajara las luces. Encendí el retroproyector, deslicé una transparencia sobre el cristal, y todos estiramos el cuello hacia el techo, donde un gráfico de barras titulado «Disparidad de ingresos determinada por la raza» se cernía sobre nosotros en la oscuridad como un cumulonimbo que amenazara con descargar sobre nuestros desfiles.

—Me preguntaba qué hacía ese negrata con un maldito proyector en una tienda de donuts.

En un abrir y cerrar de ojos, mi padre, disertando con un diagrama de difusión macroeconómica aquí y un esbozo de Milton Friedman allá, estaba impartiendo un seminario improvisado sobre los males de la desregulación y el racismo institucional. Explicó que los que habían predicho la crisis financiera más reciente no fueron los perrillos falderos keynesianos tan queridos por los bancos y los medios de comunicación, sino los economistas conductuales, que sabían que la fluctuación del mercado no depende de los tipos de interés o las fluctuaciones del PIB, sino de la codicia, el miedo y la ilusión económica. La discusión se animó. Con la boca llena de pastel y los labios cubiertos de virutas de coco, los clientes del Dum Dum Donuts censuraron el bajo tipo de interés y la maldita compañía del cable, que había tenido la cara de cobrar recargos por retraso en el pago anticipado de julio por unos servicios que no empezó a prestar hasta agosto. Una mujer, con los carrillos a reventar de almendrados, le preguntó a mi padre:

—¿Cuánto ganan los chinos?

—Bueno, los asiáticos ganan más que ningún otro grupo demográfico.

—¿Más que los maricones? —gritó el subgerente—. ¿Estás seguro de que los asiáticos ganan más que los maricas? Porque yo no dejo de oír que los maricas se sacan una pasta.

—Sí, incluso más que los homosexuales. Pero recordad: los asiáticos no tienen poder.

—¿Y qué hay de los asiáticos homosexuales? ¿Has hecho un análisis de regresión con la raza y la orientación sexual como elementos de control?

Aquel perspicaz comentario procedía de Foy Cheshire, que era unos diez años mayor que papá. Foy estaba de pie junto al surtidor de agua, con las manos en los bolsillos, y llevaba un jersey de lana a pesar de que el termómetro marcaba 25 °C. Esto ocurrió mucho antes del dinero y la fama. Por aquel entonces era profesor adjunto de Estudios Urbanos en la Universidad de California-Brentwood, vivía en Larchmont con el resto de la clase intelectual de Los Ángeles y andaba por Dickens haciendo investigación de campo para su primer libro, *Negrópolis: la intransigencia de la pobreza afroamericana y de la ropa ancha*.

—Creo que un examen de la confluencia de variables independientes sobre los ingresos podría brindar algunos coeficientes r muy interesantes. Francamente, no me sorprendería que los valores p rondaran el 0,75.

A pesar de aquella actitud petulante, a papá le gustó de inmediato. Foy había nacido y crecido en Michigan, pero en Dickens mi padre no solía encontrarse a nadie que supiera la diferencia entre una prueba T y un análisis de desviaciones. Después de hablarlo delante de una caja de buñuelos, todos los clientes, incluido Foy, acordaron reunirse de manera regular, y así nació el Club de los Intelectuales del Dum Dum Donuts. Sin embargo, donde mi padre veía una oportunidad de intercambio de información, defensa del interés público y consejo comunitario, Foy vio un trampolín a la fama en la mediana edad. Las cosas entre los dos empezaron amistosamente. Maquinaban y salían a ligar juntos. Pero, al cabo de unos años, Foy Cheshire se dio a conocer y mi padre nunca alcanzó la fama. Aunque Foy no era un pensador profundo, por aquel entonces estaba infinitamente mejor organizado que mi padre, cuya principal fuerza era también su mayor debilidad: iba muy por delante de su tiempo. Mientras mi padre escribía teorías incomprensibles e inamovibles que vinculaban la opresión negra, la teoría de juegos y la del aprendizaje social, Foy presentaba un programa de televisión. Entrevistaba a famosos y a políticos de segunda fila, escribía artículos en revistas y asistía a reuniones en Hollywood. Una vez, mientras veía a mi padre teclear en su escritorio, le pregunté de dónde provenían sus ideas. Él se volvió y, con la boca pastosa por el whisky escocés, me dijo:

—La verdadera pregunta no es de dónde vienen las ideas, sino adónde van.

—¿Y adónde van?

—A los rufianes hijos de puta como Foy Cheshire, que las roban y se sacan una pasta con tu mierda, y luego te invitan a la fiesta de lanzamiento como si no pasara nada.

La idea que Foy le robó a mi padre fue una serie de dibujos animados llamada *Gatos negros y niños músicos*. Se vendió en todo el mundo, ganó varios premios, la doblaron a siete idiomas y, gracias a ella, a mediados de los noventa Foy ganó el dinero necesario para comprarse una casa de ensueño en las colinas. En público, mi padre nunca dijo nada al respecto. Jamás confrontó a Foy en las reuniones, porque, en su opinión, «nuestra gente necesita desesperadamente de todo menos acritud». Años más tarde, cuando Los Ángeles dejó a Foy hecho un guiñapo, cuando quedó a la vista de todos que no era más que un paleto a la fuga, cuando lo perdió todo por culpa de su adicción a las drogas y a las angelinas criollas con pecas, cuando la productora le engañó y le dio la patada, y el fisco se lo arrebató todo, salvo la casa y el coche, por evasión de impuestos, mi padre siguió callado. Cuando, arruinado y avergonzado, Foy se puso una pipa en la sien y llamó a papá para que le susurrara como un negrata y le quitara las ideas suicidas de la cabeza, mi padre mantuvo la confidencialidad médico-paciente. Guardó silencio sobre los sudores nocturnos, las voces, el diagnóstico de trastorno narcisista de la personalidad y la estancia en un psiquiátrico durante tres semanas. Y la noche en que mi fervientemente ateo padre murió, Foy rezó y clamó abrazado a su cuerpo sin vida y luego actuó como si la sangre en aquella camisa blanca impoluta de Hugo Boss fuera en realidad suya. Estaba claro que, a pesar del discurso y las palabras conmovedoras sobre la muerte de mi padre como símbolo de la injusticia negra, en el fondo no cabía en sí de gozo. Porque, con la muerte de mi padre, sus secretos estaban a salvo, y tal vez sus sueños de gloria para los intelectuales del Dum Dum Donuts, que por fin podrían convertirse en el equivalente negro de los jacobinos, con él en el papel de Robespierre. Mientras los dum dums debatían cómo vengarse, concluí la reunión antes de lo habitual, arrastrando el cadáver de mi padre más allá del refrigerador de bebidas, hasta la grupa de mi caballo, donde lo coloqué boca abajo, con los brazos y las piernas colgando, como en las películas de vaque-

PALETADAS DE MIERDA

ros. Al principio los dum dums intentaron detenerme, culpándome por atreverme a retirar al mártir antes de que tuvieran la oportunidad de sacar unas fotos. Luego tomó cartas en el asunto la policía, que bloqueó las calles con los coches para impedirme el paso. Lloré y maldije. Hice girar al caballo justo en mitad del cruce y los amenacé con una coz en la frente si se acercaban. Al final alguien sugirió llamar al Hombre que Susurraba a los Negratas, pero el Hombre que Susurraba a los Negratas estaba muerto.

El negociador, el capitán Murray Flores, era un tipo con el que mi padre había colaborado en muchos susurros a negratas. Dominaba su trabajo y no se anduvo por las ramas. Tras levantar la cabeza de mi padre para mirarlo a la cara, escupió al suelo indignado y soltó:

—No sé qué decir.

—Puede contarme qué ha pasado.

—Ha sido un accidente.

—¿«Un accidente»? ¿Y eso qué significa?

—Entre nosotros, significa que tu padre ha parado el coche detrás de los agentes de paisano Orosco y Medina, que se habían detenido en un semáforo y hablaban con una indigente. Después de que el semáforo cambiara de verde a rojo un par de veces, tu padre se ha cansado de esperar, ha pegado un volantazo y, mientras los sorteaba, ha gritado algo, y entonces el agente Orosco le ha impuesto una multa y una severa amonestación. Y tu padre ha dicho...

—«Puedes soltarme una multa o un sermón, pero no ambas cosas.» Se lo robó a Bill Russell.

—Vaya, conoces bien a tu padre. Los agentes se lo han tomado mal, han sacado sus armas y tu padre ha hecho lo que habría hecho cualquier persona sensata: echar a correr. Y ellos le han pegado cuatro tiros por la espalda y lo han dejado muerto en el cruce. Así que ya lo sabes. Solo tienes que dejarme hacer mi trabajo. Conseguiré que los responsables rindan cuentas. Entrégame el cadáver.

Le hice al capitán Flores una pregunta que me había hecho mi padre muchas veces:

—En toda la historia del Departamento de Policía de Los Ángeles, ¿sabe usted cuántos agentes han sido condenados por homicidio mientras estaban de servicio?

—No.

—La respuesta es ninguno, así que nadie va a rendir cuentas. Me lo llevo.

—¿Adónde?

—Pienso enterrarlo en el patio trasero. Usted haga lo que tenga que hacer.

Creo que no había visto a un policía usando su silbato hasta entonces. No en la vida real. Pero el capitán Flores tocó su silbato de latón e hizo un gesto a los otros agentes, a Foy y a los manifestantes del Dum Dum Donuts para que abrieran paso. Encabecé el cortejo fúnebre lentamente hasta el 205 de Bernard Avenue.

El sueño de mi padre siempre había sido tener el 205 de Bernard Avenue en propiedad.

La Ponderosa, así lo llamaba.

«Hay que ser idiota para currar de aparcero, adoptar niños de otras razas y alquilar con opción a compra —le gustaba decir mientras hojeaba los libros de inversión inmobiliaria y sin depósito jugando con escenarios hipotecarios posibles en la calculadora—. Mis memorias... Como poco me soltarán veinte mil por adelantado... Podemos empeñar las joyas de tu madre por cinco o seis mil... Y aunque hay una penalización por retirar tu fondo para la universidad por anticipado, si sacamos esa pasta ahora, tener la vivienda en propiedad estará a la vuelta de la esquina.»

Nunca hubo memorias, solo títulos, que gritaba mientras estaba en la ducha follándose a alguna de esas «colegas de la universidad» de diecinueve años que hacían pompas con el chicle. Sacaba la cabeza por la puerta y, a través del vapor, me preguntaba qué me parecía *La interpretación de los putos negros* o, mi favorita, *Yo tranqui, tú tranqui*. Y no había joyas. En la foto descolorida que tenía sobre el cabecero de mi cama, mi madre, una antigua chica de la semana en la revista *Jet*, no llevaba adornos ni baratijas. Era una chica de peinado austero, muslos generosos y labios brillantes, tumbada sobre una tabla de surf con un bikini de lamé dorado. Lo único que sabía de ella era la extensa nota biográfica que figuraba en la esquina inferior derecha de la foto: «Laurel Lescook es una estudiante de Cayo Vizcaíno, Florida, amante del ciclismo, la fotografía y la poesía». Años más tarde di con la señorita Lescook. Trabajaba como pasante de abogado en Atlanta y recordaba a mi padre como un hombre al que no conoció nunca, pero que, tras su aparición de la revista en septiembre del 77, la había inundado con propuestas de matrimonio, poemas horripilantes y fotos de su pene erecto hechas con una Kodak Instamatic. Teniendo en cuenta que mis ahorros universitarios ascendían a 236,72 dólares, el total de lo recibido de los escasos invitados a mi *black mitzvá*, y que tanto el manuscrito de mi padre como la colección de joyas de mi madre eran inexistentes, nadie en su sano juicio creería que llegaríamos a comprar esa casa; sin embargo, como la suerte había querido que mi padre muriera de manera injusta a manos de la policía, y gracias a la indemnización de dos millones de dólares que recibí más tarde, en cierto sentido él y yo compramos la granja aquel mismo día.

A primera vista, que mi padre comprara la famosa granja parece la más metafórica de las dos transacciones. Pero como acertó a señalar la primera de aquellas inspecciones anuales del Departamento de Alimentos y Agricultura de California, al pasarse por el 205 de Bernard Avenue, esa fértil parcela de tierra de menos de una hectárea a este lado de la superficie lunar, sita en el gueto más infame del condado de Los Ángeles; con su caravana Winnebago Chieftain de 1973 como granero; con un gallinero digno del Plan 8 de asistencia a la vivienda para inquilinos con bajos ingresos y una tejavana tan oxidada que ni los vientos de Santa Ana ni El Niño ni el tornado de 1983 lograron moverla; con un terreno desaprovechado e infestado de escombros donde crecían dos limoneros; con sus tres caballos, sus cuatro cerdos y su cabra con dos patas y las ruedas de un carrito de supermercado acopladas como cascos traseros; con sus doce gatos callejeros, sus vacas y su cumulonimbus de moscas cerniéndose sobre el «estanque», una piscina inflable llena de gas de los pantanos licuado y mierda de rata fermentada... esa propiedad que rescaté de la ejecución hipotecaria el mismo día en que mi padre decidió decirle al agente de policía de paisano Edward Orosco: «mueve tu mierda de Ford Crown Victoria y deja de bloquear el cruce», con fondos prestados gracias a lo que los tribunales determinarían más adelante como un acuerdo de dos millones de dólares para subsanar un fatídico abuso de autoridad..., pues bien, llamar «granja» a esa parcela ubicada en suelo urbano y carente de subsidios, una clara muestra de la ineptitud afroagraria, sería sobrepasar los límites de la literalidad. Si papá y yo hubiéramos fundado Jamestown en lugar de los peregrinos, los indios habrían mirado nuestros marchitos cultivos, de maíz y de naranjos enanos, y las hileras de cultivos serpenteantes y resecos, y habrían dicho: «Se cancela el seminario de siembra de maíz de hoy. Los negratas sois unos negados».

Cuando te crías en una granja en medio del gueto, compruebas que lo que tu padre solía decirte mientras hacíais las tareas del hogar era cierto: la gente traga mierda a paletadas, se come lo que le eches porque, como los cerdos, todos metemos la cabeza en el comedero. Y si bien los cochinos no creen en Dios, el sueño americano o que la pluma sea más poderosa que la espada, sí creen en la alimentación de la misma manera desesperada en que nosotros creemos en los periódicos dominicales, la Biblia, la radio urbana negra y el tabasco. En sus días libres, solía invitar a los vecinos a verme trabajar. Aunque las Granjas era una zona dedicada a la agricultura, hacía mucho que la mayoría de las familias habían abandonado el estilo de vida rural: los patios traseros albergaban canchas de baloncesto y pistas de tenis, o una casita de invitados, tal vez. Y si bien quedaban familias que todavía criaban pollos o alguna vaca, incluso, o dirigían una escuela de equitación para jóvenes en situación de riesgo, nosotros éramos los únicos que nos dedicábamos a la agricultura a gran escala, tratando de hacer realidad una vieja promesa olvidada de la posguerra civil sobre cuarenta acres y una mula. «Este puto negro no va a ser como el resto de vosotros —clamaba mi padre mientras se tocaba la polla con una mano y me señalaba con la otra—. Mi hijo va a ser un negro renacentista. ¡Un Galileo moderno!, ¡eso va a ser este hijoputa!» Entonces abría una botella de ginebra, repartía vasos de papel y cubitos de hielo, servía unos chorros de soda y limón y, desde el porche de atrás, me veían recoger fresas, guisantes o la mierda que fuera de temporada. El algodón era lo peor de todo. No por tener que agachar la cerviz, ni por las espinas, ni siquiera por las canciones religiosas de Paul Robeson que ponía en el estéreo lo bastante alto para ahogar las rancheras de los López que sonaban en la casa de al lado. No era porque plantar, regar y cosechar algodón supusiera una pérdida de tiempo, ni porque no tuviéramos más que la Seagram's que cabía en el vaso de espuma de polietileno que sostenía mi padre. No; recoger algodón era lo peor porque ponía a papá nostálgico. Borracho, sentimental y hasta las cejas de orgullo y ginebra, se jactaba ante nuestros vecinos negros de cómo yo no había pasado un solo día en la guardería ni había jugado con otros niños. En lugar de eso, les aseguraba que había sido criado y amamantado por una cerda llamada Suzy Q y que, en la rivalidad fraternal de «cochino contra negrito», había perdido contra un genio porcino llamado Savoir Faire. Los amigos de papá me observaban arrancar con habilidad el algodón de los tallos secos y aguardaban confiados a que empezara a resoplar, listo para derribar el orden social orwelliano y confirmar mi crianza porcina.

1. Todo lo que camina sobre dos pies es un enemigo.
2. Todo lo que camina sobre cuatro patas o tiene seis alitas y un panecillo es un amigo.
3. Ningún cochinegro usará pantalones cortos en otoño y mucho menos en invierno.
4. A ningún cochinegro lo pillarán durmiendo.
5. Ningún cochinegro beberá Kool-Aid preedulcorado.
6. Todos los cochinegros fueron creados iguales, pero algunos no valen un carajo.

No recuerdo que mi padre me atase la mano derecha a la espalda, ni que me cuidasen en una pocilga, pero sí recuerdo haber empujado a Savoir Faire, con una mano en cada cuarto trasero engordado con leche por la rampa de madera para meterlo en el remolque. Mi padre, el último conductor del planeta que utilizó señales manuales, doblaba las esquinas lentamente, diciéndome que el otoño era la mejor estación para sacrificar un cerdo, porque había menos moscas y la carne podía quedarse fuera más tiempo, pues, una vez la congelas, empieza a perder calidad. Arrodillado en el asiento y sin ponerme el cinturón, como cualquier niño que viajaba en coche antes de la aparición del airbag y las sillas infantiles, fui mirando por el ventanuco trasero a Savoir Faire, un genio condenado y biungulado, que soltaba alaridos como una zorra de doscientos kilos camino del matadero.

—No volverás a ganar al cuatro en raya ni a las damas, hijo de puta. No volverás a llenar de mocos las piezas del Hundir la Flota.

Y en los semáforos papá sacaba el brazo por la ventanilla y doblaba el codo con la mano hacia el suelo y la palma hacia atrás.

—¡La gente traga mierda a paletadas! —gritaba por encima de la música, logrando de alguna manera cambiar la marcha, girar el volante, encender el intermitente y hacer la señal manual de giro a la izquierda, mientras cantaba con Ella Fitzgerald y leía la lista de best-sellers del *Los Ángeles Times* al mismo tiempo.

La gente traga mierda a paletadas.

Me gustaría decir «enterré a mi padre en el patio trasero y ese día me convertí en un hombre» o alguna otra majadería americana, pero lo único que pasó ese día fue que me sentí aliviado. Ya no necesitaba hacer como que la cosa no iba conmigo cuando mi propio padre luchaba por un sitio para aparcar en el mercado de los agricultores. Cuando les gritaba a esas señoras de Beverly Hills que aparcaban sus cochazos gigantes en espacios señalizados para vehículos de dos plazas, con lo que le impedían el paso.

—Zorra, te metes tantos medicamentos que te has quedado tonta. Si no apartas ese puto cacharro, te juro por Dios que te voy a dar un puñetazo en ese rostro embadurnado de antiarrugas y te voy a quitar esa cara de quinientos años de privilegios blancos y quinientos mil dólares de cirugía plástica.

La gente traga mierda a paletadas. Y a veces, cuando me acerco a caballo hasta la ventanilla del *drive thru* o devuelvo las miradas incrédulas de un descapotable lleno de asombrados cholos de fuera, que señalan al vaquero negro que saca su ganado a pastar en los campos llenos de basura que quedan junto a West Greenleaf Boulevard, bajo el tendido eléctrico con forma de Torre Eiffel, pienso en todas las boñigas que mi padre me hizo tragar *ad infinitum* hasta que sus sueños se convirtieron en mis sueños. A veces, mientras afilo la guadaña o esquilo ovejas, siento que cada momento de mi vida no es sino uno de sus *déjà vus*. Y no, no echo de menos a mi padre. Lamento no haber tenido el valor de preguntarle si era verdad que me había pasado las etapas sensoriomotriz y preoperacional de mi vida con una mano atada a la espalda. Porque, si hablamos de venir a este mundo con desventaja, ser negro no es la mayor putada que puede sucederte. Intenta aprender a gatear, montar un triciclo, cubrirte los ojos cuando juegas al escondite o elaborar una teoría significativa de la mente con una sola mano.

4

No encontrarán Dickens, California, en el mapa porque unos cinco años después de que muriera mi padre, y un año después de que yo acabara la universidad, Dickens desapareció también. No hubo ningún estruendo, Dickens no acabó con una explosión, como Nagasaki, Sodoma, Gomorra o mi padre. Se perdió en silencio, como esos pueblos que, un accidente atómico tras otro, se esfumaron de los mapas de la Unión Soviética durante la Guerra Fría. Aunque la desaparición de la ciudad de Dickens no fue ningún accidente. Formó parte de una flagrante conspiración, ideada por las comunidades vecinas, cada vez más ricas, las de dos coches en el garaje, para mantener el valor de sus propiedades al alza y su presión sanguínea a la baja. Con el boom de la vivienda de la primera década de este siglo, muchos vecindarios modestos del condado de Los Ángeles sufrieron transformaciones inmobiliarias. Lo que antaño habían sido agradables enclaves de clase obrera, se poblaron de tetas falsas, títulos universitarios e índices de criminalidad igual de falsos, injertos vegetales y capilares, liposucciones y colosucciones. De madrugada, después de que las juntas comunitarias, las asociaciones de propietarios y los magnates de bienes raíces se hubieran reunido para acuñar nombres grandilocuentes para vecindarios insípidos, alguien colgaba un gran cartel de color azul mediterráneo en lo más alto de un poste telefónico. Y cuando se disipaba la niebla, vecinos en bloques a punto de aburguesarse despertaban para descubrir que habían pasado a vivir en Montecito Hill, Mar Vista o El Sereno, aunque no hubiera ni montecitos ni vistas ni serenos en quince kilómetros a la redonda. Hoy en día los angelinos, que solían verse a sí mismos como habitantes del Southside, el Eastside o el Westside, se enzarzan en interminables batallas legales sobre si sus encantadoras casas rurales de dos dormitorios quedan dentro de los confines de Beverlywood o de Beverlywood Adjacent.

Dickens, sin embargo, experimentó una transición de otro tipo. Una mañana clara, en South Central despertamos para encontrarnos con que, si bien no habían cambiado el nombre de la ciudad, todas las señales de BIENVENIDOS A DICKENS habían desaparecido. No hubo ningún anuncio oficial, ningún artículo en el periódico o mención en las noticias de la noche. A nadie le importaba. De alguna manera, la mayoría de los dickensianos se sentían aliviados de no ser de ninguna parte. Les ahorraba la vergüenza de tener que responder a la pregunta «¿de dónde eres?», porque cuando uno contestaba «de Dickens» su interlocutor se disculpaba y decía: «Vaya, lo siento. ¡No me mates!». Corría el rumor de que el condado había revocado nuestra carta fundacional por culpa de la corrupción política local, reconocida y generalizada. Las comisarías y los parques de bomberos cerraron. Llamabas a lo que solía ser el ayuntamiento y una adolescente muy malhablada llamada Rebecca te gritaba: «¡Dejad de llamar! ¡Aquí no hay ningún negrata llamado Dickens!». Se desmanteló la junta escolar autónoma. Las búsquedas en Internet mostraban solamente referencias a «Dickens, Charles John Huffam» y a un condado polvoriento de Texas que había tomado su nombre de un pobre diablo que puede que estirara la pata en el Álamo, o puede que no.

En los años que siguieron a la muerte de mi padre, los vecinos me escogieron como nuevo Hombre que Susurraba a los Negratas. Ojalá pudiera decir que respondí a aquella llamada por un sentido de orgullo familiar o por deber comunitario, pero la verdad es que lo hice porque no tenía vida social. Susurrar a los negratas me obligaba a salir de casa, me alejaba de los cultivos y los animales. Conocí a personas interesantes y traté de convencerlos de que no importa cuánta heroína y R. Kelly tuvieran en el sistema, en ningún caso podrían volar. Cuando mi padre susurraba a los negratas no parecía tan difícil. Por desgracia, no fui bendecido con la voz grave y sonora de mi padre, esa voz de anuncio de coche de lujo. Yo tengo voz de pito, con tanta *gravitas* como el miembro más apocado de tu *boy band* favorita. El flaco, el de voz suave, el que en el videoclip se sienta en el asiento trasero del descapotable y nunca se lleva a la chica, ni mucho menos hace un solo. De modo que me dieron un megáfono. ¿Ustedes han intentado susurrar por megáfono alguna vez?

Hasta la desaparición de Dickens, la carga de trabajo no resultaba excesiva. Negociaba una crisis cada dos meses; podría decirse que era granjero a tiempo completo y susurrador de negratas a tiempo parcial. Pero una vez que borraron a Dickens del mapa, allí estaba yo todas las semanas, descalzo y en pijama, en el patio de un edificio de apartamentos, megáfono en mano, mirando a una madre turbada que, con la mitad del pelo planchado y la otra no, agitaba a su bebé por encima de la barandilla del balcón del segundo piso. Cuando susurraba mi padre, el peor día de la semana era el viernes por la noche. La gente acababa de cobrar y lo acosaban hordas de pobres bipolares que, habiéndose fundido toda la pasta de golpe y cansados e insatisfechos tras una programación de mierda en horario de máxima audiencia, dejaban atrás un sofá atiborrado de familiares obesos y cajas de productos de belleza Avon que aún no habían conseguido colocar, y apagaban la radio de la cocina, donde, canción tras canción, alguien seguía exaltando las virtudes del viernes noche en la disco (el lugar donde empinar el codo, matar negros y follar chochitos, en este orden), para luego cancelar la cita del día siguiente con su profesional de salud mental, a saber, una peluquera cotorra que, tras

71

años y años peinando cabezas, solo sabe hacer una cosa con el pelo —freírlo, teñirlo y echarlo a un lado—, y elegían ese viernes, día de Venus, diosa del amor, la belleza y las facturas impagadas, para cometer suicidio, asesinato o ambas cosas. Pero conmigo la gente tiende a perder la cabeza los miércoles. Un gran día. Y así, sin yuyu ni grisgrís, sin tener ni puta idea de qué decir, apretaré el botón y, con un fuerte chirrido de feedback, el megáfono volverá a la vida. La mitad de la tribu escogida espera oírme pronunciar las palabras mágicas y salvar la situación; la otra mitad aguarda expectante a que a ella se le abra el albornoz para ver un par de tetas rebosantes de leche. A veces empiezo con un chiste, saco un trozo de papel de un gran sobre de color manila y, en mi mejor imitación de presentador de programa vespertino sensacionalista, proclamo: «Si hablamos de Kobe Jordan Kareem LeBron Mayweather III, de ocho meses de edad, debo confesar que no soy el padre... pero ¡ya me gustaría!».Y siempre y cuando no me parezca demasiado al verdadero padre, la madre se echa a reír y deja caer al pequeño mocoso, con su pañal lleno de mierda, en mis brazos.

Por lo general, sin embargo, no es tan simple. La mayoría de las veces hay tanto desaliento a lo «Mississippi Goddam» de Nina Simone en el ambiente nocturno que no sé cómo abordar la situación. Y esos horribles moretones en la cara y los brazos... El seductor albornoz de rizo al fin le resbala por los hombros y revela que la mujer es en realidad un maromo: un tipo con los pechos inducidos hormonalmente, el pubis afeitado y unas caderas asombrosamente curvilíneas; alguien que tiene a su lado una media naranja que blande una de esas llaves para cambiar llantas y que, bajo la sudadera holgada y la gorra de béisbol ladeada, podría ser hombre, o tal vez solo hombruno, aunque ya da igual, porque camina de un lado para el otro como un poseso y me amenaza con abrirme la cabeza si digo algo que no debo. El bebé, vestido de azul, porque el azul es el color tribal de los Crips, estará demasiado gordo o demasiado flaco, y llorará tanto que desearás que cierre el pico o, aún peor, se estará tan sumamente callado que, dadas las circunstancias, pensarás que ya estará muerto. E inevitablemente tras esas cortinas, que se agitan por las puertas de cristal abiertas, siempre se oye a Nina Simone de fondo. Estas son las mujeres contra las que me prevenía mi padre. Las drogadictas, colgadas de cabronazos y muertas de aburrimiento, que se sientan a oscuras, fumando un cigarrillo tras otro, zurradas por la vida y por tipos que no les hacen ni puto caso, con el teléfono siempre pegado a la oreja y la marcación rápida dispuesta para llamar a la emisora K-Earth 101 FM, la de los viejos éxitos, y pedir que les pongan algo de Nina Simone o las Shirelles. «Esta va dedicada a la persona a la que amo», o sea: «Esta se la dedico al negrata que me tumbó de una paliza y se largó». «Aléjate de las zorras que adoran a Nina Simone y solo tienen amigos maricas —me advertía mi padre—. Odian a los hombres.»

Colgado de los diminutos talones, el bebé traza en el aire gigantescas parábolas, como círculos de molinos de viento. Y heme allí como un pánfilo, con la mirada ausente y cara de circunstancias: soy un susurrador de negratas sin secretos ni nada bueno que susurrar. La multitud murmura que no sé lo que hago. Y tiene razón.

—Deja de hacer el tonto, chico, que vas a conseguir que el bebé la esfínter.

—Dirás que la espiche.

—Lo que tú digas, negro de mierda, pero haz algo.

Todos piensan que cuando murió mi padre fui a la universidad, me licencié en Psicología y regresé para retomar su gran labor. Pero a mí no me interesa la teoría psicoanalítica, ni las manchas de tinta ni la condición humana ni devolverle nada a la comunidad. Fui a la Universidad de California, Facultad de Riverside, porque tenían un Departamento de Ingeniería Agrícola decente. Estudié Zootecnia porque anhelaba convertir la tierra de papá en un criadero, soñaba con vender avestruces a esa camarilla variable de raperos de principios de los noventa, a tipos camino de convertirse en atletas profesionales y a los secundarios de películas de gran presupuesto que, ansiosos por invertir su guita, al volar en primera clase por vez primera, echan una ojeada a la sección financiera de las revistas de a bordo y piensan: «Joder, ¡la carne de avestruz es el futuro!». Blanco y en botella. Un nutritivo bistec de avestruz aprobado por la Administración de Medicamentos y Alimentos se vende a cuarenta dólares el kilo, las plumas están a cinco dólares la pieza y cada uno de esos pellejos parduscos vale unos doscientos pavos. Aunque el dinero de verdad lo sacaría vendiendo polluelos a los nuevos ricos negratas que quisieran dárselas de criadores, porque de promedio cada ave no produce más que unos veinte kilos de carne comestible y porque Oscar Wilde está muerto y ya nadie lleva plumas ni sombreros con pluma: solo las *drag queens* mayores de cuarenta, los bávaros que tocan la tuba, los imitadores de Marcus Garvey y las bellezas sureñas que apuestan en el Derby de Kentucky mientras sorben julepes de menta, aunque esas no le comprarían nada a un negro, aunque tuviera el secreto para una piel tersa y una polla de treinta centímetros. Yo sabía perfectamente que es imposible criar las aves, y no tenía el capital inicial, pero digamos que, en mi segundo año, el Programa de Pequeños Agricultores de Riverside no ofrecía muchas lecciones sobre bichos de dos patas y, además, como dicen los camellos: «Si no lo hago yo, lo hará otro». Y créanme, a día de hoy las montañas de San Gabriel están llenas de cerditos de barro de tipos que se las daban de emprendedores y acabaron sin blanca.

—No sé qué decir.

—¿No te licenciaste en Psicología, como tu padre?

—De lo único que sé un poco es de criar animales.

—Mierda, casarse con esos animales hace que estas zorras se metan en líos, pero será mejor que le digas algo a esta novilla.

Estudié Ciencias y Gestión de Cultivos como asignatura secundaria, porque la señora Farley, mi primera profesora de Agronomía, me dijo que era un horticultor innato y que si quería podría ser el próximo George Washington Carver. Que todo lo que necesitaba era esforzarme por dar con mi propio equivalente del cacahuete. Una legumbre propia, bromeó, y me puso un *Phaseolus vulgaris* en la palma de la mano. Pero cualquiera que hubiera estado en Tito's Tacos y se hubiera tomado un tazón caliente de esa grasienta y cremosa sopa de frijoles refritos cubierta con una capa sólida de cheddar derretido, sabía que el frijol ya había alcanzado la perfección genética. Recuerdo haberme preguntado por qué George Washington Carver. ¿Por qué no podría haber sido el siguiente Gregor Mendel o el inventor del nuevo Chia Pet o, aunque nadie recuerda ya al Capitán Kangaroo, el siguiente señor Green Jeans? Así que opté por especializarme en la flora con más relevancia cultural para mí: las sandías y la hierba. En el mejor de los casos, soy un agricultor de subsistencia, pero tres o cuatro veces al año engancho el caballo a la carreta y salgo por Dickens a vender mi mercancía mientras en el estéreo suena Mongo Santamaría con su «Watermelon Man». Ese tema, que se oye a lo lejos, es capaz de detener partidos de baloncesto de la liga estival, poner fin a una maratón de saltos con doble comba y forzar a las mujeres y los niños a tomar una decisión difícil mientras esperan en el cruce de Compton y Firestone el último autobús para las visitas del fin de semana a la cárcel del condado de Los Ángeles.

Aunque no es complicado cultivarlas, y llevo años vendiéndolas, la gente todavía alucina al ver una sandía cuadrada. Y, como con el presidente negro, cabría pensar que, tras dos legislaturas viendo a un tipo trajeado disertar sobre el estado de la nación, la gente al final se acostumbra a ver sandías cuadradas, pero eso no pasa. Las de forma piramidal también se venden bien, y para Pascua tengo unas con forma de conejo que he alterado genéticamente de manera que, si bizqueas, en las líneas oscuras de la corteza se lee JESÚS ES LA SALVACIÓN. Esas me las quitan de las manos. Pero es el sabor lo que los hace volver. Piensen en la mejor sandía que hayan comido. Ahora denle un toque de anís y añadan una pizca de azúcar moreno. Piensen en las semillas que no nos gusta escupir porque refrescan la boca como el último resto de un cubito de hielo cubierto de cola que se derrite en la punta de la lengua. Yo no lo he visto nunca, pero dicen que hay quien que se ha desmayado tras darle un bocado a una de mis sandías. Que los paramédicos que acaban de practicar una RCP a alguien que ha estado a punto de ahogarse en los quince centímetros de agua de la piscina de plástico azul de su patio trasero no le preguntan si ha sufrido una insolación o si hay antecedentes de enfermedades cardíacas en su familia. No; con el rostro cubierto de restos rojos y pegajosos del néctar tras el boca a boca y las mejillas moteadas con semillas negras, dejan de relamerse solo el tiempo suficiente para inquirir: «¿De dónde has sacado la sandía?». A veces, cuando voy a un barrio que no conozco en busca de alguna cabra extraviada o por el lado latino de Harris Avenue, un grupo de críos recién salido de la academia de cholos, con el pelo recién cortado al cero brillando al sol, me toman por los hombros y con una convincente reverencia me dicen: «Por la sandía... Gracias».*

Pero ni siquiera al sol de California puedes cultivar sandías todo el año. Las noches de invierno son más frías de lo que piensa la gente. Los melones de diez kilos tardan una eternidad en madurar y chupan el nitrato del suelo como si fue-

---

* En castellano en el original.

ra crack. Así que me dedico a cultivar marihuana. Rara vez la vendo. La hierba no te da de comer, pero te sirve para pagar la gasolina, y además no quiero que ningún hijo de puta me ande buscando en plena noche. De vez en cuando vendo unos gramos a algún colega desprevenido, y el tipo, que solo conocía la Chronic y ahora yace cubierto de tierra y hierba en mi patio delantero, partiéndose la caja de risa, con las piernas enmarañadas en el cuadro de la bici que ya no sabe montar, alza con orgullo el porro que nunca ha soltado y me pregunta:

—¿Cómo se llama esta mierda?

—Ataxia —respondo.

De fiesta en casa de alguien, cuando la Risitas, a quien conozco desde segundo, deja por fin de mirar en el espejo de mano ese rostro que le gusta pero que ya no reconoce, se vuelve hacia mí en la pista de baile y me hace tres preguntas: ¿quién soy?, ¿quién es ese negro que me ha metido la lengua en la oreja y se frota contra mi culo? y ¿qué coño estoy fumando? Las respuestas a sus preguntas son: Bridget *Risitas* Sánchez, tu marido y prosopagnosia. A veces la gente se pregunta por qué siempre tengo unos cogollos de puta madre. Pero siempre puedo satisfacer cualquier curiosidad sospechosa con un simple encogimiento de hombros y un inexpresivo «ah, conozco a unos blanquitos...».

Enciéndete un canuto. Exhala. La hierba que huele mal es buena. Y una nube de humo oscuro y húmedo que huele a marea roja en Huntington Beach, a peces muertos y a gaviotas asándose bajo un sol inclemente, hará que una mujer deje de zarandear a su bebé. Ofrécele una calada, así, sin más. Asentirá. Es Anglofobia, una cepa que acabo de crear, pero ella no necesita saberlo. Cualquier cosa que me permita acercarme me vale. Eso, acércate poco a poco, trepa a la celosía cubierta de hiedra o súbete a los hombros de un negro grande para tenerla a tiro, para poder tocarla. Voy a acariciarla básicamente con las mismas técnicas que usaba con los purasangres en la escuela, después de pasar el día galopando y domándolos en los campos. Le froto las orejas. Le soplo con suavidad en las fosas nasales. Le acaricio las articulaciones. Le cepillo el pelo. Le echo humo en los labios, apretados y necesitados. Y cuando me entrega al bebé y bajo las escaleras en medio del aplauso de la multitud que aguarda, me gusta pensar que Gregor Mendel, George Washington Carver e incluso mi padre estarían orgullosos de mí. Y mientras la atan a la camilla o es consolada por una abuela angustiada, le pregunto:

—¿Y por qué en miércoles?

5

La desaparición de Dickens afectó a unos más que a otros, pero el ciudadano que más necesitaba mis servicios era el viejo Hominy Jenkins. Hominy siempre había sido un poco inestable, aunque mi padre nunca le hizo demasiado caso. Creo que pensaba que nadie iba a echar en falta a una reliquia de pelo gris que se había pasado la vida haciendo de Tío Tom, así que me enviaba a mí «a por a ese negrata tonto del culo». Supongo que, en cierto modo, Hominy fue el primer negro al que susurré. No recuerdo cuántas veces tuve que envolverle con una manta porque estaba tratando de suicidarse, pandillero mediante, vistiendo rojo en el barrio de una banda que iba de azul o de azul en un barrio rojo, o gritando «¡yo soy el gran pinche maya, Julio César Chávez es un puto!»* en un barrio marrón. Solía subirse a una palmera y recitar frases de Tarzán a los nativos: «¡Yo, Tarzán; tú, Shaniqua!». Y yo me pasaba la vida rogando a las mujeres del barrio que bajaran el arma y engañando a Hominy con contratos falsos de estudios de cine ya desaparecidos, contratos con anticipos y primas por firmar que incluían cerveza y almendras fritas saladas. Una vez, en Halloween, arrancó los cables del timbre de la pared y se los pegó a los testículos, así que cuando los del truco o trato tocaron al timbre, en lugar de recibirlos con caramelos y una foto autografiada, lo hizo con alaridos descarnados que continuaron hasta que conseguí abrirme paso a través de aquella sádica multitud de hadas madrinas y superhéroes, y retiré del timbre el dedo verde de una Hulk de ocho años, al menos el tiempo

---

* En castellano en el original.

suficiente para convencer a Hominy de que se subiera los pantalones y corriera las cortinas.

Considerada la capital mundial del crimen, Dickens nunca tuvo mucho turismo. De vez en cuando un grupo de universitarios que viajaba a Los Ángeles paraba el coche en una intersección concurrida lo suficiente para tomar veinte segundos de vídeo tembloroso, con ellos saltando de arriba abajo, mientras gritaban como salvajes enloquecidos: «¡Estamos en Dickens, California! ¡Entérate, pringao!». Y luego subían a Internet las imágenes de su safari urbano. Pero cuando quitaron todas las señales de BIENVENIDOS A DICKENS, ya no hubo ninguna Piedra de la Elocuencia que besar, y dejaron de acudir los *voyeurs* urbanos. Aunque a veces teníamos turistas de verdad, en su mayoría ancianos y pensionistas, que recorrían las calles en sus autocaravanas con matrículas de otro estado, en busca del último lazo con su juventud. Aquellos dichosos días a los que los políticos siempre prometen que nos devolverán durante la campaña electoral: los tiempos en que Estados Unidos era un país poderoso y respetado, una tierra de virtud, valores morales y gasolina barata. Y preguntarle a alguien «Perdone, ¿sabe dónde puedo encontrar a Hominy?» era como preguntarle a un cantante de salón de medio pelo si conocía el camino a San José.

Hominy Jenkins es el último superviviente de la Pandilla de Pillos, esa lunática caterva de mocosos que, al salir del cole, desde los locos años veinte hasta los ochenta de la «reaganomía», sorbió el seso a los críos de todo el mundo animándolos a que hicieran novillos una vez al día entre semana, y dos los domingos. Contratado por los estudios Hal Roach a mediados de los años treinta, con un sueldo de trescientos cincuenta dólares semanales, para ser el suplente de Buckwheat Thomas, Hominy cobraba sus cheques y mataba el tiempo interpretando pequeños papeles: el silencioso hermano menor al que de-

bíamos cuidar cuando mamá iba a visitar a papá a la cárcel o
el chico de color que siempre aparece cuando encuentran a la
mula fugada. De vez en cuando conseguía decir algo, tal vez
como alumno de la última fila: con los ojos en blanco, lanzaba
una exclamación para enfatizar lo asombroso de los bebés par-
lantes, los salvajes de Borneo y las pompas de jabón de Alfalfa.
Siempre la misma exclamación: «¡Yowza!». Hominy aceptaba ser infravalorado, asumía su negro cometido pensando que
un día le dejarían calzarse los zapatos puntiagudos de los negritos prodigiosos que le precedían. Que le buscarían un hueco
en el panteón de bufones, codo con codo con Farina, Stymie y
Buckwheat, permitiéndole interpretar el papel de negrito con
bombín que el racismo asignó a los niños actores de color hasta bien entrada la década de 1950. Pero la era de Golliwog y de
las películas de diez minutos murió antes de que a él le llegara
su turno. Hollywood ya contaba con toda la negrura que necesitaba en la pálida negritud de Harry Belafonte y Sidney Poi-
tier, en la negritud nostálgica de James Dean y en las seducto-
ras curvas del trasero de Marilyn Monroe.

Cuando encontraban la casa, Hominy saludaba a sus devotos fans con una amplia sonrisa de Polident y una artrítica
señal de la victoria. Los invitaba a una naranjada y, si tenían
suerte, a unas rodajas de mi sandía. Dudo que contara a su en-
vejecido club de fans las mismas historias que compartía con
nosotros. Es difícil saber cómo empezó la relación de amor entre Marpessa Delissa Dawson y yo. Ella es tres años mayor y la
conozco de toda la vida. Siempre había vivido en las Granjas,
su madre tenía una escuela de equitación y polo llamada De
Sol a Sol en el patio de atrás. Solían llamarme cuando necesitaban a alguien para una demostración de salto o un número
4 para el equipo de los Junior Spearchukkers. Yo no era muy
bueno en ninguna de las dos cosas, porque los caballos Appa-
loosa no son lo que se dice grandes saltadores, y en el polo es

ilegal usar la mano izquierda. De pequeños, Marpessa, el resto de los niños de la manzana y yo solíamos ir a casa de Hominy al salir de clase, porque ¿qué podría ser más guay que ver una hora de *La pandilla* con un miembro de la Pandilla? En aquellos días, el mando a distancia de la tele era tu padre gritando: «¡Shawn! ¡Don! ¡Marck! ¡Cabrones, que uno de vosotros baje cagando leches las escaleras y cambie el maldito canal!».

Conseguir encontrar una cadena de frecuencia ultraalta, como el Canal 52, KBSC-TV Corona, Los Ángeles, en un televisor portátil en blanco y negro, con varios diales y una antena de alambre a la que le faltaba un cacho, requería el pulso de un cirujano vascular. Costaba una eternidad trampear los mandos de metal con los alicates, buscando el ángulo concreto en que la imagen mostraba un canal sin distorsiones abruptas ni rayas horizontales o verticales. Pero cuando en la pantalla aparecía la secuencia de apertura, acompañada por esa alocada sección de metal que iniciaba el tema de *La pandilla*, nos sentábamos alrededor de Hominy, su brasero y sus canas, como pequeños esclavos reunidos en torno al tío Remus y su fuego.

—Cuéntanos otra historia, tío Remus, esto... Hominy.

—¿Os he contado alguna vez que le eché un polvo a Darla en el escenario del Club de Machotes Odiamujeres mientras celebrábamos el vigésimo aniversario del show?

Entonces no me daba cuenta, pero, como cualquier otra estrella infantil que aún vivía de las rentas de una carrera que había acabado hacía mucho tiempo, Hominy estaba como una regadera. Pensábamos que solo quería hacer la gracia, por el modo en que fingía que se follaba la tele cada vez que en pantalla se vislumbraban las bragas de encaje de Darla. «En la vida real, esa zorra no cerraba tanto las piernas como en el cine.» Y movía la pelvis contra el aparato gritando «¡toma, esto por Alfalfa, por Mickey, por Porky, por Chubby, por Froggy, por Butch, por el cabronazo de Wally y por el resto de la

Pandilla!» mientras marcaba cada nombre con violentos empellones. Huelga decir que Hominy está lleno de rabia. La que nace de no ser tan famoso como uno cree que se merece.

Cuando no estaba rememorando conquistas sexuales, a Hominy le gustaba presumir de hablar cuatro idiomas con fluidez, ya que rodaban cada toma cuatro veces: en inglés, francés, español y alemán. La primera vez que nos lo contó nos reímos de él, porque su mentor, Buckwheat, no hacía otra cosa que sonreír enseñando los dientes separados y soltar «otey, Panky», en pluscuamperfecto de negrito de dibujos animados. Y «okey, Spanky» es «okey, Spanky» en cualquier lengua, joder.

Una vez estábamos viendo uno de mis episodios favoritos, «Actos y lácteos», y, haciendo gala de su vanidad, Hominy bajó el volumen justo cuando la Pandilla estaba sentada alrededor de la mesa de desayuno en el internado de Bleak Hill. Old Cap estaba esperando su pensión básica. La señora de la casa, arrugada y con tan malas pulgas como un perrito Shar Pei de medio kilo de peso, escupía y siseaba a los niños, uno de los cuales, después de haber hecho mal las tareas de la casa, susurra al oído de otro una frase que no necesitábamos oír, porque ya la habíamos oído un millón de veces:

—No te bebas la leche —gritamos.

—¿Por qué? —preguntó un blanquito rubiales.

—Se ha echado a perder —susurramos al unísono.

No te bebas la leche. Pásalo. Y Hominy hizo exactamente eso: dobló a un idioma diferente la advertencia, que fue pasando de un pillo al otro.

«No bebas la leche. ¿Por qué? Está mala.» *

«Ne bois pas le lait. Pourquoi? C'est gâté.»

«Trink die Milch nicht! Warum? Die ist schlecht.»

La leche no estaba mala porque en realidad era escayola lí-

---

* En castellano en el original.

quida que aún no había fraguado como gag visual, y ser una estrella infantil había echado a perder a Hominy. A veces, después de un corte particularmente brusco, ejecutado por razones de corrección política, pateaba el suelo con rabia y hacía pucheros.

—¡Yo estaba en esa escena! ¡Me borraron! Spanky se encuentra la lámpara de Aladino, la frota y dice: «Ojalá Hominy fuera un mono. ¡Ojalá Hominy fuera un mono!». Y mira por dónde que de pronto me convierto en un puto mono.

—¿En un mono?

—¡En un mono capuchino, para ser exactos!, ¡y ningún actor del método ha pisado esas calles mejor que este mono, chaval! Entonces me encuentro con un negro que le hace carantoñas a su chica y cierra los ojos y se inclina hacia delante para darle un piquito, pero ahí es cuando ella me ve y se aparta, ¡y ese tonto me planta un húmedo beso en los grandes y rosados labios simiescos! La gente se meaba de la risa. «Un genio encerrado», el episodio en el que más tiempo salí. Me enfrentaba a todo el cuerpo de policía, y al final, Spanky y yo nos poníamos hasta arriba de tarta y esas mierdas, los amos de la ciudad. Y dejad que os diga que Spanky era sin duda el hijoputa blanco más guay que ha habido. ¡Yowza!

Costaba saber si se había convertido en un mono de verdad o si los de los estudios Hal Roach, que no eran precisamente conocidos por sus extravagantes efectos especiales, acababan de escribir la primera página del libro *Estereotipos clásicos e inmortales de América*, con esta fácil receta para hacer de un negro un mono: 1. Basta con anadirle cola. En cualquier caso, a medida que el suelo de la sala de edición se llenaba de trozos de celuloide con ejemplos de racismo censurado, quedaba claro que Hominy había sido algo así como el negrito que hace de doble cómico en *La pandilla*. Su carrera cinematográfica era un compendio de tomas invisibles en las que intenta-

ba apropiarse de cosas de blancos: huevos fritos con la yema
blanda, pintura y montones de harina para tortitas. Con los
globos oculares abultados por el miedo y el hipertiroidismo, a
veces la mera visión de un fantasma en una casa abandonada,
o la de una congregación de negros espíritus recién bautiza-
dos, que hablaban distintas lenguas mientras vagaban sonámbulos por lo más recóndito del bosque, o de una camisa blanca que se mecía misteriosamente en la cuerda de tender como
un fantasma del *hoodoo* que ha cobrado vida, lograban que Hominy se cagara de miedo. Entonces se ponía lívido como un al-
bino. El afro se le erizaba hasta alcanzar dimensiones espan-
tosas, y salía corriendo hasta que se daba de cabeza contra un
árbol del pantano o se estrellaba contra una cerca de madera
o una ventana de cristal. También se electrocutaba constantemente, tanto por su propia ineptitud como por los actos de
un Dios cuyos rayos aleatorios nunca dejaban de caer sobre la
raja de aquel culo embutido en pantalones con tirantes. En el
episodio «Franco Ben Franklin», una vez que Petey el Pitbull
acaba de comerse el prototipo, ¿quién sino Hominy se ofre-
cería voluntario para hacer de cometa humana para el gafotas
de Spanky? Tendido sobre una gigantesca bandera de Betsy
Ross, sin nada más que unos pantalones de esclavo, un tricor-
nio con una varilla de metal que sobresale y un cartel colgando
del cuello que, escrito en tinta, reza QUIEN FRÍE EL ÚLTIMO,
FRÍE MEJOR, se eleva en lo alto del cielo como una negra ardilla voladora, navegando a través de la lluvia torrencial, me-
cida por los vientos huracanados y los rayos. Suena un trueno,
seguido de una nube de chispas, y Spanky avista un esqueleto
resplandeciente y electrificado que permanece atado a la cuerda de la cometa. «¡Eureka!», está a punto de exclamar, antes de verse interrumpido con brusquedad desde arriba, donde
Hominy, en la rama de un árbol y hecho un montón de ceni-
zas, con humo saliéndole de cada orificio, los ojos y los dientes

siempre fosforescentes, pronuncia la frase más larga de su carrera: «¡Yowza! Ya no quiedo descubrir máz la edectrizidad».

Pasó el tiempo y, con la llegada de la televisión por cable, los videojuegos caseros y los pechos de trece años de Melanie Price —que solía mostrar por la ventana del dormitorio, en números de estriptis que tenían lugar justo a la misma hora en que ponían *La pandilla*—, uno por uno fueron dejando de visitar a Hominy después de clase, hasta que solo quedamos Marpessa y yo. Ella no sé por qué se quedó. También tenía unos pechos de quince años que mostrar al mundo. A veces unos chicos mayores se acercaban a casa de Hominy y le pedían que saliera a hablar. Pero ella siempre aguardaba hasta que hubiera terminado *La pandilla* y los hacía esperar en el porche. Me gustaría pensar que era porque yo le gustaba, pero sé que probablemente eran la compasión y cierta sensación de seguridad las que la convocaban allí entre las tres y media y las cuatro de la tarde. Comiendo uvas y viendo a la pandilla montar extravagantes espectáculos de variedades de patio trasero, con niños de color que bailan claqué en mitad de una tormenta y ponen voz de pito, ¿qué podía temer de aquel niño de campo educado en casa y de ese vejestorio con delirios de grandeza?

—¿Marpessa?

—¿Qué?

—Límpiate la barbilla, que parece que se te cae la baba.

—Déjame decirte que eso no es lo único que tengo mojado. Estas malditas uvas están buenísimas. ¿Las cultivas tú mismo?

—Sí.

—¿Por qué?

—Deberes.

—Tu padre está como una puta cabra.

Imagino que eso es lo que más me gustaba de Marpessa, su desfachatez. Supongo que también me gustaban sus tetitas. Aunque, como decía cada vez que me sorprendía mirándoselas, no habría sabido qué hacer con ellas aunque me las hubiese servido en bandeja. Al final, la tentación de salir con chicos mayores, con su dinero de la droga y su recuento de espermatozoides, pesó más que Alfalfa con un sombrero de vaquero cantando «Home on the Range», y durante mucho tiempo solo quedamos Hominy, las uvas y yo. Nunca me arrepentí de haber pasado de los estriptis a los que iban mis amigos. Siempre pensé que si Marpessa seguía comiendo uvas y dejando que el néctar le resbalara por el pecho, tarde o temprano esos duros pezones acabarían por taladrar las manchas húmedas de la camisa.

Por desgracia, no vi una mamografía tridimensional hasta la víspera de mi decimosexto cumpleaños, cuando, en mitad de la noche, desperté para encontrarme a Tasha, una de las «profesoras ayudantes» de papá, sentada en el borde de mi cama, desnuda, apestando a fornicio y a moscatel, y leyendo a Nancy Chodorow en voz alta: «Las madres son mujeres, por supuesto, porque una madre es un progenitor femenino... Podemos hablar de un hombre que "hace de madre" de un niño si él es la figura primaria de crianza de dicho niño o si es el progenitor responsable. Pero nunca diríamos que una mujer "hace de padre" de un niño». Hasta el día de hoy, cuando me siento solo, me toco pensando en las tetas de Tasha y en cómo la hermenéutica freudiana no se aplica en Dickens. Un lugar donde, con frecuencia, es el niño el que cría a los padres y donde los complejos de Edipo y Electra son simples, porque, ya se hable de hijos, hijas, padrastros o primos, lo cierto es que da igual, porque todos joden a todos, y la envidia del pene no existe, porque a veces los negros no son lo que se dice la polla.

No sé exactamente por qué, pero sentía que le debía algo a Hominy por todas aquellas tardes que pasamos Marpessa y yo en su casa. Que había algo en la locura que le embargaba que me mantuvo relativamente cuerdo. Y hace unos tres años, un tempestuoso miércoles por la mañana, durante una siesta bien merecida, oí la voz de Marpessa en sueños. «Hominy», eso es todo lo que me dijo. Después de echar un vistazo fuera, encontré un letrero que revoloteaba al viento, escrito apresuradamente y pegado con cinta adhesiva a la puerta de Hominy. STOY ATRÁS, decía con esa letra típica de la Pandilla, porque era un garabato, sí, pero sorprendentemente legible. La trasera de la casa albergaba el panteón de recuerdos de Hominy. Era un pequeño añadido de cuatro metros y medio por cinco que en su día había estado hasta el techo de recuerdos, trajes y fotos de *La pandilla*. Ya no quedaba casi nada. La mayor parte de aquellos recuerdos ya habían sido empeñados y subastados: como la armadura con la que, bajo una lluvia de guisantes, Spanky recitó el monólogo de Marco Antonio en el corto *Shakespeare temblón*; el cerrojo de Alfalfa; el sombrero de copa y el chaqué que llevaba Buckwheat cuando dirigió la Club Spanky Big Band y ganó «miles de dólares» en «Nuestras mocedades de 1938»; el camión de bomberos hecho de chatarra con el que rescataban a Jane del niño rico que tenía un camión de bomberos de verdad, o las cornetas, flautas y cucharas que componían las secciones de viento y rítmicas de la International Silver String Band.

Hominy estaba detrás, sí, pero en pelota picada y colgando de una viga de madera por el cuello. A treinta centímetros de él había una silla plegable con un respaldo de tela con la inscripción RESERVADO, y en el asiento, una revista con un cartel promocional de *Se baja el telón*, un acto de desesperación. El lazo del que colgaba era elástico; se trataba de un pulpo de bicicleta estirado hasta el límite, tanto que, de haber llevado algo mayor que un zapato del número 37, sus dedos habrían tocado el suelo. Tenía el rostro amoratado, lo vi girar en el aire. Pensé en dejarle morir allí.

—Córtame el pene y me lo metes en la boca —dijo con voz ronca, con el aire que le quedaba en los pulmones.

Al parecer, la asfixia hace que se te ponga dura, y su miembro marrón parecía una ramita que brotara de una bola de nieve hecha de vello púbico canoso. Como un tiovivo antiguo, pateaba frenéticamente, ya fuera por el intento de quemarse en efigie, por la escasez de oxígeno en su cerebro, o porque ya estaba tocado por el Alzheimer. A la mierda la carga del hombre blanco: Hominy Jenkins era mi carga. Tiré la lata de queroseno de una patada y le arranqué el encendedor de la mano. De vuelta en casa caminé, no corrí, para buscar unas tijeras de podar y alguna loción corporal. Fui sin darme prisa, porque sabía que los arquetipos racistas negros, como *Bebe's Kids*, no mueren. Se multiplican. Porque el queroseno que me había salpicado la camisa olía en realidad a Zima, pero sobre todo porque mi padre me dijo que nunca me dejara llevar por el pánico cuando trataba de colgarse alguien del barrio, porque «los negros no tienen ni puñetera idea de hacer nudos».

Corté la cuerda de aquella *drama queen* autolinchada. Con suavidad, lo bajé hasta depositarlo en el suelo alfombrado de rayón y luego le acaricié el pelo, revuelto. Me llenó el sobaco de mocos y lágrimas mientras le aplicaba cortisona en las rozaduras del cuello y echaba un vistazo a la revista. En la página dos vi una foto publicitaria de nuestro chico con los hermanos Marx, en el set de una secuela inédita de *Un día en las carreras*, titulada *Un moreno a la carrera*. Los hermanos Marx aparecen sentados de espaldas en sillas de director con los nombres GROUCHO, CHICO, HARPO y ZEPPO, y se vuelven hacia el espectador. En el extremo más alejado de la fila hay una silla alta en cuyo respaldo se lee DEPRESSO. En ella, sentado con las piernas cruzadas, vemos a un Hominy de seis años de edad, con un grueso bigote blanco, como el de Groucho, pintado en el labio superior. La foto está dedicada «a Hominy Jenkins, la oveja *shvartze* de la familia. Con los mejores deseos de los Marx, Groucho, Karl, Skid, *et al.*». Justo debajo aparecía la biografía de Hominy, un triste recuento de sus apariciones en pantalla que sonaba a nota de suicida:

Hominy Jenkins (Hominy Jenkins): Hominy se alegra de su debut en el teatro y a la vez su canto de cisne en el Back Room Repertory Theatre. En 1933 Hominy hizo uso de su afro salvaje y desaliñado por vez primera, interpretando a un bebé nativo abandonado en *King Kong*. Sobrevivió a la experiencia de La isla Calavera y desde entonces se ha especializado en interpretar a chicos negros de entre ocho y ochenta años, entre los que destacan sus papeles en *Azabache*, chico de establo (sin acreditar); *La guerra de los mundos*, repartidor de periódicos (sin acreditar); *El capitán Blood*, grumete (sin acreditar); *Charlie Chan y el Ku Klux Klan*, chico en autobús (sin acreditar). En todas las películas filmadas en Los Ángeles entre 1937 y 1964, limpiabotas (sin acreditar). Otros créditos incluyen distintos papeles como mensajero, botones, muchacho en autobús, mozo de bolera, camarero, *caddie*, camarero, ayudante de imprenta, chico de los recados, chico de mal vivir (cinta pornográfica) y recuerdo de un joven ingeniero aeroespacial en *Apollo 13*, ganadora de dos Oscar. Desea dar las gracias a sus numerosos seguidores por haberlo apoyado durante todos estos años. Qué viaje tan largo y extraño ha sido.

Si este anciano desnudo que llora en mi regazo hubiera nacido en otro lugar, digamos en Edimburgo, tal vez ya sería caballero. «Levántate, sir Hominy de Dickens. Sir Abu Cheo. Sir Se Nil.» Si fuera japonés y hubiera logrado sobrevivir a la guerra, a la burbuja económica y a las katanas, entonces es bastante probable que fuera uno de esos actores octogenarios de kabuki que, cuando hacen su aparición durante el segundo acto de *Kyo Ningyo*, la obra se detiene para que, con grandes aspavientos y un sueldo oficial del Estado, el presentador anuncie: «En el papel de la cortesana Oguruma, la muñeca de Kioto, tenemos a un tesoro nacional de la cultura japonesa, al magnífico Hominy *Kokojin* Jenkins VIII». Pero tuvo la desgracia de nacer en Dickens, California, y en América Hominy no es motivo de orgullo, sino una vergüenza nacional. Una ignominia para el legado afroamericano, algo que debe ser erradicado, borrado del registro racial, entidades como el hambone, Amos 'n' Andy, el colapso de Dave Chappelle y la gente que en lugar de «san Valentín» dice «san Calentín».

Acerco la boca a la oreja arrugada y llena de cera de Hominy.

—¿Por qué, Hominy?

No sabría decir si me ha oído. Tiene la sonrisa de conguito, los dientes blancos, la boca ancha y servil, eso es todo. Es asombroso cómo, en cierto modo, parece que los niños actores no envejecen nunca. Siempre hay en ellos un rasgo que se niega a decaer y que los conserva jóvenes para siempre, aunque la gente se olvide de ellos. Pensemos en las mejillas de Gary Coleman, en la nariz de cerdita de Shirley Temple, en el pico de viuda de Eddie Munster, en el pecho liso de Brooke Shields y en la sonrisa chispeante de Hominy Jenkins.

—¿Que por qué, amo? Porque cuando Dickens desapareció yo también desaparecí. Ya no recibo cartas de mis fans. No he tenido una visita en diez años, porque nadie sabe dónde encontrarme. Solo quiero sentirme relevante. ¿Eso es demasiado pedir para este vejestorio, amo? ¿Sentir que importo?

No. Negué con la cabeza, aunque tenía una pregunta más:

—¿Y por qué el miércoles?

—¿Es que no lo sabes? ¿Es que no te acuerdas? Fue la última charla que tu padre dio en la reunión del Dum Dum Donuts. Dijo que la gran mayoría de las revueltas de esclavos tenían lugar los miércoles porque el jueves era tradicionalmente día de azotes. La revuelta de esclavos de Nueva York, los disturbios de Los Ángeles, el Amistad, toda esa mierda —dijo Hominy sonriendo de oreja a oreja como el muñeco de un ventrílocuo—. Ha sido así desde que pusimos el pie en este país por primera vez. Siempre están azotando o deteniendo o cacheando a alguien, independientemente de que haya hecho algo malo. ¿Por qué no perder la cabeza el miércoles si te van a dar una paliza el jueves, amo?

—Hominy, tú no eres un esclavo, y yo, decididamente, no soy tu amo.

—Amo —la sonrisa se desvaneció de su rostro; sacudió la cabeza con esa tristeza que muestran los que estiman que tú vales más cuando te pillan pensando que eres mejor que ellos—, a veces solo tenemos que aceptar quiénes somos y actuar en consecuencia. Soy un esclavo. Eso es lo que soy. Es el papel para el que nací. Un esclavo que también resulta ser actor. Pero ser negro no es seguir el método. Lee Strasberg podría enseñarte cómo ser un árbol, pero no podría enseñarte a ser negro. Ese es el nexo final entre la habilidad y la intención, y no quiero volver a discutirlo. Seré tu negrata de por vida, y punto.

Estaba claro que Hominy, incapaz ya de distinguir entre él mismo y aquel tropo idiota de «Te debo mi vida, seré tu esclavo», había perdido la chaveta del todo, y debería haberlo internado en ese preciso momento. Tendría que haber llamado a la policía y haber pedido la retención psiquitátrica involuntaria. Pero en una ocasión, durante una visita al Asilo Filmoteca de Hollywood para los Decrépitos, los Olvidados y los Olvidadizos, me hizo prometer que nunca lo internaría porque no quería que lo explotasen como a sus viejos amigos Slicker Smith, Chattanooga Brown y Beulah *Mammy* McQueenie, quienes, en pos de un último crédito antes de matar el tiempo en algún camerino del cielo, habían hecho audiciones en el lecho de muerte para estudiantes novatos de la Facultad de Estudios Cinematográficos de la UCLA, que, ávidos de conseguir créditos para sus proyectos de fin de carrera, buscaban asociarse con estrellas, aunque estas estuvieran ya seniles.

A la mañana siguiente, el jueves, me desperté con Hominy de pie en mi patio, descalzo, sin camisa e inclinado sobre el buzón, insistiendo en que lo azotara. No sé cómo había logrado atarse las muñecas, pero estaba claro que a mí también me tenía de manos atadas.

—Amo.

—Hominy, basta ya.

—Quiero darte las gracias por salvarme la vida.

—Sabes que haría cualquier cosa por ti. Tu trabajo en *La pandilla* hizo soportable mi infancia.

—¿Quieres hacerme feliz?

—Sí, ya lo sabes.

—Pues zúrrame. Azota a este negrata cuya vida no vale una mierda. Zúrrame, pero no me mates, amo. Azótame lo suficiente para que pueda sentir lo que me falta.

—¿No hay otra manera? ¿No hay nada más que te haga feliz?

—Haz que Dickens vuelva a ser lo que era.

—Sabes que eso es imposible. Cuando las ciudades desaparecen, no vuelven.

—Entonces ya sabes qué hacer.

Dicen que hizo falta la intervención de tres agentes del sheriff para apartarme de su culo negro, porque azoté a ese negrata de lo lindo. Mi padre habría dicho que sufrí un «trastorno disociativo». A eso atribuía siempre las palizas que él me daba. Abría el *DSM I*, un libro sagrado sobre trastornos mentales, tan vetusto que definía la homosexualidad como «dislexia libidinal», señalaba la entrada de «trastorno disociativo», se limpiaba las gafas y empezaba a explicarme lentamente: «El trastorno disociativo es como un cortocircuito psíquico. Cuando la mente experimenta una sobredosis de estrés y de mierdas varias, se apaga: tus poderes cognitivos se anulan y te quedas en blanco. Actúas, pero no eres consciente de tus actos. Así que, ya ves, aunque no recuerdo haberte desencajado la mandíbula...».

Me encantaría decir que al despertar de aquella fuga disociativa solo recordaba el escozor de mis propias heridas, mientras Hominy limpiaba con bolas de algodón empapadas en peróxido de hidrógeno las abrasiones que me había infligido la policía. Pero no olvidaré mientras viva el sonido de mi cinturón de cuero contra el algodón al sacármelo de los vaqueros Levi Strauss. El silbido de aquel látigo reversible marrón y negro al hender el aire y caer con fuerza sobre la espalda de Hominy, arrancándole la piel a tiras. La alegría en sus ojos llorosos, la gratitud que me mostró mientras se arrastraba, no para huir de la paliza, sino en pos de ella: buscando poner fin a siglos de ira reprimida y décadas de servidumbre sin retribución, abrazado a mis rodillas, rogándome que lo golpeara más fuerte, su cuerpo negro acariciando el peso y el chisporroteo de mi látigo con gemidos de éxtasis. Nunca olvidaré a Hominy sangrando en la calle ni que, como todos los esclavos a lo largo de la historia, se negó a presentar cargos. Nunca olvidaré su gentileza al acompañarme hasta dentro de casa y que pidió a los congregados que no me juzgaran porque, después de todo, ¿quién susurra al oído del Hombre que Susurra a los Negratas?

—Hominy.

—Sí, amo.

—¿Qué me susurrarías tú al oído?

—Que supongo que te contentas con muy poco. Eso de ir por Dickens con un megáfono salvando negratas de uno en uno no va a funcionar jamás. Tienes que pensar a lo grande, no como tu padre. ¿Conoces el dicho «los árboles no te dejan ver el bosque»?

—Claro.

—Vale, pues tienes que dejar de vernos como individuos, porque ahora mismo, amo, los negratas no te dejan ver la plantación.

6

Dicen que ser un rufián no es fácil. Bueno, pues ser un negrero tampoco. Al igual que los niños, los perros, los dados, los políticos que hacen demasiadas promesas y, al parecer, las prostitutas, los esclavos nunca hacen lo que les dices. Y cuando tu esclavo negro octogenario te brinda a lo sumo quince minutos de trabajo al día y para colmo se lo pasa pipa cuando le azotan, no disfrutas de las ventajas de poseer una plantación que se ven en las películas. Nada de «Go Down Moses», no se canta al arar los campos. Nada de turgentes senos negros que pellizcar. Nada de corpiños y plumeros. Nada de «señorita Escarlata». Nada de cenas elegantes con profusión de candelabros y bandejas de jamón confitado sin fin, montañas de puré de patatas y judías verdes con el aspecto más saludable que se haya visto jamás. Tampoco llegué a experimentar ese incuestionable vínculo entre amo y esclavo. No poseía más que a un viejo negro encanecido que solo tenía una cosa clara: su lugar en el mundo. Hominy no era capaz de arreglar una rueda de carro ni cavar una puta zanja ni cargar una furgoneta o alzar un fardo de heno. Pero te hacía una genuflexión de tres pares de cojones y, entre la una en punto y la una y cuarto de la tarde, minuto arriba, minuto abajo, se presentaba a trabajar con el sombrero en la mano, para acabar haciendo lo que le viniera en gana. A veces su trabajo consistía en ponerse un par de pañuelos brillantes de seda, en colores verde esmeralda y rosa, sostener una lámpara de gas con el brazo en alto y posar de esa guisa en mi patio delantero, como una figura ecuestre a tamaño natural. Otras veces le gustaba hacer de escabel humano y, acuciado por el espíritu de la servidumbre, se dejaba caer a cuatro patas al pie de mi caballo o ante la puerta de la camioneta y se quedaba allí hasta que le pisaba la espalda, para dirigirme, obligado ya por las circunstancias, a la licorería o a la subasta de ganado de Ontario. Pero, sobre todo, el trabajo de Hominy consistía en mirarme trabajar a mí, mientras se zampaba unas ciruelas Burbank, cuya acidez, dulzura y grosor de piel me llevó seis años perfeccionar, y exclamar:

—Maldita sea, estas ciruelas son una delicia. ¿Dices que son japonesas? Bueno, pues has debido de meterle la mano en el culo al mismísimo Godzilla, porque tienes un puto don con la jardinería.

Así que créanme cuando les digo que la esclavitud humana es una empresa muy frustrante. Aunque no es que yo acometiese una empresa: mi dominio sobre este esclavo clínicamente deprimido me vino impuesto. Y que quede claro: traté de «liberar» a Hominy innumerables veces. Pero no bastaba con decirle simplemente que era libre, pues no surtía ningún efecto. En una ocasión, lo juro, casi lo abandoné como a un perro en las montañas de San Bernadino, pero vi un avestruz perdida con una pegatina promocional del grupo Pharcyde pegada a las plumas de la cola y me vine abajo. Incluso hice que Hampton redactara unos papeles de manumisión, escritos con la jerga de la era industrial, y le pagué doscientos pavos a un escribiente para que me preparara un contrato en un pergamino antiguo que encontré en una papelería de Beverly Hills, porque al parecer la gente rica todavía usa cosas así. ¿Para qué? Quién sabe. A juzgar por el estado del sistema bancario, tal vez hayan vuelto los mapas del tesoro.

«A quien pueda interesar —decía el contrato—. Con esta acción, y por la presente carta de manumisión, emancipo, pongo en libertad, libero permanentemente y despido a mi esclavo Hominy Jenkins, que ha estado a mi servicio durante las últimas tres semanas. El susodicho Hominy es de estructura, complexión e inteligencia medias. Para todos los que lean esto, Hominy Jenkins es ahora un hombre de color libre. Así queda escrito de mi puño y letra, a 17 de octubre del año del Señor de 1838.»

El ardid no funcionó. Hominy se bajó los pantalones, se cagó en mis geranios y se limpió el culo con su libertad para luego devolverme la carta.

—¿Inteligencia media? —preguntó levantando una ceja cana—. Uno: sé en qué año vivo. Dos: la verdadera libertad se basa en el derecho a ser esclavo —se subió los pantalones y adoptó el dialecto de plantación Metro-Goldwyn-Mayer—: Sé que no m'a obligao naide, pero aquí tiene un escavo de que no podrás librate. La liberta pue besame este negro culo de po-guerra.

La esclavitud tuvo que ser rentable de narices para que alguien estuviera dispuesto a lidiar con toda esta angustia mental, pero a veces, después de un caluroso día descornando a las cabras y reparando vallas, me sentaba en el porche a ver el ocaso teñir de rojo la nube de contaminación que ocultaba el horizonte, y Hominy salía con una jarra de limonada fría. Había algo satisfactorio en ver cómo las gotas se condensaban y resbalaban por los laterales del *tupperware* mientras Hominy me llenaba el vaso lentamente, con habilidad para dejar caer los cubitos de hielo con un cuidadoso «plop», para luego abanicarme el rostro y espantarme los mosquitos y el calor. Allí, al fresco, con Tupac sonando en el estéreo del coche, experimentaba un refrescante atisbo de ese señorío que debían de sentir los terratenientes confederados. Mierda, si Hominy se hubiera mostrado siempre tan servicial, yo también me habría liado a tiros en Fort Sumter.

Los jueves, como quien no quiere la cosa, Hominy me derramaba la limonada en el regazo. Era un mensaje no del todo sutil, como el del perro que araña la puerta, el mensaje de que ya era hora de algo de acción.

—Hominy.

—¿Sí, amo? —respondía esperanzado frotándose los cuartos traseros.

—¿Ya has buscado terapeuta?

—Miré en Internet y resulta que todos son blancos. Todos se sacan fotos en el bosque o delante de una estantería y te prometen una carrera, satisfacción sexual y relaciones sanas. ¿Cómo es que nunca aparecen en las fotos con sus exitosos hijos o echando el polvo del siglo? ¿Dónde está la prueba del algodón?

La mancha húmeda de mis pantalones se extendía por mi regazo y hacia mis rodillas.

—Está bien, monta en la camioneta —decía yo.

Curiosamente, a Hominy no parecía importarle que todas las dominatrices del Sticks and Stones, el club de BDSM del Westside al que acudíamos para que lo castigaran por mí, fueran blancas. La sala de la Bastilla era su cámara de tortura favorita. Allí, desnuda salvo por una gorra de la Unión, la señorita Dorothy, una morena pálida con unos morritos rojo Maybelline que harían palidecer a Scarlett O'Hara, lo amarraba a una rueda de molino y lo azotaba de lo lindo. Le pinzaba los genitales y le exigía información sobre los movimientos de tropas del ejército confederado y el armamento con el que contaban. Después, la señorita Dorothy introducía la cabeza en la cabina de la furgoneta, le plantaba un beso en la mejilla a Hominy y me entregaba el recibo. A doscientos pavos la hora, «imprevistos racistas» aparte, aquello iba subiendo. Los primeros cinco «vejestorio», «moreno», «alquitrán» y «conguito» eran gratis. A partir de ahí, salía a tres dólares por epíteto. Y «negrata», en cualquiera de sus formas, variaciones y pronunciaciones, ascendía a diez dólares la mención. Innegociable. Pero Hominy parecía tan feliz después de aquellas sesiones que casi valía la pena. Aun así, su felicidad no era ni mía ni de la ciudad, pero no se me ocurrió el modo de restaurar Dickens hasta una tarde de primavera inusualmente cálida en que volvíamos a casa del Sticks and Stones.

Hominy y yo nos encontramos atrapados en la autovía, cruzando impacientemente de un carril a otro. Habíamos ido avanzando hasta que llegamos al tramo entre las salidas 405 y 105, donde el tráfico empezó a ir más lento. Mi padre tenía una teoría: decía que los pobres son los mejores conductores, porque no pueden permitirse un seguro de coche y tienen que conducir como viven, a la defensiva. Estábamos embutidos entre cacharros viejos y oxidados y coches pequeños, todos a setenta por hora, con las bolsas de basura que hacían las veces de parabrisas batiéndose al viento. A Hominy estaba empezando a bajarle el colocón masoquista y se le iban disipando los recuerdos, si no el dolor, de la sesión, a medida que dejábamos atrás una salida y otra. Se dio un golpecito con el dedo en un moretón del brazo y se preguntó cómo se lo habría hecho. Saqué un canuto de la guantera y le ofrecí una calada medicinal.

—¿Sabes quién era un fumeta? —me preguntó rechazando el canuto—. El pequeño Scotty Beckett.

Scotty era un pillo de ojos grandes de la Pandilla que solía ir con Spanky. Llevaba un jersey de punto y una gorra de béisbol ladeada, pero ese blanquito no tenía madera y no duró mucho.

—Ah, ¿sí? ¿Y qué hay de Spanky? ¿Tomaba drogas?

—Spanky no se metía nada, pero se tiraba a todo lo que se movía. Eso es lo que hacía Spanky.

Bajé la ventanilla. Seguíamos avanzando con lentitud, y el pestazo de la marihuana persistía en el aire. Cuenta la leyenda que, como en una producción de *Macbeth*, los chicos de *La pandilla* estaban malditos, que todos sufrieron horribles muertes prematuras.

MIEMBRO DE LA PANDILLA	EDAD	CAUSA DE LA MUERTE
Alfalfa	42	Treinta tiros en la cara (uno por peca) en una disputa por dinero.
Buckwheat	49	Infarto.
Wheezer	19	Accidente aéreo durante maniobras militares.
Darla Hood	47	Según Hominy, él la mató a polvos. En realidad, hepatitis.
Chubsy-Ubsy	21	Un peso en el corazón. Amor no correspondido por la Srta. Crabtree y 150 kilos con metro y medio de estatura.
Froggy	16	Atropellado por un camión.
Pete el Cachorro	7	Engulló un despertador.

Hominy se revolvió en su asiento, molesto por las marcas aún inflamadas de los azotes en la espalda, preguntándose por qué estaba sangrando. Mierda, tal vez debía dejarlo morir. Tal vez debería haberlo tirado fuera, al asfalto agrietado y aceitoso de la autovía Harbor. Pero ¿de qué iba a servir? El tráfico se detuvo por completo. En el carril rápido había volcado un Jaguar, uno de esos feos modelos fabricados en Estados Unidos. El copiloto, que llevaba un jersey de cuello vuelto, estaba ileso y apoyado en la mediana, donde leía una novela de tapa dura de esas que solo se ven en las librerías de aeropuerto. En el carril central había un sedán Honda, con la trasera y el conductor aplastados y humeantes, aguardando un viaje al desguace y al cementerio, respectivamente. Los nombres de los modelos de Jaguar suenan a cohetes espaciales: XJ-S, XJ8, E-Type. Los Honda parecen diseñados por pacifistas y diplomáticos humanitarios: Accord, Civic, Insight. Hominy bajó de la camione-

100

ta para soltar un gruñido. Agitando los brazos como el chiflado que era, empezó a separar los coches por color, pero no el de la pintura, sino el de los automovilistas:

—Si eres negro, vete con tu suegro. Blanco, por este flanco. Moreno, estás en mi terreno. Amarillo, corre que te pillo. Mulato, corre que te mato. Rojo, al centro y mucho ojo. Si no lograba clasificar a alguien a simple vista, preguntaba a los conductores de qué color eran:

—Chicano, ¿qué color es ese? No puedes inventarte una raza, cabronazo. ¿Puto,* dices? ¡Tengo tu puto aquí mismo, pendejo! ¡Negrata, escoge un carril y quédate en él! ¡Recuerda cuál es tu lugar!

Llegaron los policías con bengalas y el tráfico empezó a fluir de nuevo. Hominy volvió a subirse a la camioneta, limpiándose las manos como si hubiera hecho algo de provecho.

—Así es como se hace, cojones. Eso me lo enseñó Sunshine Sammy. Solía decir: «El tiempo no espera a nadie, pero los negros esperan a cualquiera que les suelte una propina de veinticinco centavos».

—¿Quién coño es Sunshine Sammy?

—A ti te da igual. Los negratas de hoy en día tenéis presidentes negros y golfistas. Yo tenía a Sunshine Sammy. El pillo original de la Pandilla, y por original me refiero al primero. Y deja que te diga que cuando Sunshine Sammy rescataba a la Pandilla de una situación imposible, eso sí que era un ejemplo de liderazgo no partidista.

Hominy se desplomó en el asiento, se llevó las manos a la nuca y miró por la ventana y hacia atrás, a su pasado. Encendí la radio y dejé que el partido de los Dodgers llenara el silencio. Hominy se abstrajo rememorando los viejos tiempos y a Sunshine Sammy. Yo echaba de menos a Vin Scully, con su voz sua-

---

* En castellano en el original.

ve y objetiva, comentando todas las jugadas. Para un puritano del béisbol como yo, los viejos tiempos eran los días previos a la regla del bateador designado, los juegos interligas, los esteroides y los imbéciles en el jardín con las gorras posadas precariamente en la cabeza, alucinando con cada receptor y con cada bola perdida bajo el sol. Éramos papá y yo, con la boca llena de refresco y perritos calientes, dos negros en la grada, dos vagabundos del dharma que compartían el calor de la noche de junio con las polillas, echando pestes porque nuestro equipo iba en quinta posición y recordando los buenos tiempos de Garvey, Cey, Koufax, Dusty, Drysdale y Lasorda. Para Hominy, cualquier día dedicado a personificar el primitivismo americano era un buen día. Significaba que seguía vivo, y a veces incluso el negrata más payaso echa en falta un poco de atención. Y este país, como el adolescente que no tiene valor para salir del armario que es, como el mulato que pretende hacerse pasar por blanco que es, como el neandertal que no para de depilarse el entrecejo que es, este país necesita gente así. Necesita a alguien al que arrojar pelotas de béisbol, con el que mostrarse homófobo, al que agarrar por las piernas, poner boca abajo y patear, al que invadir, al que embargar. Cualquier cosa que, como en el béisbol, evite que un país que está constantemente pavoneándose frente al espejo se mire de verdad y recuerde dónde están enterrados los cuerpos. Esa noche los Dodgers perdieron por tercera vez consecutiva. Hominy se revolvió en el asiento y frotó el parabrisas empañado.

—¿Cuánto falta? —preguntó.

Estábamos a medio camino entre las salidas de El Segundo y Rosecrans Avenue, y caí en la cuenta de algo: allí solía haber una señal que indicaba PRÓXIMA SALIDA: DICKENS. Hominy echaba en falta los viejos tiempos. Yo echaba en falta a mi padre conduciendo de regreso de la feria estatal de Pomona, dándome codazos para que me mantuviera despierto, escuchando el análisis del partido de los Dodgers en la radio, mientras yo me frotaba los ojos para despabilarme un poco, justo a tiempo de ver esa señal de PRÓXIMA SALIDA: DICKENS y saber que ya estaba en casa. Mierda, echaba en falta aquella señal. ¿Y qué son realmente las ciudades, sino señales y demarcaciones arbitrarias?

La señal verde y blanca no me costó mucho: una plancha de aluminio del tamaño de una cama de matrimonio, dos postes de metal de dos metros de altura, unos conos, bengalas, dos chalecos reflectantes, dos botes de pintura en aerosol, un par de cascos y una noche en vela. Gracias a una copia que me descargué en Internet del *Manual de dispositivos de control de tráfico uniforme*, tenía todas las especificaciones de diseño: desde el tono apropiado de verde (Pantone 342) hasta las dimensiones exactas en pulgadas (150 × 90), el tamaño de las letras (5 cm) y la tipografía (Gothic Highway). Y después de una larga noche pintando, cortando el poste a medida y grabando las palabras CONSTRUCCIONES SUNSHINE SAMMY en las puertas de la camioneta con una plantilla y pintura no permanente, Hominy y yo fuimos a la autovía. Salvo por el hecho de verter el cemento y esperar a que seque, instalar un dispositivo de control de tráfico no difiere mucho de plantar un árbol, y me puse a trabajar bajo las farolas. Desbrocé el terreno, cavé los agujeros y planté la señal, mientras Hominy perdía el conocimiento en el asiento delantero, escuchando jazz en la emisora KLON.

Cuando el sol se alzaba por encima del paso elevado de El Segundo Boulevard, empezó a afluir el tráfico. Y en medio de los bocinazos, los rotores de los helicópteros de tráfico que nos sobrevolaban y el rechinar de los camiones al cambiar de marcha, Hominy y yo nos sentamos en el arcén para apreciar nuestra obra. La señal guardaba un gran parecido con cualquiera de los otros «dispositivos de control de tráfico» que uno ve durante el trayecto diario. Solo nos había llevado unas horas, pero me sentía como Miguel Ángel admirando la Capilla Sixtina después de cuatro años de duro trabajo, o como Banksy tras pasarse seis días buscando ideas ajenas en Internet y tres vandálicos minutos plasmándolas en la acera.

—Las señales, amo, son algo poderoso. Me siento como si Dickens siguiera existiendo, ahí, en algún lugar dentro del esmog.

—Hominy, ¿qué te sienta mejor, los azotes o ver esa señal?

Hominy se lo pensó un poco.

—El látigo proporciona placer en la espalda, pero la señal lo causa en el corazón.

Al llegar a casa aquella mañana, abrí una cerveza en la cocina, mandé a Hominy a dormir y cogí la última edición de *La guía Thomas* de la estantería. Con una extensión de 12.308 kilómetros cuadrados, gran parte del condado de Los Ángeles permanece sin explorar, como el fondo del océano. A pesar de que eran necesarios conocimientos avanzados de geomática para entender sus más de ochocientas páginas, para cualquier explorador intrépido que pretenda navegar por este oasis urbano, *La guía Thomas del condado de Los Ángeles* es la Sacajawea encuadernada con espiral. Incluso hoy, con nuestros dispositivos GPS y nuestros motores de búsqueda, esta guía se encuentra en el asiento del copiloto de todos los taxis, camiones de remolque y automóviles de empresa, y no conocerás a un solo sureño digno de su «California Stop» (que equivale a no detenerse en ningún stop) que no tenga un ejemplar. La abrí. Mi padre solía comprar la nueva edición de *La guía Thomas* todos los años, y lo primero que hacía era ir a las páginas 704-705 y buscar la dirección de casa, el 205 de Bernard Avenue, en el mapa. Ubicar mi casa en aquel tomo gigante me situaba en el mapa. Me hacía sentir querido por el mundo. Pero Bernard Avenue había quedado en una sección sin nombre de co-

lor melocotón, un trazado hipodámico de calles flanqueadas
por autovías. Me entraron ganas de llorar. Me dolía ver que
Dickens había quedado exiliado en el infierno de comunidades invisibles de Los Ángeles, una secreta minoría de bastio-
nes, como el equipo de fútbol de los Dons y las avenidas que
nunca tuvieron o necesitaron los listados de *La guía Thomas*, ni
las demarcaciones oficiales o esos carteles cursis que anuncian
que uno ESTÁ ENTRANDO EN o que ESTÁ SALIENDO DE, porque cuando esa voz que suena dentro de tu cabeza (la que jura
y perjura que no es por prejuicios o racismo) te dice que subas
las ventanillas y bloquees las puertas, sabes que te has metido en Baldwin Village o en Fruittown y que, cuando vuelves a
respirar, has salido. Encontré un rotulador azul, dibujé el contorno de mi ciudad natal lo mejor que pude recordarlo, y en las
páginas 704-705 escribí DICKENS, en mayúsculas color azul-
Dodgers, con un pequeño pictograma de la señal que acababa de colocar en la autovía. Y si alguna vez me veo con ganas,
pienso poner dos más. De modo que si van hacia el sur por la
autovía 110, y dejan atrás dos borrones en amarillo y negro que
dicen: CUIDADO: PRECIOS INMOBILIARIOS POR LOS SUELOS
y ATENCIÓN, ZONA CRIMINAL - NEGRO MATA A NEGRO, ya
saben a quién agradecer las advertencias.

LOS INTELECTUALES
DEL DUM DUM DONUTS

7

El domingo, después de instalar la señal, quise anunciar formalmente mi plan para reavivar la ciudad de Dickens. Y qué mejor lugar para hacerlo que la siguiente reunión de los intelectuales del Dum Dum Donuts, lo más parecido que teníamos a un gobierno representativo.

Una de las numerosas y tristes ironías de la vida afroamericana es que todo acto social, disfuncional y banal se denomina «función». Y las funciones negras nunca empiezan a la hora, por lo que es imposible calcular cómo llegar razonablemente tarde sin correr el riesgo de perderse el evento. Dado que no deseaba tener que escuchar la lectura de las actas de la reunión, esperé hasta el descanso del partido de los Raiders. Desde la muerte de mi padre, los intelectuales del Dum Dum Donuts se habían convertido en un grupo de eruditos negros de clase media que se reunían bimensualmente para venerar al cuasifamoso Foy Cheshire. Es bien sabido que la América negra adora a sus héroes caídos, pero costaba adivinar qué les impresionaba más de él, si su resistencia o que, a pesar de todo lo que había pasado, todavía condujera un Mercedes 300SL de 1956. Sin embargo, pululaban a su alrededor, con la esperanza de impresionarle con su agudeza sobre una comunidad negra e indigente que, de haberse quitado las anteojeras raciales por un segundo, habrían visto que ya no era tan negra, sino cada vez más latina.

A las reuniones acudían sobre todo miembros que se presentaban dos veces al mes para discutir con los que acudían cada dos meses sobre qué significa exactamente «bimensual». Entré en la tienda de donuts justo cuando estaban repartiendo los últimos ejemplares de *The Ticker*, una actualización de las estadísticas relacionadas con Dickens. De pie, en la parte de atrás, cerca de los buñuelos de arándanos, me llevé el folleto a la nariz e inhalé el dulce olor de la tinta de mimeografía, antes de echarle un vistazo. *The Ticker* era una medida social que mi padre había diseñado para que pareciera un informe de acciones del Dow Jones. Salvo que, en lugar de materias primas y valores de primer orden, reflejaba problemas y males sociales. Todo lo que estaba siempre en alza —el desempleo, la pobreza, la anarquía, la mortalidad infantil— seguía en alza. Todo lo que iba siempre a la baja —el rendimiento escolar, la alfabetización, la esperanza de vida— caía todavía más bajo.

Foy Cheshire se había apostado bajo el reloj de la pared. No había cambiado mucho en diez años, aparte de que había engordado treinta y cinco kilos. Tampoco era mucho más joven que Hominy, pero no tenía canas y su rostro solo mostraba algunas arrugas en las comisuras de los labios. En la pared, a su espalda, había dos fotos enmarcadas en tamaño póster: en una se veía un surtido de donuts perfectos y apetitosos que no se parecían en nada a los pasteles marchitos, grumosos y supuestamente recién hechos que se endurecían ante mis ojos en la vitrina que tenía detrás; la otra era un retrato en color de papá, que llevaba orgulloso el alfiler de corbata de la Asociación Americana de Psicología, y el pelo ondulado a la perfección. Miré a mi alrededor. A juzgar por la seriedad reinante, el orden del día venía cargado y pasaría un tiempo antes de que los dum dums llegaran a contemplar cualquier «licitud secundaria».

Foy agitaba dos libros frente al grupo como un mago a punto de hacer un truco. «Elige una cultura, cualquier cultura.» Sostuvo uno en alto y se dirigió a su público con un acento metodista sureño impostado, a pesar de ser de las colinas de Hollywood pasando por Grand Rapids, Michigan.

—Una noche, no hace mucho tiempo —dijo Foy—, traté de leer a mis nietos ese libro, *Huckleberry Finn*, pero no pude pasar de la página seis porque sale por todas partes la palabra que empieza por ene. Y a pesar de que son los críos de ocho y diez años más reflexivos y beligerantes que conozco, sabía que mis chicos no estaban listos para apreciar *Huckleberry Finn* en su justa medida. Por eso me tomé la libertad de reescribir la obra maestra de Mark Twain. Y allá donde aparece la repugnante palabra que empieza por ene, la sustituyo por «guerrero» y donde dice «esclavo» digo «voluntario de piel oscura».

—¡Eso es! —gritó la multitud.

—También mejoré la dicción de Jim, aligeré un poco la trama y retitulé el libro como *Las aventuras libres de términos despectivos y los viajes espirituales e intelectuales del afroamericano Jim y su joven protegido, el hermano blanco Huckleberry Finn, en busca de la familia negra perdida.*

Entonces Foy alzó el ejemplar modernizado para que lo vieran todos. Yo soy algo corto de vista, pero habría jurado que la cubierta mostraba a Huckleberry Finn pilotando una balsa por el imponente Misisipi mientras el capitán afroamericano Jim estaba al timón, con las manos en las estrechas caderas, una perilla hortera y una chaqueta sport a cuadros escoceses de Burberry que era exactamente igual que la que llevaba Foy.

Nunca me gustaron esas reuniones, pero tras la muerte de mi padre asistía siempre, a menos que hubiera una emergencia en la granja. Antes de elegir a Foy como cabeza pensante, se había hablado de prepararme para convertirme en líder del grupo. El Kim Jong-un del conceptualismo del gueto. Después de todo, ya me encargaba de la labor de susurrar a los negratas. Pero me negué. Lo rechacé, escudándome en que no sabía lo suficiente acerca de la cultura negra. Que las únicas certezas que tenía sobre la condición afroamericana eran que para nosotros expresiones como «demasiado dulce» o «demasiado salado» no tenían sentido. Y en diez años, tras innumerables crueldades y desaires en California contra los negros, los pobres y la gente de color, como las Proposiciones 8 y 187, la desaparición de la asistencia social, *Crash*, de David Cronenberg, y la condescendencia benefactora de Dave Eggers, todavía no había pronunciado una sola palabra. Al pasar lista, Foy nunca me llamaba por mi nombre; simplemente gritaba «¡el Vendido!». Me miraba a la cara con una sonrisa pícara y mecánica, decía «Presente» y hacía una marca al lado de mi nombre.

Foy juntó las yemas de los dedos delante del pecho, señal universal de que la persona más inteligente de la sala estaba a punto de decir algo. Habló en voz alta, rápido, y su discurso cobró velocidad e intensidad con cada palabra.

—Propongo que nos movilicemos para exigir que mi edición políticamente correcta de *Huckleberry Finn* entre en todos los programas de secundaria —dijo—. Porque es un crimen que tantas generaciones de gente negra no hayan experimentado esto —Foy miró la cubierta del libro original—. Es un clásico americano divertido y pintoresco.

—¿Se dice «gente negra» o «gentes negras»? Qué es lo correcto? —pregunté.

Tras haber guardado silencio durante tantos años, aquello nos pilló a los dos por sorpresa. Pero yo había ido con la intención de decir algo, así que ¿por qué no calentar las cuerdas vocales? Di un mordisco a una de las oreos que había colado en el establecimiento.

Foy tomó un sorbo de capuchino e hizo como que no me oía. Él y el resto del rebaño no dickensiano pertenecían a ese subconjunto asustadizo de pensadores licántropos negros a los que me gusta referirme como «negrolobos». Durante el día, los negrolobos son estudiosos y sofisticados, pero con cada ciclo lunar, con cada trimestre fiscal y con cada revisión de la titularidad académica se les eriza el cabello y se refugian en sus abrigos de piel y sus estolas de visón, les salen los colmillos y bajan de las torres de marfil y de las salas de juntas para rondar los núcleos urbanos y poder aullar así a la luna llena entre tragos y mediocre música blues. Una vez que su fama, si no su fortuna, hubo menguado, el gueto en medio de la niebla del páramo elegido por el negrolobo Foy Cheshire es Dickens. Normalmente trato de evitar a los negrolobos a toda costa. No tanto por temer verme desgarrado intelectualmente, que no es lo que más me asusta, como por su clásica insistencia en dirigirse a todo el mundo, y en especial a las personas a las que no soportan, como «hermano» Fulano y «hermana» Mengana. Solía llevarme a Hominy a las reuniones para paliar el aburrimiento. Además, él pronunciaba la mierda que yo estaba pensando. «Negratas, ¿por qué aquí habláis tan negro, con tanto apócope en los gerundios, y luego en vuestras pequeñas apariciones en la televisión pública sois de esos hijos de puta que suenan igual que Kelsey Grammer con un palo metido en el culo?» Pero una vez que se enteró del rumor generalizado de que Foy Cheshire había invertido algunos de esos millones que había ganado por regalías a lo largo de los años en comprar los derechos de los cortos más racistas de la historia de *La pandilla*, tuve que pedirle a Hominy que dejara de asistir. Gritaba y pateaba. Interrumpía cada moción con comentarios histriónicos: «Negrata, ¿dónde están mis películas de *La pandilla*?». Hominy jura y perjura que su mejor trabajo está en esos rollos. De ser cierto lo que se cuenta, sería imposible perdonar a ese farisaico guardián de la negritud por haber privado al mundo para siempre de lo mejor de los prejuicios raciales americanos en Blu-ray y Dolby Surround. Pero casi toda la gente sabe que, como las historias sobre los caimanes que viven en las alcantarillas o el peligro mortal de mezclar Peta Zetas y Coca-Cola, los rumores sobre la propiedad de Foy Cheshire de las películas más racistas de *La pandilla* no son más que una leyenda urbana.

Sin perder un segundo, ante mi insolencia y mis oreos, Foy contraatacó con una bolsa de canolis gurmé. Ambos éramos demasiado buenos para comer la mierda que servían en el Dum Dum Donuts.

—Esto es serio. El hermano Mark Twain usa 219 veces la palabra que empieza por ene. En total eso equivale a 0,68 palabras que empiezan por ene en cada página.

—Si quieres saber mi opinión, creo que Mark Twain no usó la palabra «negrata» lo suficiente —murmuré.

Con al menos cuatro de las galletas favoritas de América en la boca, no creo que me entendiera nadie. Quería decir más. Por ejemplo, ¿por qué culpar a Mark Twain de que no tienes la paciencia y el valor de explicarles a tus hijos que esa palabra que empieza por ene existe, y que en el transcurso de sus pequeñas y sobreprotegidas vidas puede que un día les llamen «negratas» o, peor aún, que ellos mismos se rebajen a llamar a alguien «negrata»? Nadie se referirá jamás a ellos como «pequeños eufemismos negros», o sea que bienvenidos al léxico norteamericano: se dice «¡negrata!». Sin embargo, había olvidado pedir un vaso de leche para tragarme las galletas, y no tuve la oportunidad de explicar a Foy y a toda esa gente tan corta de miras que la verdad sobre Mark Twain es que un negrata negro es moral e intelectualmente superior a un negrata blanco, pero no, esos pomposos negratas del Dum Dum Donuts querían prohibir la palabra, desinventar la sandía, obviar que la gente se mete rayas desde por la mañana, se lava la polla en el lavabo y sufre la eterna vergüenza de tener el vello púbico del color y la textura de la pimienta en grano. Esa es la diferencia entre la mayoría de los pueblos oprimidos del mundo y los negros americanos. Ellos juran que no olvidarán jamás y nosotros queremos suprimirlo todo de nuestro expediente, sellarlo y archivarlo para siempre. Queremos que alguien como Foy Cheshire exponga nuestro caso ante el mundo con una serie de instrucciones, para que el jurado ignore siglos de ridículo y estereotipos, y finja que los desdichados negros que tienen delante están empezando de cero.

Foy siguió hablando con su voz de vendedor:

—Esa palabra que empieza por ene es la más vil y despreciable de nuestra lengua. No creo que nadie se atreva a negarlo.

—A mí se me ocurren varias más despreciables —sugerí.

Tras haberme tragado al fin la empalagosa mezcla de chocolate y crema, cerré un ojo y sostuve una galleta mordida en alto, de modo que el semicírculo marrón oscuro quedó justo encima de la gigantesca cabeza de Foy, como un afro de Nabisco bien horneado en cuyo centro se leía «Oreo».

—¿Como cuál?

—Como cualquier palabra que termine en «-anta»: tunanta, comedianta, mendiganta, representanta, farsanta. Prefiero mil veces que me llamen «negrata» antes que «giganta».

—Es problemático —murmuró alguien, invocando la palabra comodín de los pensadores negros para caracterizar toda cosa o persona que los haga sentir incómodos, impotentes o dolorosamente conscientes de que carecen de respuestas ante ciertas preguntas y ante ciertos gilipollas como yo—. ¿Por qué cojones vienes, si no tienes nada productivo que decir?

Foy levantó las manos para pedir calma.

—Los intelectuales del Dum Dum Donuts respetan todas las aportaciones. Y, para aquellos que no lo sepan, este vendido es el hijo de nuestro fundador —se volvió hacia mí con cara de pena—. Vamos, Vendido. Di lo que has venido a decir.

Por lo general, cuando alguien va a hacer una presentación ante los dum dums debe usar EmpowerPoint, un «paquete de software afroamericano» de presentación de diapositivas desarrollado por Foy Cheshire. No difiere mucho del producto de Microsoft, salvo porque las tipografías tienen nombres como Timbuktu, Harlem Renaissance y Pittsburgh Courier. Abrí el armario de las escobas. El viejo proyector de transparencias seguía allí, junto a los cubos y las fregonas. La tapa de cristal y la solitaria hoja de transparencias estaban tan sucias como las ventanas de una prisión, pero aún servían.

Le pedí al subgerente que apagara las luces, luego dibujé y proyecté el siguiente esquema en el techo:

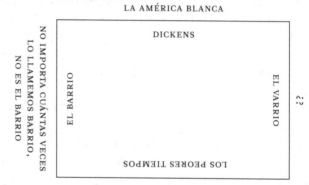

Expliqué que deberían pintarse los límites del territorio con aerosol en las aceras y que las líneas de demarcación quedarían señaladas por una configuración de espejos y láseres de color verde y alta potencia o que, en caso de resultar prohibitivo, podríamos limitarnos a circunnavegar los veinte kilómetros de frontera con una franja de ocho centímetros de ancho de pintura blanca. Oír palabras como «circunnavegar» y «líneas de demarcación» saliendo de mi boca me hizo darme cuenta de que, si bien me lo estaba sacando de la manga, lo cierto es que me lo tomaba mucho más en serio de lo que creía. Y sí:

—Pienso hacer que resurja la ciudad de Dickens.

Risas. Una oleada, un estallido de risas negras en tonos graves, el tipo de carcajadas que los magnánimos dueños de una plantación anhelan escuchar en películas como *Lo que el viento se llevó*. Risas como las que se oyen en los vestuarios de baloncesto, en los camerinos de los conciertos de rap y en las salas de profesores del blanquísimo Departamento de Estudios Negros de la Universidad de Yale después de que un orador invitado, de cabello y cerebro alborotados, se haya atrevido a sugerir que puede mediar una conexión entre Franz Fanon, el pensamiento existencialista, la teoría de cuerdas y el bebop. Cuando el coro del ridículo se aplacó por fin, Foy se enjugó las lágrimas de los ojos, se zampó el último canoli, se coló detrás de mí y volvió la foto de mi padre hacia la pared, para ahorrar a papá la vergüenza de tener que presenciar cómo su propio hijo mancillaba el intelecto de la familia.

—¿Has dicho que vas a hacer que resurja Dickens? —preguntó Foy rompiendo el hielo del turno de preguntas.

—Sí.

—Vale. Nosotros, y creo que hablo por la mayor parte del grupo, solo tenemos una pregunta: ¿por qué?

Aquello me dolió, porque esperaba que le importara a todo el mundo y a nadie le interesó, de modo que volví a mi asiento y dejé de prestar atención. Escuché a medias las diatribas habituales sobre la disolución de la familia negra y la necesidad de negocios negros. Esperé a que Foy dijera «y cosas de esa índole», que es el «recibido; cambio y corto» de la comunicación intelectual negra.

—Y cosas de esa índole.

Al fin. La reunión había terminado. El grupo se dispersó y estaba abriendo mi última galleta Oreo cuando, de la nada, una mano negra y callosa la atrapó y la metió en una boca apretada.

—¿Traes bastante para toda la raza, negrata?

Con los mechones de pelo alisado de manera permanente prendidos a rulos rosas bajo un gorro de ducha transparente y gigantes pendientes de aro colgando de ambas orejas, quien me robaba la galleta parecía más una Blanche o una Madge que el célebre pandillero conocido como King (pronúnciese *Kang*) Cuz. Y en silencio, muy en silencio, maldije a Cuz mientras se pasaba la lengua por los bordes de metal de la dentadura, enjuagándose minúsculas manchas de dulzura chocolatera de la prótesis dental.

—Eso es lo que solían decirme mis profesores cuando me pillaban mascando chicle o alguna otra mierda: «¿Traes bastante para toda la clase?».

—Ya te digo, negrata.

En todo el tiempo que le he conocido, nunca he tenido una verdadera conversación con él más allá de ese «ya te digo, negrata». Nadie la ha tenido, porque incluso ya de adulto es un tipo sensible, y si dices algo que no debes, le mostrará al mundo lo sensible que es llorando en tu funeral. Así que nadie entabla conversación con él, y cada vez que te habla, no importa lo que te diga, seas hombre, mujer o niño, pones la voz más grave que puedes y respondes: «Ya te digo, negrata».

King Cuz ha asistido fielmente a las reuniones del Dum Dum Donuts desde que mi padre susurró a su madre para sacarla de las vías del metro. Con los pies y las manos amarrados, se tiró sobre los raíles gritando: «¡Cuando una zorra blanca tiene problemas, es una damisela en apuros! Cuando una zorra negra tiene problemas, es una gorrona de las ayudas sociales y una carga para la sociedad. ¿Cómo es que nunca se ven damiselas negras? ¡Rapunzel, Rapunzel, deja tu pelo caer!».

Gritaba tan fuerte que sus protestas suicidas se oían por encima del ding-dong del paso a nivel que bajaba y la atronadora bocina del Blue Line que arribaba. King Cuz era por aquel entonces Curtis Baxter, y recuerdo como la estela del tren de pasajeros se llevó las lágrimas del rostro del joven Curtis mientras mi padre acunaba a su madre en sus brazos. Recuerdo el sonido de las oxidadas vías del ferrocarril, aún calientes al tacto.

Bueno, ¿traes bastante para toda la raza?

Curtis creció y se convirtió en King Cuz, un gánster muy respetado por su cerebro y sus hazañas. Su banda, los Rollin' Paper Chasers, fue la primera en contar con médicos cualificados para sus escaramuzas. Se desataba un tiroteo durante un trapicheo y los camilleros sacaban a los heridos para tratarlos en un hospital de campaña instalado tras la línea del frente. Uno no sabía si sentirse triste o impresionado por la innovación. Cuz no tardó en solicitar la entrada en la OTAN.

—Todo el mundo está en la OTAN. ¿Por qué no la banda de los Crips? ¿O crees que no podemos vapulear a Estonia?

—Ya te digo, negrata.

—Tengo que hablarte de un par de cosas.

—Ya te digo, negrata.

—Pero aquí no.

Cuz me levantó por la manga de la camisa, me sacó por la puerta y nos internamos en la lóbrega noche del sabueso de los Baskerville. Siempre es una sorpresa que el sol se ponga sin que te des cuenta, y ambos nos detuvimos para dejar que la cálida niebla y el silencio nos acariciaran el rostro. A veces cuesta decir qué se hace más eterno, si los prejuicios y la discriminación o esas malditas reuniones. Cuz cerró el puño, se examinó las largas uñas manicuradas, levantó una tupida ceja y sonrió.

—Lo primero es «hacer que resurja Dickens». A tomar por culo lo que digan esos negratas de fuera del barrio, estoy completamente de acuerdo con esa mierda. Somos pocos, pero los dum dums de Dickens no se han reído. De modo que manos a la obra porque, si te paras a pensarlo, ¿por qué no podemos tener los negros nuestros propios restaurantes chinos?

—Ya te digo, negrata.

Entonces hice algo que nunca creí que haría. Entablé conversación con King Cuz, porque tenía que saberlo, aunque me costara la vida o, al menos, el poco crédito que tenía como «hijo de puta tranquilo» en el vecindario.

—Tengo que preguntarte algo, King Cuz.

—Llámame Cuz, tío.

—Muy bien, Cuz. ¿Por qué vienes a estas reuniones? ¿No deberías andar trapicheando por ahí?

—Antes solía ir a escuchar a tu padre, que en paz descanse. Ese negro me llegó al alma, de verdad. Pero ahora voy por si a estos negros del Dum Dum Donuts les da por poner un pie en el barrio de verdad, por si se lía gorda. Así por lo menos puedo dar a los del barrio algo parecido a un preaviso a lo Paul Revere. Uno si vienen en Land Cruiser. Dos si aparecen en Mercedes clase C. ¡Que vienen los estirados! ¡Que vienen los estirados!

—¿Cómo? ¿Quién viene?

Era Foy. Él y los otros negrolobos se dirigían a sus coches. Preparándose para merodear por la ciudad. Curtis *King Cuz* Baxter no se molestó en responder a Foy. Se limitó a girar sobre los talones de sus Converse y se adentró en la borrosa noche con paso chulesco. Escorándose a la derecha como un marinero borracho con una infección en el oído interno, me gritó:

—Piensa en los restaurantes chinos de negros. Y echa un polvo. Estás demasiado tenso.

—No le hagas caso, follar está sobrevalorado.

Cuando desenganché el caballo y monté, Foy abrió dos frascos de pastillas con receta y dejó caer tres comprimidos blancos en su mano.

—Punto cero cero uno —dijo agitando los comprimidos en la palma de la mano para cerciorarse de que los veía. Zoloft y Lexapro.

—¿Qué es, la dosis?

—No, mis putos ratings de Nielsen. Tu padre creía que era bipolar, pero lo que me pasa realmente es que estoy muy solo. Me parece que tú también.

Fingió ofrecerme las píldoras antes de ponérselas suavemente en la lengua y engullirlas con un trago de una petaca de plata de aspecto caro. Cuando dejaron de emitir sus dibujos animados, Foy tuvo una serie de programas de entrevistas matinales. Cada fracaso sucesivo le fue abocando a un turno más temprano en la parrilla televisiva. Y así como los Bloods no usan la letra ce, porque es la primera letra de Crip (y en lugar de Cap'n Crunch Cereal escriben Kap'n Krunch Kereal), Foy muestra su pertenencia a una banda reemplazando la palabra «hecho» con «negro». Ha entrevistado a todo el mundo, desde líderes mundiales hasta músicos agonizantes en programas titulados *Negro* y *Fundido en negro*. Su última apuesta fue un foro sin pies ni cabeza, de acceso público, llamado *Todo al negro, señora*. Se emitía a las cinco de la madrugada del domingo. Solo hay dos negros en todo el mundo que estén despiertos a las cinco de la mañana, y son Foy Cheshire y su maquillador. Es difícil tildar de desaliñado a un hombre que es probable que lleve cerca de cinco mil dólares encima —entre traje, zapatos y accesorios—, pero bajo la farola eso es justo lo que era. Iba de punta, pero no de punta en blanco: su camisa estaba arrugada y sin almidón. Los bajos de los pantalones de seda, algo remangados, tenían manchas marrones de suciedad y empezaban a deshilacharse. Llevaba unos zapatos rotos y apestaba a licor de menta. Una vez escuché a Mike Tyson decir: «Solo en Estados Unidos puedes estar en la bancarrota y vivir en una mansión». Foy volvió a cerrar la petaca y se la guardó en el bolsillo. No había nadie mirando, así que esperé su transformación completa en negrolobo. Que le salieran colmillos y garras. Me pregunté si los hombres lobo negros tendrían el pelo muy rizado. Seguro, ¿no?

—Sé lo que estás tramando.

—¿Y qué estoy tramando?

—Tienes más o menos la misma edad que tu padre cuando murió. Y no has soltado una puta mierda en una reunión en diez años. ¿Por qué elegir hoy para soltar esa chorrada sobre el resurgir de Dickens? Porque tratas de recuperar a los dum dums, porque quieres retomar lo que empezó tu padre.

—Me parece que no. Por mí puedes quedarte cualquier organización que avise sobre los peligros de la diabetes en una tienda de donuts.

Debería haberlo advertido entonces. Mi padre tenía una lista de comprobaciones para determinar si alguien estaba perdiendo la cabeza. Decía que existen señales que revelan un colapso mental que la gente a menudo confunde con una personalidad fuerte. Una actitud distante. Cambios de humor. Delirios de grandeza. Aparte de Hominy, que, como una de esas enormes rodajas de secuoya que ves en el Museo de Ciencias, era un libro abierto, solo sé decir si un árbol se está muriendo por dentro, no una persona. El árbol parece encerrarse en sí mismo. Se le llenan las hojas de motas. A veces tiene chancros y fisuras en la corteza. Las ramas pueden secarse o aparecer blandas y esponjosas al tacto. Pero lo mejor es mirar las raíces. Las raíces son lo que ancla un árbol al suelo, lo que lo mantiene en su sitio en esta bola giratoria de mierda, y si están agrietadas y cubiertas de esporas y hongos, bueno... Recuerdo haber mirado las raíces de Foy, un par de zapatos de cordones caros, marrones. Estaban desgastados y polvorientos. Así que, de haber dado crédito a los rumores sobre la demanda de divorcio de su esposa, la bancarrota y los ratings inexistentes de su programa de entrevistas, tal vez debería hacer caído en la cuenta.

—No pienso quitarte ojo —dijo mientras se deslizaba al interior de su coche—. El Dum Dum Donuts es lo único que me queda. No voy a dejar que me lo jodas.

Dos bocinazos a modo de despedida y desapareció. Pisó a fondo su Mercedes por El Cielo Boulevard, alcanzando la velocidad de Mach cuando pasaba junto a Cuz, cuyos movimientos pausados resultaban inconfundibles incluso a distancia. No sucede a menudo, pero de vez en cuando uno de los intelectuales del Dum Dum Donuts dice algo ingenioso como «restaurantes chinos de negros» y «echar un polvo».

—Ya te digo, negrata —dije en voz alta.

Y por primera vez iba en serio.

8

Me decidí por la pintura para las lindes. No es que los láseres costasen tanto, aunque los punteros con la intensidad que necesitaba valían varios cientos de dólares cada uno, sino que pintar me pareció meditativo. Siempre me han gustado los trabajos mecánicos. La predecible repetición de llenar y cerrar sobres me resulta atractiva, como si constituyese una afirmación vital básica. Habría sido un buen obrero, un buen mozo de almacén o un buen guionista de Hollywood. En la escuela, cada vez que me tocaba hacer algo como memorizar la tabla periódica, mi padre me decía que la clave para emprender tareas tediosas es pensar no tanto en lo que haces como en la importancia de por qué lo haces. Aunque cuando le pregunté si la esclavitud no habría causado menos daños psicológicos si se la hubieran tomado como mera «jardinería», me dio una paliza que habría hecho estremecerse al mismísimo Kunta Kinte.

Compré un montón de pintura blanca en aerosol y una máquina de marcaje, de esas que utilizan para las líneas de yarda y de falta en los campos de béisbol, y de buena mañana, antes de las tareas domésticas, cuando aún no había casi tráfico, movía el culo hasta la zona elegida, plantaba los bártulos en mitad de la vía y pintaba la raya. Sin prestar ninguna atención a la rectitud de la línea ni a mi indumentaria, señalaba la demarcación. Buena muestra de la ineficacia del *think tank* del Dum Dum Donuts era que nadie tenía la menor idea de lo que estaba haciendo. La mayor parte de la gente que no me conocía me tomaba por un artista de *performance* o por un tarado. Ese último apelativo no me molestaba.

Pero, tras varios kilómetros de torcidas líneas blancas, cualquier dickensiano de más de diez años tenía claro qué me proponía. Sin que se lo pidiera, grupos de adolescentes haciendo novillos y personas sin techo montaban guardia junto a la línea. Retiraban las hojas y los desperdicios de la pintura húmeda. Gritaban a los ciclistas y a los peatones imprudentes para evitar que ensuciasen la divisoria. A veces, una vez acabada la jornada, volvía a la mañana siguiente y me encontraba con que alguien había retomado la tarea donde yo la había dejado; con que habían extendido mi línea con una propia, a menudo de distinto color. A veces las líneas no eran lo que se dice líneas, sino un reguero de sangre o un grafiti ininterrumpido que me alababa el esfuerzo, —— **bravocolegaaliaslocodelwestsidecalle63gangsta** ——, o, como en el caso de la esquina de enfrente del Centro De Crisis LGBTI (la i por «indefinidos») para Chicanos, Negros, No Gais y Cualquier Persona que se Sienta Desatendida, Desamparada y Explotada por la Televisión por Cable de Los Ángeles, un arcoíris de un metro de ancho y ciento diez de largo, anclado con macetas llenas de preservativos dorados. A medio camino de Victoria Boulevard, donde el puente de El Harvard comienza a cruzar el arroyo, alguien había dividido mi raya escribiendo «100 codos» en color púrpura. Todavía no tengo ni idea de lo que eso significa, pero supongo que lo que estoy tratando de decir es que, con toda la ayuda que me proporcionaron, no tardé en terminar de pintar la frontera. Los policías, muchos de los cuales me conocían por mi trabajo y mis sandías, a menudo me escoltaban en sus coches patrulla. Mientras comprobaba la exactitud de mis lindes, cotejándolas con viejas ediciones de *La guía Thomas*, no me molestaba que la afable agente Méndez me tomara un poco el pelo.

—¿Qué estás haciendo?

—Estoy buscando la ciudad perdida de Dickens.

—¿Pintando una línea blanca en mitad de una calle que ya tiene dos líneas amarillas en medio?

—Uno quiere al perro sarnoso que aparece en su patio trasero tanto como al cachorro que le han regalado por su cumpleaños.

—Entonces deberías poner un anuncio.

Me entregó un boceto que había garabateado a toda prisa en el dorso de un cartel de SE BUSCA.

DESAPARECIDA

Población
¿Ha visto mi ciudad?

Características
sobre todo negros y morenos; algún samoano.
Amistosa. Responde al nombre de Dickens.

LA RECOMPENSA AGUARDA EN EL CIELO

Si tiene alguna información
llame al número 1- (800)
DICKENS

Le agradecí la ayuda y, con una bola de chicle mascado, pegué el anuncio al poste telefónico más cercano. Para los que pretenden encontrar algo que han extraviado, dónde colocar su aviso es una de las decisiones más difíciles que jamás tomarán en la vida. Elegí un espacio en la parte inferior del poste, entre una circular del concierto de Uncle Jam's Army en el Centro de Veteranos («¡El tío Jam te necesita! ¡Para servir y hacer funk en Los Afganistán, California! ¡Alá Al Bar! Apertura de puertas de 9 a 10 p. m.») y una nota que prometía un misterioso empleo de ensueño con un sueldo de mil dólares a la semana, trabajando desde casa. Esperaba que quienquiera que fuese el que había colgado aquel anuncio hubiese hablado con Recursos Humanos, porque albergaba serias dudas de que llegara a ganar trescientos a la semana, y seguro que no trabajaba desde casa.

Tardé seis semanas en pintar la frontera y los letreros, y al final no estaba seguro de qué había conseguido, pero era divertido ver a los niños pasar el sábado recorriendo con atención el trazado de la ciudad, asegurándose de pisar hasta el último centímetro. A veces me topaba con algún anciano de la comunidad, en pie en medio de la calle, incapaz de cruzar la línea blanca. O con miradas confundidas en los rostros, tras preguntarse por qué se sentían tan del lado de Dickens en comparación con el otro lado de la raya. Cuando allá había tanta mierda de perro como acá. Cuando la hierba, la poca que había, no era más verde por cojones. Cuando los negratas eran igual de insignificantes aquí y allí, pero por alguna razón sentían que pertenecían a este lado. ¿Y por qué? Si no era más que una raya.

Tengo que confesar que, en los días posteriores a haberla pintado, también yo me mostré reticente a cruzar la raya, porque la forma irregular con que rodeaba los vestigios de la ciudad me recordaba al contorno de tiza que la policía había dibujado innecesariamente alrededor del cadáver de mi padre. Pero me gustaba el artificio de aquella raya. La invitación a la solidaridad y a la comunidad que representaba. Y si bien no había logrado hacer resurgir Dickens, al menos había conseguido ponerla en cuarentena. Y una comunidad-leprosería no era un mal comienzo.

CAMBIO JUSTO
O EL ZEN Y EL ARTE DE IR
EN AUTOBÚS Y REPARAR
UNA RELACIÓN

9

A veces el olor te despierta en mitad de la noche. Chicago tiene el viento Halcón y Dickens, a pesar de su barrera protectora recién pintada, tiene el Pestón, una miasma incolora y candente de azufre y mierda que nace en las refinerías de petróleo de Wilmington y en la planta de tratamiento de aguas residuales de Long Beach. Los vientos dominantes lo transportan tierra adentro y el Pestón adquiere un matiz agrio y húmedo cuando sus efluvios se mezclan con el hedor de los guaperas que vuelven a casa tras una farra en Newport Beach, apestando a sudor, chupitos de tequila y litros de colonia Drakkar Noir. Dicen que el Pestón disminuye la tasa de criminalidad en un noventa por ciento, pero cuando el olor te da tal bofetada que te despiertas a las tres de la mañana, lo primero que quieres hacer es matar a Guy Laroche.

Sucedió una noche, dos semanas después de que pintara la demarcación; el tufo era especialmente fuerte y no conseguía volver a dormirme. Traté de limpiar los establos, pensando que el olor a estiércol fresco eliminaría el pestazo de mis fosas nasales. No funcionó y tuve que cubrirme la cara con un trapo empapado en vinagre para sofocar el hedor. Hominy entró con mi traje de neopreno en una mano y una pipa en la otra. Iba vestido como un criado británico, con su frac y un dudoso acento del *Masterpiece Theatre* de la BBC.

—¿Qué haces aquí?

—He visto las luces encendidas y he pensado que tal vez al amo le apetecería un poco de hachís y aire fresco esta noche.

—Hominy, son las cuatro de la madrugada. ¿Por qué no estás en la cama?

—Por la misma razón que tú. Porque ahí fuera huele como el culo.

—¿De dónde has sacado ese frac?

—Todos los actores negros tenían uno en los cincuenta. Te presentabas a un casting para el papel de mayordomo o de jefe de sala y en el estudio pensaban: «Chico, acabas de ahorrarnos cincuenta dólares. ¡Estás contratado!».

Un poco de costo y surf no era mala idea. Estaría demasiado colocado para conducir hasta la playa, pero eso me daría una excusa para ver a mi chica por primera vez en meses. ¿Pillar unas olas y tener una pequeña escaramuza con mi nena? Sería como hacer dos oes con un canuto, por decirlo de algún modo. Hominy me acompañó hasta la sala de estar, giró la silla reclinable de papá y dio unos golpecitos en el reposabrazos.

—Siéntate.

La chimenea de gas rugió al volver a la vida, metí una yesca en las llamas, calenté el costo en la pipa, di una buena calada y, antes de que pudiera exhalarla, ya estaba colocado. Debía de haber dejado la puerta de atrás abierta, porque uno de los terneros recién nacidos entró y me miró con sus grandes ojos marrones y el pelo negro y brillante. Tenía apenas una semana de vida, todavía no estaba acostumbrado a los sonidos y olores de Dickens. Le eché una bocanada de hachís en el hocico, y juntos sentimos cómo el estrés abandonaba nuestros cuerpos. Cómo mudábamos de piel, despojándonos de la negritud, la burbujeante melanina disipándose en la nada como un antiácido que se disuelve en un vaso de agua del grifo.

Dicen que un cigarrillo te roba tres minutos de vida, pero el hachís de calidad hace que la muerte parezca algo muy lejano. El *staccato* distante de un tiroteo resonó en el aire. Se oyeron los últimos disparos de la noche, seguidos de los rotores del helicóptero de la policía. El ternero y yo compartimos un whisky de malta doble para ponernos a tono. Hominy se situó junto a la puerta. Por la calle pasaba un desfile de ambulancias, y, como un mayordomo que entrega el abrigo a un caballero inglés, él me entregó la tabla de surf. Ya sea real o fingida, lo cierto es que a veces tengo celos de su inconsciencia, porque, a diferencia de Estados Unidos, Hominy ha pasado página. Ese es el problema con la historia, que nos gusta pensar que es como un libro, que podemos pasar página y seguir adelante. Pero la historia no es el papel en el que aparece impresa. Es memoria, y la memoria es tiempo, emociones y canciones. La historia es lo que permanece en ti.

—Amo, acabo de pensar que debería estar al corriente: la semana que viene es mi cumpleaños.

Sabía que había algo. Estaba mostrándose demasiado atento. Pero ¿qué le regalas al esclavo que ni siquiera quiere su libertad?

—Vale, es genial. Iremos de excursión o algo así. Mientras tanto, ¿podrías hacerme un favor y devolver el ternero al establo?

—Yo no toco animales de granja.

Incluso cuando el aire no huele, si caminas por las calles del gueto, con un traje de neopreno y una tabla de surf bajo el brazo, nadie te toca los cojones. Tal vez te topes con un chico curioso que se lo piense un poco, te mire de arriba abajo y calcule cuánto podrían darle en la casa de empeños por una vieja Town & Country de tres quillas. A veces me paran delante de la lavandería, se quedan mirando asombrados al colega que va en chanclas y me pellizcan la capa exterior de poliuretano negro.

—Mira esto, amigo.

—¿Qué pasa?

—¿Y dónde guardas las llaves?

Las 5.43 a. m. El bus 125 en dirección oeste con destino a El Segundo llegó puntual. Las puertas neumáticas se abrieron con un fuerte siseo y esa eficiencia que tanto me gusta, y la conductora me recibió a bordo con un simpático:

—Date prisa, hijoputa, que estás dejando entrar el tufo.

La conductora del autobús número 632 pensaba que habíamos roto solo porque hace años se casó con el rapero (ahora cuasifamoso policía televisivo y vendedor de licor de malta) MC Panache, tuvo cuatro hijos y pidió una orden de alejamiento que me obligaba a permanecer a doscientos metros de ella y los niños, porque los seguía a casa desde la escuela gritando: «¡Vuestro padre no sabe distinguir una asonancia de una elegía! ¡Y se cree poeta!»

Tomé mi asiento habitual, el más cercano al hueco de la escalera, me recosté y estiré las piernas hasta el pasillo, empuñando la tabla como un escudo africano de fibra de vidrio para desviar lo mejor que pude el aluvión de insultos, escupitajos y pipas de girasol.

—Que te jodan.

—Que te jodan a ti.

Desterrado y dolido, me deslicé hasta la parte de atrás del autobús, deposité la tabla de surf en el último asiento y me tumbé en ella como un faquir que, con el corazón roto, duerme sobre una cama de clavos, tratando de reemplazar el dolor emocional por el físico. El autobús pasó por Rosecrans y el amor no correspondido de mi vida, Marpessa Delissa Dawson, fue recitando el nombre de las paradas como un cronometrador budista, mientras, tres filas por delante de mí, un loco recitaba su mantra matutino: «Voy a joder a esa puta negra pero bien. Voy a joder a esa puta negra pero bien. Voy a joder a esa puta negra pero bien. Voy a joder a esa puta negra pero bien».

Hay más coches en el condado de Los Ángeles que en cualquier otra ciudad en el mundo. Pero de lo que nunca se habla es de que, desde Lancaster hasta Long Beach, la mitad de esos coches descansan sobre bloques de cemento en parcelas de tierra que hacen las veces de patios delanteros. Esos automóviles no tan móviles son, junto con el letrero de Hollywood, las Torres Watts y la finca de 5.250 metros cuadrados de Aaron Spelling, lo más parecido que tiene Los Ángeles a las antiguas maravillas de la ingeniería como el Partenón, Angkor Wat, las grandes pirámides y los antiguos santuarios de Tombuctú. Esas antiguallas oxidadas de dos y cuatro puertas son inmunes a los vientos y a las sucesivas lluvias ácidas y, como ocurre con Stonehenge, no tenemos la menor idea de cuál es el propósito de estos monumentos de acero. ¿Son un testimonio de esos impresionantes descapotables y deportivos que ocupan las portadas de las revistas de coches personalizados? Tal vez los embellecedores de los capós y los alerones estén alineados con las estrellas y el solsticio de invierno. O quizá sean mausoleos, lugares de descanso para amantes de asientos traseros y conductores. Lo único que sé es que cada uno de esos armazones metálicos significa un coche menos en la carretera y un viajero más en el autobús de la vergüenza. Sí, vergüenza, porque en Los Ángeles todo tiene que ver con el espacio, y aquí la autoestima depende de cómo eliges navegar por dicho espacio. Ir a pie equivale a practicar la mendicidad. Los taxis son para extranjeros y prostitutas. Las bicicletas, los patines y patinetes son para los locos de la vida sana y los chiquillos, gente que no va a ninguna parte. Y todos los coches, ya sean de lujo e importación o cacharros de anuncios clasificados, son símbolos de estatus, porque no importa el estado de la tapicería ni el de los amortiguadores, ni si la chapa o la pintura están hechas una puta mierda: el coche, cualquier coche, es mejor que montar en autobús.

«¡Alameda!», gritó Marpessa, y una mujer, cargada con unas bolsas de plástico y apretando el bolso con el codo, se escurrió dentro. Anduvo por el pasillo buscando una plaza libre. Reconozco a un recién llegado a Los Ángeles a un kilómetro de distancia. Son los que suben al autobús sonriendo y saludando a otros pasajeros, porque, a pesar de que todo indica lo contrario, creen que la obligación de usar el transporte público no es más que un revés pasajero. Son los que se sientan bajo los anuncios de Sexo Seguro e, inquisitivos, alzan los ojos por encima de sus novelas de Bret Easton Ellis, tratando de averiguar por qué los gilipollas que los rodean no son blancos y ricos como los gilipollas del libro que están leyendo. Son los que dan saltos de alegría como ganadores de un concurso de la tele cuando descubren que el In-N-Out Burger tiene un menú secreto y un menú supersecreto. «¿Hamburguesas a la parrilla con mostaza? ¡No jodas!» Son los que se apuntan al micro abierto de la Fábrica de Risas, trotan por el paseo tratando de convencerse de que la escena de doble penetración que filmaron en Reseda la semana pasada es solo un modo de conseguir mayores y mejores logros. *La pornographie est la nouvelle nouvelle vague.*

Muchos padres presumen de las primeras palabras de su hijo. Mamá. Papi. Te quiero. Para. No. Eso no procede. A mi padre, por el contrario, le gustaba jactarse de las primeras palabras que me dijo. No fueron ni un saludo ni una oración, sino una apreciación que aparece en el primer capítulo de todo libro de introducción a la psicología social que se haya escrito: «Todos somos sociólogos». Y supongo que yo llevé a cabo mi primera investigación de campo en el autobús.

Cuando era niño, la red de autobuses municipal se llamaba DTR. Oficialmente, eran las siglas de Distrito de Tránsito Rápido, pero para los angelinos residentes en infiernos como Watts, La Puente y South Central, demasiado jóvenes o demasiado pobres para conducir, significaban Duro, Tétrico y Ruinoso. Mi primer estudio científico, escrito a la edad de siete años, fue «Tendencias de los pasajeros determinadas por la raza y el género a la hora de tomar asiento: un control por clase, edad, aglomeración y olor corporal». Como no podía ser menos, la conclusión estaba clara. Si te ves obligado a sentarte junto a alguien, primero invades el espacio personal de las mujeres y, en último lugar, el de los negros. Y si eres hombre y negro, entonces nadie, ni siquiera otros negros, se sienta a tu lado a menos que sea absolutamente necesario. Y aun entonces, a regañadientes, se sentaban a mi lado e invariablemente me saludaban con una de las tres preguntas de seguridad diseñadas para evaluar mi nivel de amenaza:

1. ¿Dónde vives?
2. ¿Has visto (añade aquí un acontecimiento deportivo o una película de temática negra)?
3. No sé de dónde eres, colega, pero ¿ves este cuchillo/arma/ sarpullido contagioso? No me jodas y yo no te joderé a ti, ¿estamos?

Por la manera como extendía los brazos hacia abajo advertí que le pesaban las bolsas, que se aferraba a duras penas a su compra y a sus sueños. A pesar de que parecía agotada y más abatida con cada bote de la suspensión desgastada del bus, prefirió seguir de pie a sentarse a mi lado. Acuden a Los Ángeles aspirando a ser blancos. Pero incluso los biológicamente blancos no son blancos blancos. No como los blancos que juegan al voleibol en Laguna Beach. No tienen el blanco de Bel Air. El blanco del *omakase*. El blanco de Spicolli. El blanco de Brett Easton Ellis. El blanco que da tener tres nombres de pila. El blanco de contar con aparcacoches. El blanco de presumir de antepasados indios americanos, argentinos o portugueses. El blanco de fideo vietnamita. El blanco de paparazzi. Una vez me despidieron de un empleo como teleoperadora y ahora mírame: soy blanca y famosa. Blanca de Calabasas, entre San Fernando y Santa Mónica. Me encanta Los Ángeles. Es el único lugar donde un blanco puede ir a esquiar, a la playa y al desierto, todo el mismo día.

EL VENDIDO

Ella se aferró a su visión en lugar de sentarse a mi lado, y no es que la culpara, porque para cuando el autobús llegó a Figueroa Boulevard había muchas personas a bordo con las que yo mismo habría preferido no sentarme. Al igual que ese capullo tarado que tocaba el botón de PARADA SOLICITADA una y otra vez. «¡Para el autobús, maldita sea! ¡Quiero bajar! ¿Adónde cojones vas?» Pero, incluso a primera hora del día, detener un autobús entre paradas equivalía a pedirle a la tripulación de un cohete Apolo que hiciera una paradita en la licorería de camino a la Luna... Imposible. «He dicho que pares el puto autobús. ¡Llego tarde al trabajo, puta vaca gorda!»

Conductores, celadores y comandantes de campo de concentración tienen su propio estilo de gestión. A algunos les gusta cantar a los pasajeros. Calmarlos con edificantes tonadillas de jazz, con cosas como «Tea for Two» y «My Funny Valentine». A otros les gusta esconderse, hundirse en sus asientos y dejar que los internos se adueñen del manicomio y de los pasillos, con el cinturón de seguridad desatado por si tienen que escapar rápido. Marpessa no imponía disciplina, pero tampoco se dejaba avasallar. Su jornada de trabajo habitual incluía peleas, robo de bolsos, gente sin billete, abusos, borracheras, amenazas a niños, chantajes, negratas que constantemente pisaban la línea amarilla mientras el autobús estaba en movimiento, y patadas, por no hablar de los típicos intentos de asesinato. Su representante sindical le había contado que cada tres días un conductor de autobús sufre una agresión en este país, y había dos cosas en el mundo que Marpessa había decidido que nunca sería: una estadística más y la «vaca gorda» de nadie. No sé cómo resolvió el problema, si con una palabra amable o blandiendo la barra de hierro para zurrar negratas que guardaba debajo del asiento, porque me quedé dormido y no me desperté hasta que llegamos a El Segundo. Su aviso de «Última parada» resonó en el autobús vacío.

Sé que esperaba verme salir por la puerta, pero, incluso con aquel espantoso uniforme de la DTR de color marrón alga y quince kilos de más, seguía estando guapa. Y, del mismo modo que en la carretera no puedes dejar de mirar al perro que saca la cabeza por la ventanilla, yo no lograba apartar los ojos de ella.

—Cierra la boca, que te entran moscas.

—¿Me echas de menos?

—¿Echarte de menos? No he echado de menos a nadie desde que murió Mandela.

—¿Se ha muerto Mandela? Parecía que iba a vivir eternamente.

—Mira tú por dónde.

—¿Ves?, me echas de menos.

—Echo de menos tus putas ciruelas. Lo juro por Dios, a veces me despierto en mitad de la noche soñando con tus malditas ciruelas y esas jugosas granadas. Estuve a punto de no romper contigo porque no podía dejar de pensar: ¿dónde coño voy a conseguir cantalupos que sepan a orgasmo múltiple?

Habíamos reavivado nuestra amistad de la infancia en el autobús. Yo tenía diecisiete años, estaba sin coche y en la inopia. Ella tenía veintiuno y estaba lo bastante buena para que aquel uniforme mal cortado y marrón alga de la DTR pasara por alta costura. Excepto por la insignia. Una insignia no le queda bien ni a John Wayne. Por aquel entonces conducía el 434, del centro de la ciudad a Zuma Beach, una ruta por la que, una vez dejaba atrás el muelle de Santa Mónica, el bus solía ir vacío, salvo por unos cuantos porreros, vagabundos y criados que servían en las urbanizaciones y chalés de Malibú. Yo pillaba olas en Venice y Santa Mónica. Por lo general, la parada 24. A veces la 20. Por ninguna razón en concreto. Las olas eran una mierda. Aquello estaba lleno de gente. Aunque de vez en cuando veía a otro surfista de color. A diferencia de Hermosa, Redondo y Newport, que quedaban mucho más cerca de

Dickens, pero donde los picos estaban dominados por pirados rectos y devotos que besaban sus crucifijos antes de cada serie y escuchaban programas de radio conservadores al salir del agua. Más al norte, por la ruta de Marpessa, el ambiente era más relajado. El Westside. AC/DC, Slayer y KLOS-FM. Los surfistas, adictos al crack y la maría, se colgaban del sol y los English Beat purificando sus cuerpos y su acné mediante *cutbacks* y *floaters* donde las olas rompían con suavidad. Pero no importa donde pilles olas, los hijos de puta siempre acaparan el banco de arena.

El extremo oeste de Rosecrans Avenue, donde la calle desemboca en la arena, es el paralelo 42 entre el hemisferio relajado y el estirado de la costa del condado de Los Ángeles. Desde Manhattan Beach hasta Cabrillo, te llamaban negro y esperaban que echaras a correr. Desde El Porto hasta el norte de Santa Mónica, te llamaban negro y esperaban que pelearas. De Malibú en adelante, llamaban a la policía. Comencé a coger el autobús cada vez más lejos, subiendo por la costa, para poder pasar más tiempo charlando con Marpessa. En realidad, no nos veíamos desde que había empezado a salir con chicos mayores y dejó de ir por casa de Hominy. Después de dos horas intercambiando historias sobre la vida en el gueto de Dickens y lo que estaba haciendo Hominy, me encontré a kilómetros de casa, cogiendo olas con focas y delfines, en lugares cada vez más remotos como Topanga, Las Tunas, Amarillo, Blocker, Escondido y Zuma. Dejándome llevar hasta playas privadas donde, todo empapado, los lugareños multimillonarios me miraban como si fuera una morsa parlante con un afro de sauce llorón, cuando me adentraba por sus patios llenos de arena para llamar a unas puertas correderas de cristal y pedir que me dejaran usar el teléfono y el baño. Pero por alguna razón la gente blanca que no hace surf confía en un negro descalzo con una tabla debajo del brazo. Tal vez se decían: tiene las manos demasiado ocupadas para salir corriendo con la tele y, además, ¿adónde va a ir?

Después de pasar la primavera haciendo surf todos los fines de semana, Marpessa confió lo bastante en mí para acompañarme al baile de graduación de mi instituto. Dado que mi clase no tenía más que un alumno, la graduación fue un asunto íntimo entre dos personas, con mi padre oficiando de chófer y carabina. Fuimos a bailar a Dillons, una discoteca para menores de veintiún años en una torre-pagoda tan segregada como cualquier otra cosa en Los Ángeles. Primera planta: New Wave. Segunda planta: los cuarenta principales del soul. Tercera planta: reggae edulcorado. Cuarta planta: banda, salsa, merengue y un poco de bachata, en un vano intento de birlar clientela latina al Florentine Gardens de Hollywood Boulevard. Mi padre se negó a ir más allá de la segunda planta. Marpessa y yo aprovechamos para darle esquinazo, subiendo por unas escaleras apestosas hasta el tercer piso, donde nos mecimos al son de Jimmy Cliff y las I-Threes, y acampamos detrás de los amplificadores, tomando mai tais y colocándonos tan cerca del séquito de Kristy McNichol como nos fue posible, para que los de seguridad no nos jodieran y pensaran que éramos los típicos amigos negros que toda estrella de cine adolescente necesita. Luego fuimos al Coconut Teazers a ver tocar a The Bangles, y allí, con la lengua trabada por el alcohol, Marpessa hizo correr el rumor de que un tal Prince se estaba tirando a la cantante.

Casi me patea el culo por no saber que Prince era Su Excelentísima Maldad. Y mi primer beso casi se pospone hasta vete a saber cuándo, pero tras zamparnos un temprano desayuno Grand Slam en Denny's, de pronto estábamos en la parte trasera de la camioneta, a ciento cincuenta kilómetros por hora por el carril rápido de la autopista 10, usando los sacos de pienso y semillas como almohadas mientras alternábamos luchas de lenguas y de pulgares. Jugamos a «quién golpea más suave».

Nos besamos. Vomitamos. Nos besamos otra vez. «No digas "darnos besos de tornillo" —me advirtió—. Di "enrollarnos" o "intercambiar saliva". Si no parecerás un principiante.» En lugar de mantener la vista en la carretera, mi padre se volvía para cotillear por la ventanilla de la cabina, poniendo los ojos en blanco ante mi técnica al acariciar un pecho, burlándose de la forma espasmódica en que se me caía la cabeza cuando la besaba o me conminaba a ir más lejos con el signo universal de «tíratela ya» levantando las manos del volante para formar una vagina circular con la izquierda e introducir en ella el índice de la derecha. Teniendo en cuenta que la única prueba de que mi padre había logrado mantener relaciones sexuales con alguien que no estuviera en su clase posiblemente era yo, estaba soltando un montón de chorradas.

Entre el autobús y los viajes en la parte de atrás de la camioneta o a caballo para ir al cine Baldwin, nuestra relación siempre estaba en movimiento; de locos. Marpessa apoyaba los pies en el volante y se cubría el rostro con un ejemplar baqueteado de *El proceso* de Kafka. Aunque no puedo asegurarlo, me gustaría pensar que ocultaba una sonrisa. La mayoría de las parejas tienen canciones que llaman suyas. Nosotros teníamos libros. Autores. Artistas. Películas de cine mudo. Los fines de semana nos tumbábamos desnudos en el pajar, nos quitábamos las plumas de pollo de la espalda el uno al otro y hojeábamos el *Los Angeles Weekly*. En el Museo de Arte del Condado de Los Ángeles había una retrospectiva de Gerhard Richter, David Hammons, Elizabeth Murray o Basquiat, y nosotros dábamos unos golpecitos en el anuncio y decíamos: «Mira, tienen expuesto nuestro óleo sobre lienzo». Nos pasábamos horas revolviendo en los contenedores de películas de segunda mano de Amoeba Records, en Sunset, para acabar levantando una copia de la adaptación de *Sin novedad en el frente*, de Erich Maria Remarque, y diciendo: «Mira, están remasterizando digitalmente nuestra película». Y luego nos magreábamos en la sección de cine de Hong Kong. Pero nuestro genio era Kafka. Nos turnábamos leyendo en voz alta *El desaparecido* y *Ante la ley*. En ocasiones leíamos los libros en un alemán incomprensible y hacíamos traducciones libres. A veces le poníamos música al texto, bailábamos *break* al ritmo de *La Metamorfosis* o lento con *Cartas a Milena*.

—¿Recuerdas que solías decirme que te recordaba a Kafka?

—Que quemaras algunos de esos poemas de mierda que escribías no significa que pensase que eras como Kafka. La gente trató de evitar que Kafka destruyera su obra, yo a ti te encendía las cerillas.

Touché. Las puertas se abrieron y el autobús se inundó con el aroma salobre del océano, los yacimientos petrolíferos y los excrementos de gaviota. Vacilé en el último escalón, lidiando con la tabla como si tuviera problemas para cruzar aquellas puertas.

—¿Cómo está Hominy?

—Está bien. Hace un tiempo intentó suicidarse.

—Está como una cabra.

—Sí. Sigue igual. Oye, se acerca su cumpleaños. Tengo una idea y tal vez puedas echarme una mano.

Marpessa se recostó y apoyó el libro en una barriga tamaño segundo trimestre.

—¿Estás embarazada?

—No desbarres, Bombón.

Estaba cabreada conmigo y, sin embargo, no pude dejar de sonreír, porque no recordaba la última vez que me había llamado Bombón. Aunque no es el apodo más duro que se me ocurre, sí es lo más cerca que he estado de tener un mote. De niño decían que tenía mucha suerte. Nunca contraje las típicas enfermedades del gueto. No me sacudieron cuando era un bebé. No sufrí raquitismo, tiña, drepanocitosis, trismo, diabetes de tipo 1 o las «-itis». Los matones la tomaban con mis amigos, pero a mí me dejaban en paz. Por alguna razón, la policía nunca me ha puesto en busca y captura ni ha intentado estrangularme. Nunca tuve que pasar una semana viviendo en el coche. Nadie me confundió jamás con el gamberro que había disparado, violado, birlado, fecundado, abusado o dejado a deber, faltado al respeto, abandonado o cagado en los muertos de nadie. Ninguno de los motes que me pusieron cuajó, hasta que a los once años mi padre mi inscribió sin preguntarme en el concurso de ortografía de la ciudad, patrocinado por el ya desaparecido *Dickens Bulletin*, un periódico tan negro que el esquema de color papel/tinta estaba invertido, como en Honky City aprueba el aumento presupuestario. En la final me enfrenté a Nakeshia Raymond. Su palabra fue «onfaloscopia». La mía fue «bombón». Y después de eso, hasta la noche en que murió mi padre, todo fue «Bombón, elígeme los números de la lotería». «Bombón, sopla mis dados.» «Bombón, preséntate a la oposición por mí.» «Bombón, dale un beso a mi bebé.» Sí, desde que papá estiró la pata, la gente tiende a guardar las distancias.

—Bombón... —Marpessa apretó las manos para evitar que le temblaran—. Perdona cómo te he tratado antes. Este puto trabajo...

A veces pienso que no es posible medir la inteligencia y que, si así fuera, definitivamente no serviría para realizar predicciones, en especial con la gente de color. Tal vez un idiota no pueda convertirse en neurocirujano, pero un genio puede ser tanto cardiólogo como empleado de correos. O conductora de autobús. Una conductora de autobús que se vio forzada a tomar algunas decisiones bien jodidas. Nunca dejó los libros, pero después de nuestra breve relación se lio con un rapero agresivo y aspirante a gánster que por las mañanas la arrastraba por el pelo a medio peinar y, todavía descalza y en pijama, la obligaba a hacer la inspección preatraco en las joyerías del

CAMBIO JUSTO

Valle. Nunca entendí por qué los dueños no llamaban a la policía nada más ver a una joven afroamericana sospechosa caminando sonámbula hasta el centro de la tienda exactamente diez minutos después de su apertura, mirando directamente a los guardias de seguridad y a las cámaras, mientras contaba los pasos en voz alta para medir la distancia entre los anillos de diamantes y los broches.

Marpessa se había presentado en mi casa con los ojos morados, ocultándose entre las sombras como la mala de una película de cine negro a la que se busca porque sobreactúa y subestima su valía. La universidad no era para ella porque, a su modo de ver, el lugar de trabajo convierte a las mujeres negras en profesionales indispensables y bien pagadas de tercera o cuarta, pero nunca de primera o segunda. A veces es bueno quedarse embarazada siendo muy joven. Te propina una bofetada, te obliga a prestar atención. Endereza tu postura. Marpessa se detuvo en la puerta de atrás, mientras se comía un melocotón que había cogido del árbol. La sangre de la nariz y los labios se entremezcló con el néctar y le resbaló por la barbilla hasta la camisa y las zapatillas de deporte, antes impecables, mientras el sol, a su espalda, le iluminaba el cabello revuelto y rizado hasta convertirlo en una aureola llameante de puntas abiertas y vergüenza. No quiso entrar, solo dijo: «He roto aguas», lo cual, por supuesto, me rompió el corazón. Y una carrera frenética y una epidural más tarde, el hospital Martin Luther King, Jr., también conocido como Killer King, acertó una: un niño cuyo segundo nombre es Bombón, un monstruito que traga leche y muerde pezones, y te sirve como incentivo para solicitar un permiso de conducir de clase B, que te recuerda que, junto a Kafka, Gwendolyn Brooks, Eisenstein y Tolstói, tu distracción favorita es conducir. Seguir en movimiento, guiando el autobús y tu vida suave y lentamente hasta el final del recorrido para tomar un merecido respiro.

—Bueno, ¿vas a ayudarme con Hominy?
—Baja del autobús de una puta vez.
Tocó el botón de arranque y el autobús cobró vida con un quejido. Marpessa estaba a punto de irse; me cerró la puerta en las narices, aunque lentamente.
—¿Sabes?, fui yo quien pintó esa línea alrededor de Dickens.
—Algo me han contado. Pero ¿por qué?
—Pienso recuperar la ciudad. ¡Y también pienso recuperarte a ti!
—Pues buena suerte con eso.
Dando botes por Ocean Avenue en la trasera de una camioneta de mierda, con unos greñudos blancos, aborígenes, de cabello rubio, casi tan morenos como tú, con el rostro pelado a causa del sol, como las viejas pegatinas de Local Motion del parachoques del portón de atrás, uno se siente más surfero que cuando se tumba en la tabla con la vista puesta en el brumoso horizonte, aguardando la siguiente ola. Han sido tan amables que se han ofrecido a llevarte a casa, y les devuelves el favor con un porro. Fumando y pasándolo, tratando de evitar que cada bache de California y cada frenazo repentino causado por un cieguísimo «vaya, colega, ¿soy yo o es que los semáforos cada vez están más pegados?» te aplaste la maría.
—Una mierda increíble, tío. ¿De dónde la has sacado?
—Conozco a unos holandeses que tienen un *coffee-shop*.

10

Aquel día de invierno en el estado segregado de Alabama, cuando se negó a ceder su asiento a un blanco, Rosa Parks se convirtió en la «madre del movimiento por los derechos civiles de la época moderna». Unas décadas después, y no importa en cuál de las cuatro estaciones, en una zona supuestamente no segregada de Los Ángeles, California, Hominy Jenkins estaba ansioso por ceder su asiento a una persona blanca. El abuelo del movimiento posracial por los derechos civiles conocido como Punto Muerto estaba sentado en la parte delantera del autobús, en el mismísimo borde de un asiento de pasillo, atento a cada nuevo pasajero que montaba. Por desgracia para él, Dickens es una comunidad tan negra como el pelo asiático, tan morena como James Brown, y al cabo de cuarenta y cinco minutos con el vehículo repleto, compartiendo trayecto con viajeros pertenecientes exclusivamente a minorías, lo más parecido que vio a una persona blanca fue una mujer con rastas que subió en Poinsettia Avenue con una esterilla de yoga enrollada bajo el brazo.

—Feliz cumpleaños, Hominy —le dijo ella alegremente manchándole la manga de la camisa con el sudor de Brikram que le resbalaba por la frente.

—¿Por qué todos saben que es mi cumpleaños?

—Lo pone delante, con grandes letras en el letrero luminoso: BUS NÚMERO 25. ¡FELIZ CUMPLEAÑOS, HOMINY! ¡CON DOS COJONES! ¡YOWZA!

—Ah.

—¿Te han regalado algo bueno por tu cumpleaños?

Hominy señaló los letreros del tamaño de una cajetilla de cigarrillos, de color azul y blanco, pegados bajo las ventanillas en el tercio delantero del autobús.

ASIENTOS RESERVADOS A PERSONAS MAYORES,
DISCAPACITADOS Y BLANCOS

—Ese es mi regalo.

Dickens solía celebrar el cumpleaños de Hominy de forma colectiva. No había ni desfiles ni entregas de llaves de la ciudad, pero la gente se reunía delante de su casa cantando «¡yowza!» y, pertrechados con huevos, cerbatanas y merengues, se turnaban para llamar al timbre. Y cuando él contestaba, gritaban: «¡Feliz cumpleaños, Hominy!» y le arrojaban a la cara, negra y brillante, pasteles y huevos de gallina. Él, entusiasmado, se limpiaba, se cambiaba de ropa y se preparaba para la siguiente tanda de felicitaciones, pero cuando la ciudad desapareció, también desapareció la tradición de celebrar su cumpleaños. Solo quedé yo llamando a su puerta, preguntándole qué quería que le regalase por su cumpleaños. Su respuesta era siempre la misma: «No lo sé. Tráeme un poco de racismo y quedamos en paz». Luego miraba a ver si llevaba algún tomate podrido o un saco de harina escondido a la espalda. «¿Unos cuantos chicos que vengan a tirarte tomates a la cara?»

Por lo general, le compraba un detalle negro: una figura de dos negritos tocando el banjo bajo unas glicinias, un mono de peluche con la cara de Obama o unas gafas de sol de esas que a los afroamericanos y a los asiáticos invariablemente se les resbalan por el puente de la nariz.

Pero cuando me di cuenta de que Hominy y Rodney Glen King cumplían años el mismo día, el 2 de abril, se me ocurrió que, si hay lugares como Sedona, Arizona, que tienen vórtices de energía, tierras sagradas místicas donde los visitantes experimentan cierto rejuvenecimiento y despertar espiritual,

CAMBIO JUSTO

Los Ángeles debe de tener vórtices de racismo. Un lugar donde
los forasteros experimentan profundos sentimientos de me-
lancolía y desprecio étnico. Lugares como el arcén de la autovía Foothill, donde la vida de Rodney King, y en cierto sentido
también América y sus arrogantes ideas sobre el juego limpio, cayó en una espiral descendente. Vórtices raciales como
el cruce de Florence con Normandie, donde al malogrado ca-
mionero Reginald Denny le dieron en la cara con un bloque
de cemento, una puta litrona y varios siglos de frustración. O
Chavez Ravine, donde derribaron un barrio mexicano que llevaba varias generaciones allí, sacando a golpes a sus residentes, echándoles de sus casas sin ofrecerles ninguna compensación, y así dejar espacio para construir un estadio de béisbol
con un amplio aparcamiento y perritos calientes de los Dodgers. O la calle Siete, entre Mesa y Centre, el vórtice donde en
1942 se formó una larga cola de autobuses mientras daban el
primer paso hacia el encarcelamiento masivo de estadounidenses de origen japonés. ¿Y dónde iba a estar más feliz Hominy que en el autobús número 125, recorriendo Dickens, un
vórtice racial en sí mismo? Su asiento, en el lado derecho, a
tres filas de la puerta, era el epicentro mismo del racismo.

Los carteles estaban tan bien hechos que la mayoría de la
gente no notaba la diferencia, e incluso después de «leerlos»
la mente te la jugaba y creías que en esos carteles ponía lo que
siempre había puesto, ASIENTOS RESERVADOS A PERSONAS
MAYORES Y DISCAPACITADOS. Y aunque sí fue la primera, la
queja de la yogui no fue la única que Marpessa recibió ese día.
En cuanto se levantó la liebre, los pasajeros fueron quejándose y poniendo el grito en el cielo durante toda la ruta. Señalaban los carteles y sacudían la cabeza, no tanto por incredulidad ante la idea de que la ciudad hubiera tenido el valor de
restablecer la segregación pública, sino por lo que había tar-
dado en hacerlo. Marpessa no consiguió apaciguar del todo los

149

ánimos ni con las porciones gratis de pastel Baskin-Robbins ni con las botellitas de J&B del avión y, como descargo de conciencia, decía:

—Estamos en Los Ángeles, la ciudad más racista del mundo, ¿qué cojones queréis que haga?

—¡Esto es una mierda! —gritó un hombre antes de pedir más pastel y bebida—. Y, si os soy sincero, estoy muy pero que muy ofendido.

—¿Qué significa eso de que está «ofendido»? —le pregunté al amor (si bien no correspondido) de mi vida hablando con ella por el espejo retrovisor panorámico.

No me había costado convencer a Marpessa de que me ayudara a convertir el 125 en una juerga rodante, pues ella quería a Hominy tanto como yo. Bueno, que le prometiera una primera edición de *La habitación de Giovanni*, de Baldwin, también ayudó un poco.

—Ni siquiera es una emoción —añadí—. ¿Qué significa sentirse ofendido en el terreno de los sentimientos? Ningún gran director de teatro le ha dicho nunca a un actor: «Vale, esta escena requiere una gran emoción, ¡de modo que sal ahí y dame ofensividad por un tubo!».

Con las manos enfundadas en unos mitones de cuero, Marpessa manejaba la palanca de cambios con tanta fuerza y destreza que me encontré sacudiéndome en mi asiento.

—Eso es mucho decir para un campesino inmaduro que no se ha ofendido en la vida porque se pasa todo el rato colocado en las nubes.

—Claro, porque si alguna vez me ofendiese no sabría qué hacer. Si estoy triste, lloro. Si soy feliz, me río. Si me ofendo, ¿qué hago?, ¿anuncio con voz clara y seria que me siento ofendido, y luego me alejo renegando para escribir una carta al alcalde?

—Eres un puto enfermo, y con esos malditos carteles has logrado que los negros retrocedan quinientos años.

—Y otra cosa, ¿cómo es que nunca se le oye a nadie comentar: «Vaya, has logrado que los negros avancen cinco siglos»? ¿Cómo es que nadie dice nada por el estilo?

—¿Sabes lo que eres? Un puto pervertido racial. Te cuelas por los patios traseros de la gente y olisqueas su ropa sucia, y mientras tanto te la pelas travestido como un puto blanco. Estamos en el maldito siglo XXI, mucha gente ha dado su vida para que yo pueda conseguir este trabajo, y he dejado que me convencieras con tus necedades para que conduzca un autobús segregado.

—Permíteme que te corrija. Estamos en el siglo XXVI porque a día de hoy he puesto a los negros quinientos años por delante del resto del planeta. Además, fíjate en lo feliz que está Hominy.

Marpessa echó un vistazo al cumpleañero por el espejo.

—No parece feliz. Parece estreñido.

Tenía razón, Hominy no parecía necesariamente feliz, pero tampoco lo parece el motero temerario en lo alto de una rampa de salto de casi quince metros de altura, cuando acelera el motor con la mirada fija en la extensión del desierto y la caída en picado que se abre ante él en Gila Monster Canyon. Aun así, al verlo aferrado al respaldo del asiento delantero, aguardando la llegada de uno de sus superiores caucásicos, escrutando nervioso el entorno como una gacela suicida que mira el Serengeti a la espera de un felino salvaje ante el que sacrificarse, debes entender que toda hazaña que desafía la muerte es en sí misma una recompensa y que, cuando en Avalon Boulevard una leona blanca se subió al autobús y dejó caer el cambio exacto en la bandeja de cobro, tras haber contado cuidadosamente las monedas, Hominy, nuestra quisquillosa gacela negra, estaba mirando en la dirección equivocada, ajeno a las señales del resto de la manada, que indicaban que había un depredador a bordo. Se hizo el silencio. Se alzaron las cejas. Se arrugaron las narices. Cuando Hominy al fin captó su perfume, fue casi demasiado tarde. Ella se le acercó de repente, acechando a la presa parapetada tras un hombre elefante que iba vestido de los pies a la cabeza con ropa de baloncesto y leyendo una revista de deportes. Al final, el senescente sistema de alerta temprana de la cabeza de Hominy le gritó «¡atención, zorra blanca a la vista!», y adoptó la pose de «sí, señora». Y sin que nadie le pidiera ni ordenara nada, Hominy renunció a su asiento de un modo tan obsequioso y tan untuosamente negro que, más que cederle su asiento, se lo legó. Porque, a su entender, aquel asiento de plástico, por muy duro y parduzco que fuera, era un derecho de nacimiento, y su gesto, un tributo, un pago largamente aplazado a los dioses de la superioridad blanca. De haber encontrado el modo de hincar la rodilla, lo habría hecho.

Si una sonrisa no es más que un ceño fruncido del revés, el gesto satisfecho en el rostro de Hominy cuando se arrastraba hasta la parte posterior del autobús era una mueca invertida. Creo que en parte por eso nadie protestó. Reconocíamos la cara que puso como una máscara más de nuestra propia colección. La feliz máscara que llevamos en el bolsillo trasero y que, como ladrones de bancos, nos ponemos cuando queremos robar un poco de privacidad o fugarnos con nuestras emociones. Tuve que controlarme mucho para no pedirle a aquella mujer que me hiciera el honor de sentarse en mi asiento. A veces pienso que esa sonrisa inerte, de indio de madera de estanco, es resultado de la selección natural. Se trata de «la supervivencia de los ingenuos», y en esa imagen clásica de la evolución, nosotros somos las polillas negras que se aferran al árbol oscuro y cubierto de hollín para pasar inadvertidos a nuestros depredadores, aunque aun así sigamos siendo vulnerables. El cometido de la polilla carbonaria es mantener entretenida a la polilla blanca. Mantenerla pegada al árbol con mala poesía, jazz y chistes de club de comedia sobre la diferencia entre las polillas blancas y las negras. «¿Por qué las polillas blancas están siempre volando hacia la luz, chocando contra las mamparas y toda esa mierda? Nunca se ve a las polillas negras hacer eso. Estúpidas hijas de puta.» Lo que sea con tal de mantener cerca a la polilla blanca y reducir así nuestras posibilidades de convertirnos en el blanco de las aves de presa, el ejército voluntario o el Cirque du Soleil. Siempre me había molestado que en aquellas fotos la polilla blanca apareciera invariablemente más arriba en el tronco. ¿Qué trataban de sugerir aquellos libros de texto? ¿Que, a pesar de correr supuestamente más riesgos, la polilla blanca se hallaba por encima en la escala evolutiva y social? En cualquier caso, supongo que la polilla negra ponía la misma cara que Hominy, ese rostro servil inherente a todas las personas y lepidópteros negros. Ese instinto de complacer que experimentas cada vez que alguien se te acerca en una tienda y te pregunta: «¿Trabajas aquí?». La cara que pones en el curro en todo momento salvo cuando estás en el retrete; la que muestras cuando un blanco se te acerca, posa una mano condescendiente en tu hombro y te dice: «Estás haciendo un buen trabajo. Sigue así». La cara del que finge reconocer que el ascenso se lo ha llevado el mejor, a pesar de que en el fondo los dos sabéis que en realidad el mejor eres tú, sí, pero que no eres ni de lejos tan bueno como la mujer de la segunda planta.

Así que cuando Hominy, el epítome del servilismo, se levantó y puso aquella cara, todos los pasajeros sintieron que también tenían a su lado a un blanco que se remangaba para comparar bronceados tras volver de unas vacaciones en el Caribe. Se sentían como cuando a los asiáticos les preguntan: «No, en serio, ¿de dónde eres?». Como los latinos cuando les piden el certificado de residencia, como esas mujeres con mucho pecho a las que les preguntan: «¿Son de verdad?».

Marpessa advirtió que la blanca desconocida había completado un viaje de tres horas entre El Segundo Plaza y Norwalk y vuelta a comenzar, y empezó a sospechar, pero para entonces ya era demasiado tarde. El autobús estaba prácticamente vacío y casi había terminado su turno.

—La conoces, ¿verdad?

—No, no sé quién es.

—Pues no te creo —Marpessa se sacó el chicle de la boca, tomó el micrófono del salpicadero e inundó el autobús con su voz burlona y amplificada—: Señorita, disculpe, ¿podría, por favor, la señorita pelirroja que se ha sentido milagrosamente cómoda al subirse a un autobús lleno de negros y mexicanos (y con «mexicanos» me refiero a todo el mundo: América Central, la del Sur, la del Norte, por nacimiento o lo que sea) acercarse a la parte delantera del autobús? Gracias.

El ocaso fue cayendo en El Porto Harbor y, mientras la blanca avanzaba por el pasillo, la luz del sol se colaba por el parabrisas delantero e inundaba el autobús con rayos cegadores de tonos púrpura y naranja superpuestos, iluminándola como a la ganadora de un concurso de belleza. No me había dado cuenta de lo guapa que era. Demasiado guapa. No sería descabellado pensar que Hominy le había cedido el asiento no porque fuera blanca, sino porque estaba buenísima, lo que me llevó a reevaluar todo el movimiento por los derechos civiles. Tal vez la raza no tuviera nada que ver. Tal vez Rosa Parks no se negó a ceder su asiento porque sabía que aquel tipo era de los que se tiran pedos en público, o uno de esos pelmazos que insisten en preguntarte qué estás leyendo y que, sin que se lo pidas, te cuentan qué están leyendo, qué tienen pensado leer, qué lamentan haber leído y qué dicen haber leído sin haberlo leído. Como esas alumnas blancas de secundaria que se follan al fornido atleta negro después de clase y luego, cuando sus padres descubren el pastel, aducen que las han violado. Después del arresto, las interminables manifestaciones eclesiásticas y la repercusión en los periódicos, tal vez Rosa Parks tuvo que apelar al racismo porque ¿qué iba a decir? «¿Me negué a moverme porque aquel tipo me preguntó qué estaba leyendo?» Los negros la habrían linchado.

Marpessa me miró primero a mí, luego a su solitaria pasajera blanca y de nuevo a mí, y detuvo el autobús en medio de un cruce concurrido y, con toda la cortesía funcionarial que pudo reunir, abrió las puertas.

—Todos aquellos a quienes no conozca en persona, a la puta calle.

Y «todos aquellos» eran un skater perezoso y un par de críos que se habían pasado la última hora magreándose como posesos en la parte trasera del autobús. De repente se encontraron en medio de Rosecrans Avenue con unos billetes de trasbordo gratuito agitados inútilmente por la brisa marina. La señorita Libertad estaba a punto de unirse a ellos cuando Marpessa le cortó el paso como hizo el gobernador Wallace cuando bloqueó la entrada a la Universidad de Alabama en 1963.

En el nombre del pueblo más grande que jamás ha pisado la Tierra, trazo una línea en el suelo, arrojo el guante a los pies de la tiranía y digo: segregación hoy, segregación mañana, segregación siempre.

—¿Cómo te llamas? —le preguntó mientras conducía en dirección norte hacia Las Mesas.

—Laura Jane.

—Bueno, Laura Jane, no sé de qué conoces a este idiota que apesta a fertilizante, pero espero que te guste ir de fiesta.

A diferencia de esas caras y serias excursiones de un día a Catalina Island, nuestra improvisada fiesta de cumpleaños sobre cuatro ruedas por la autovía de la Costa del Pacífico era un desmadre de locos. Y además gratuito. Nuestra travesía por la costa tenía todas las diversiones: barra libre. Podías aplastar latas de aluminio y jugar al tejo con una escoba. También había casino, podías jugar a la rayuela y al dominó. Había un juego en el que lanzabas monedas al aire y decías «iguálalo» y pista de baile. La capitana Marpessa tomó el timón bebiendo y maldiciendo como un pirata cabreado. Yo hacía las veces de primer oficial, sobrecargo, marinero de cubierta, camarero y pinchadiscos. Habíamos recogido a algunos pasajeros más por el camino, cuando el autobús frenó junto a la ventanilla del Jack in the Box que queda enfrente del muelle de Malibú, con el «Five Minutes of Funk» de Whodini sonando a todo volumen, y al pedir cincuenta tacos y una burrada de salsa, todo el turno de noche dejó el trabajo al instante para montarse en el bus, con delantales, gorros de papel y todo. Si hubiera tenido papel y boli, y el autobús hubiese contado con un cuarto de baño, habría puesto otro cartel: TODOS LOS EMPLEADOS DEBEN LAVARSE LAS MANOS Y EL CEREBRO ANTES DE REGRESAR A SUS VIDAS.

Cuando cae la noche, una vez dejas atrás el campus de Pepperdine, donde la autovía se estrecha en dos carriles por una colina y se extiende como una rampa de skate hacia las estrellas, no hay mucha luz. Solo el resplandor ocasional de las largas de los coches que se aproximan y, con suerte, alguna hoguera solitaria en la arena y el albor de la luna brindan al océano Pacífico un brillo de obsidiana negro y vidrioso. Fue en ese mismo tramo sinuoso donde cortejé a Marpessa por primera vez. La besé en la mejilla. Ella no se apartó, lo cual interpreté como una buena señal.

A pesar de que el bus iba dando botes, Hominy se había pasado la mayor parte del tiempo de pie, en medio de la pista de baile, aferrado con obstinación a la barra superior y, por poderes, a la historia de la discriminación estadounidense, pero cuando alcanzamos Puerco Beach Laura Jane ya había logrado quitarle de la cabeza todas esas viejas ideas frotándole el trasero rítmicamente con el hueso pélvico y jugando con sus orejas.

A eso lo llamábamos «perreo». Empezó a menearse alrededor de Hominy con las manos por encima de la cabeza siguiendo el compás. Cuando terminó la canción, ella se abrió camino hacia la parte delantera, con el labio superior perlado de sudor. Maldita sea, era muy guapa.

—Menuda juerga.

La radio cobró vida con un zumbido y un operador pronunció la palabra «paradero» con tono preocupado. Marpessa bajó la música, dijo algo que no oí y luego hizo como si enviara un beso por el receptor y apagó la radio. Si Nueva York es la ciudad que nunca duerme, entonces Los Ángeles es la ciudad que siempre se queda dormida en el sofá. Una vez pasado Leo Carrillo, la autovía del Pacífico se vuelve más llana, y cuando la luna desaparece detrás de las montañas de Santa Mónica, pintando el cielo nocturno de color negro azabache, si uno escucha atentamente puede oír dos débiles «pops» muy seguidos. El primero es el sonido de cuatro millones de televisores que se apagan al unísono en un salón, y el segundo, el de cuatro millones de televisores que se encienden en un dormitorio. Cineastas y fotógrafos hablan a menudo de la singularidad de la luz del sol en Los Ángeles, la forma en que se proyecta en el cielo, dorada y exquisita, como Vermeer, Monet y la miel del desayuno, todo junto. Pero la luz de la luna de Los Ángeles, o su ausencia, en realidad, es igual de especial. Cuando cae la noche, y me refiero a que cae de verdad, la temperatura baja ocho grados y una negrura total y amniótica te envuelve y te abriga, como un amante que hace la cama contigo dentro todavía, y ese breve instante en que los televisores se apagan y vuelven a encenderse es la calma antes de que abran los locales de estriptis de Inglewood, antes de la cacofonía de los tiros al aire de Nochevieja, antes de que los bulevares de Santa Mónica, Hollywood, Whittier y Crenshaw vuelvan lentamente a la vida; es cuando los angelinos se toman un instante para hacer una pausa y reflexionar. Para dar gracias por los garitos nocturnos de Koreatown. Por Mariachi Square. Por las hamburguesas con chili y los sándwiches de pastrami. Por Marpessa, que mira por el parabrisas y, entornando los ojos, conduce siguiendo las estrellas en lugar de limitarse a seguir la carretera. Con los neumáticos pegados al asfalto y el autobús rodando por la estratosfera, cuando oyó el segundo «pop», Marpessa dio su visto bueno para más música, y en poco tiempo Hominy y el resto del ballet del Jack in the Box volvían a mover el esqueleto en el pasillo, cantando en voz alta algo de Tom Petty.

—¿De dónde te ha sacado? —le preguntó Marpessa a Laura Jane, sin apartar los ojos de la Vía Láctea.

—Me contrató.

—¿Eres prostituta?

—Casi. Soy actriz. Sumisa a tiempo parcial para pagar las facturas.

—Debe de costar conseguir un papel para que tragues con esta mierda —Marpessa miró a Laura Jane con desaprobación, se mordió el labio inferior y volvió a concentrarse en la noche celeste—. ¿Te he visto alguna vez en algo?

—Hago sobre todo anuncios de televisión, pero es duro. Cada vez que estoy a punto de conseguir un papel, los productores me miran como acabas de mirarme tú y dicen: «No eres lo bastante suburbana», lo que en la industria significa «demasiado judía».

Sintiendo que Marpessa no había aclarado sus chakras durante su instante de silencio en Los Ángeles, Laura Jane acercó su bonito rostro al de una celosa Marpessa y, mejilla con mejilla, se estudiaron en el espejo retrovisor, donde parecían un par de siamesas mal emparejadas unidas por la cabeza. Una de mediana edad y negra, y la otra joven y blanca, compartiendo cerebro, pero no razonamiento.

—Me hace desear ser negra —dijo la gemela blanca sonriendo y acariciando las acaloradas mejillas de su hermana más oscura—. Los negros se llevan todos los papeles.

Marpessa debía de haber puesto el autobús en piloto automático, porque no tenía las manos en el volante, sino alrededor del cuello de Laura Jane. No es que la asfixiase, le enderezaba el cuello del vestido, para que su gemela malvada supiera que estaba lista para atacar tan pronto como su lado del cerebro le diera la autorización.

—Mira, dudo que los negros se lleven todos los papeles. Pero si es así, es porque en Madison Avenue saben que los negros se gastan un dólar con veinte centavos por cada dólar que ganan comprando mierdas que ven en la tele. Pensemos en los típicos anuncios de coches de lujo...

Laura Jane asintió con la cabeza, como si estuviera escuchando de verdad, pero dejó caer los brazos alrededor de Marpessa para agarrar el volante. Pisamos las dobles líneas amarillas un segundo, aunque giró con habilidad y guio el autobús con suavidad hasta volver a centrarlo en el carril correcto.

—¿Qué decías de los coches de lujo?

—El sutil mensaje del anuncio de automóviles de lujo es: «En Mercedes-Benz, BMW, Lexus, Cadillac, o donde coño sea, somos oportunistas que creen en la igualdad de oportunidades. ¿Ven a este guapo modelo afroamericano al volante? Pues nos gustaría que usted, oh, su santidad, oh, adorado consumidor blanco de entre treinta y cuarenta y cinco años de edad, oh, usted, que está sentado en su sillón reclinable, nos gustaría que usted se gastase la pasta y formase parte de nuestro mundo feliz, despreocupado y libre de prejuicios. Un mundo en el que los negros conducen sentados en el asiento y no hundidos, tan abajo y tan al costado solo se les ve la parte superior de la brillante cabeza pelada».

—¿Y qué tiene eso de malo?

—Pues que el mensaje subliminal es: «Mira, holgazán, gordinflón, fofo, víctima del márquetin, excusa barata del hombre blanco. Te acabas de tragar una fantasía de treinta segundos sobre un dandi negrata que viaja desde su castillo Tudor en un automóvil de diseño aerodinámico e ingeniería alemana de precisión, así que ponte las pilas, hermano, ¡y no dejes que estos monos que pagan el precio sugerido por el fabricante por una dirección de cremallera con techo solar se acerquen aquí y te roben tu pedazo del sueño americano!».

Con la mención al sueño americano, Laura Jane se puso tensa y devolvió el volante a Marpessa.

—Me parece ofensivo —dijo.

—¿Porque he usado la palabra «negrata»?

—No, porque eres una hermosa mujer, que además resulta ser negra, y porque eres demasiado inteligente para ignorar que no es un problema de raza, sino de clase.

Laura Jane le plantó un beso en la frente a Marpessa y giró sobre los talones de sus Louboutin para volver al trabajo. Yo le agarré el brazo a mi amor y salvé a Laura Jane de recibir un pescozón que no veía venir.

—¿Sabes por qué la gente blanca nunca resulta ser blanca? ¡Porque todos creen que resulta que han sido tocados por la mano de Dios!, ¡por eso!

Le limpié los restos de pintalabios de la frente enojada con el pulgar.

—Y cuéntales esa chorrada de la opresión de clase a los putos indios y a los dodos. Decirme que yo «debería saberlo»... La judía es ella. Ella sí que debería saberlo.

—No ha dicho que sea judía, sino que la gente piensa que parece judía.

—Eres un puto vendido. Por eso te mandé a tomar por culo. Nunca le plantas cara a nadie. Probablemente estés de su parte.

Godard abordaba el cine como crítica, igual que Marpessa

abordaba el acto de conducir un autobús, pero en cualquier caso yo opinaba que Laura Jane tenía su parte de razón. Sea cual sea el supuesto aspecto de los judíos, desde Barbra Streisand hasta una judía, al menos sobre el papel, como Whoopie Goldberg, en los anuncios nunca se ve a gente que parezca «judía», como nunca se ve a negros en el papel de «gente urbana» y por tanto «amenazantes», ni se ve a hombres asiáticos guapos ni a latinos de piel oscura. Estoy seguro de que todos esos grupos destinan una cantidad desproporcionada de sus ingresos a comprar mierdas que no necesitan. Y, por supuesto, en el idílico mundo de la publicidad televisiva, los homosexuales son seres mitológicos, pero hay más anuncios con unicornios y leprechauns que con gais y lesbianas. Y tal vez los actores afroamericanos no amenazadores estén sobrerrepresentados en televisión. Han echado a perder los másteres de la Yale School of Drama y la formación shakespeariana para quedar anclados alrededor de una barbacoa soltando perlas como: «Albricias, compañero. En verdad os digo que Budweiser es el rey de las cervezas. Inquieta yace la cabeza que porta la corona». Pero si te paras a pensarlo, lo único que nunca se ve en los anuncios de coches son el pueblo judío ni los homosexuales ni los negros urbanos, solo tráfico.

Marpessa giró a la izquierda y el autobús redujo la velocidad para salir de la carretera y entrar en una vía de servicio oculta y sinuosa. Pasamos junto a un afloramiento de piedra caliza y una escalinata de madera destartalada que daba acceso a la playa, y luego atravesamos un aparcamiento vacío. Allí redujo la marcha y condujo por las dunas, directamente sobre la arena, para aparcar en paralelo con el horizonte y, dado que había pleamar, sobre cuarenta centímetros de agua de mar.

—No os preocupéis, estos buses son como vehículos todoterreno, son casi anfibios. Entre los aludes de lodo y el sistema de alcantarillado de mierda de Los Ángeles, un autobús tiene que ser capaz de avanzar por cualquier cosa. Si hubiéramos usado los autobuses públicos para plantarnos en las playas de Normandía el día D, la Segunda Guerra Mundial habría acabado dos años antes.

Se abrieron las puertas, tanto las de atrás como las de delante, y el Pacífico bañó amorosamente los escalones más bajos, convirtiendo el autobús en una de esas habitaciones de hotel de Bora-Bora que se asientan sobre pilones a cuarenta y cinco metros mar adentro. Casi esperé ver al representante de ventas del Jack in the Box a lomos de una moto de agua para traernos toallas, una nueva ronda de hamburguesas con pan de masa madre y batidos de vainilla.

Al Green cantaba al amor y la felicidad. Laura Jane se desnudó. A la débil luz del interior, su piel fina, lisa y pálida era tan iridiscente como el interior de nácar de una concha de abulón. Pasó junto a nosotros y dijo:

—En una ocasión hice de sirena en un anuncio de atún. Sin embargo, tengo que decir que en aquel rodaje no había talentos negros. ¿Por qué no hay sirenas afroamericanas?

—Porque las negras odian mojarse el pelo.

—Vaya.

Y tras decir esto, usando la rejilla de aluminio del autobús como una estríper bailando en barra, se lanzó al agua seguida por los chicos del Jack in the Box (también en pelotas, salvo por los gorros de papel).

Hominy fue a la parte delantera del bus y miró el agua con expresión anhelante.

—Amo, ¿seguimos en Dickens?

—No, Hominy, no.

—Bueno, ¿y dónde queda Dickens, entonces? ¿Más allá del agua?

—Dickens existe en nuestras cabezas. Las ciudades reales tienen fronteras. Y señales. Y ciudades hermanas.

—¿Tendremos todo eso muy pronto?

—Eso espero.

—Y, amo, ¿cuándo vamos a recuperar mis películas de manos de Foy Cheshire?

—En cuanto restauremos Dickens. Veremos si las tiene. Te lo prometo.

Hominy se detuvo en la puerta y, completamente vestido, probó el agua con la punta del botín.

—¿Sabes nadar?

—Claro. ¿No te acuerdas del episodio de «Pesca a profundidad»?

Había olvidado aquel clásico macabro de *La pandilla*. Los chicos hacen novillos y terminan en una red de arrastre enviada para atrapar un tiburón que ha estado aterrorizando al litoral. Pete el Cachorro se ha comido el cebo, así que untan a Hominy con aceite de hígado de bacalao, le pinchan un dedo, enganchan su cinturón al extremo de una caña de pescar, lo sumergen en el agua y lo utilizan como cebo para tiburones. Bajo el agua, tiene que aspirar el aire de un banco de peces globo para evitar ahogarse. Una anguila eléctrica le da repetidas descargas en la entrepierna. El episodio termina con un pulpo gigante mostrando su aprecio por la Pandilla y librando al mar de las amenazadoras fauces (resulta que la voz de Alfalfa es tan estridente que repele tiburones bajo el agua) al rociar a los chicos con tinta negra. Cuando el maltrecho grupo regresa a un embarcadero lleno de padres preocupados, la mamá de Hominy y Buckwheat, que lleva un pañuelo en la cabeza, dice: «Buckwheat, toy arta dedecirte que no boy a cuidá a más niñoh».

Marpessa se había dormido en mi regazo, y yo contemplé el océano, escuchando el romper de las olas y las carcajadas. Pero sobre todo me sentí atrapado por la deslumbrante desnudez de coral rosa de Laura Jane, que nadaba estilo espalda en el mar, con los pezones apuntando a las estrellas y el vello púbico asomando en las cristalinas aguas como un mechón rojizo de posidonia. Con una patada de tijera y un provocador atisbo fugaz, se sumergió. Marpessa me propinó un puñetazo en las costillas. Hice acopio de toda mi fuerza de voluntad para no darle la satisfacción de acusar el golpe.

—Mírate, babeando por una blanquita como cualquier negro de Los Ángeles.

—A mí las blancas no me dicen nada. Ya lo sabes.

—Y una mierda, me ha despertado tu pinga.

—Terapia de aversión.

—¿Qué es eso?

Evité contarle que mi padre me había clavado la cabeza en el taquistoscopio y, durante tres horas, me había expuesto a parpadeantes imágenes de apenas un segundo de las frutas prohibidas de su época: *pin-ups* y pósteres centrales de *Playboy*. Bettie Page, Betty Grable, Barbra Streisand, Twiggy, Jayne Mansfield, Marilyn, Sophia Loren. Acto seguido, me obligó a tragar batidos de okra y jarabe de ipecacuana. Vomité hasta la primera papilla mientras Buffy Sainte-Marie y Linda Ronstadt cantaban a todo volumen en el estéreo. Los estímulos visuales funcionaron, pero los auditivos no. Aún hoy, cada vez que estoy desanimado, escucho a Rickie Lee Jones, Joni Mitchell y Carole King; sonaban a California mucho antes que Biggie, Tupac, Ice Cube, Ice T y demás Ice. Pero si te fijas bien y la luz es la adecuada, ves la imagen persistente del desplegable con el desnudo de Barbi Benton grabada a fuego en mis pupilas, como si fueran televisores de plasma de liquidación.

—No es nada. No me gustan las chicas blancas, ya está.

Marpessa se sentó y apoyó la cabeza entre mi cuello y mi hombro.

—¿Bombón? —olía como siempre: a polvo de talco y champú de marca; era todo lo que ella necesitaba—. ¿Cuándo te enamoraste de mí?

—*El color de la tostada quemada* —contesté aludiendo a unas memorias muy vendidas sobre un tipo de Detroit con una madre blanca «chiflada» que no quería que sus hijos birraciales quedaran traumatizados por la palabra «negro», por lo que los crio como morenos, los llamó «pardoides», celebró el Mes de la Historia Morena y, hasta que tuvieron diez años, los animó a creer que la razón por la que tenían la piel tan oscura era que su padre ausente era el magnolio chamuscado por un rayo del patio de su bloque de viviendas de protección oficial—. Dejaste que mi padre te convenciera de que te unieras al club de lectura del Dum Dum Donuts. A todo el mundo le encantó el libro, pero tú pusiste el grito en el cielo durante la sesión de preguntas y respuestas. «¡Estoy hasta los mismísimos de que a las negras siempre las describan por su tono de piel! ¡Doradita como la miel! ¡Del color de una taza de chocolate! ¡Mi abuela paterna era morena moca, café con leche, puta galleta tostada! ¿Cómo es que nunca describen a los personajes blancos en relación con los alimentos y los líquidos calientes? ¿Por qué, en esos libros racistas sin tercer acto, no hay protagonistas como el yogur, la cáscara de huevo, los tacos, el queso o la leche desnatada? ¡Por eso la literatura negra es una mierda!»

—¿Dije que la literatura negra era una mierda?

—Sí, y al oírlo me enamoré perdidamente de ti.

—¡Joder!, los blancos también tienen cutis variados.

Una ola sorprendentemente fuerte hizo que el autobús se balanceara. Al resplandor de los faros, vi que se formaba otra por la izquierda. Me quité las zapatillas y los calcetines, me deshice de la camisa y eché a nadar para recibirla. Marpessa estaba de pie junto al autobús, hundida hasta las rodillas, haciendo bocina con las manos para hacerse oír por encima de las olas que rompían y el viento sur-suroeste que soplaba cada vez con más fuerza.

—¿No quieres saber cuándo me enamoré yo de ti? —como

165

si hubiera estado enamorada de mí alguna vez—. ¡Me enamoraba de ti cada vez que salíamos a comer! Me dije a mí misma: «¡Gracias a Dios, un negro que no insiste en sentarse de cara a la puerta! ¡Por fin, un negrata que no tiene que fingir que es un tipo duro! Que no tiene que estar alerta en todo momento porque alguien pueda ir tras él por ser malo de cojones!». ¿Cómo podría no haberme enamorado de ti?

La clave para coger una buena ola a pelo es saber esperar. Aguardar el momento exacto en que el embate te empuja la boca del estómago hacia la ingle. Nadar dos brazadas por delante de la espuma que empieza a romper y, tan pronto como te lleva la ola, dar otras dos brazadas, alzar la barbilla, pegar un brazo al cuerpo y extender el otro hacia fuera, con la palma hacia abajo y el codo ligeramente doblado, y seguir así hasta la orilla.

LUCES DE LA CIUDAD:
UN INTERLUDIO

Nunca entendí el concepto de las ciudades hermanadas, pero siempre me había fascinado. La forma en que esas ciudades gemelas, como a veces se las conoce, se escogen y se cortejan entre sí se me antoja más incestuosa que adoptiva. Algunas uniones, como la de Tel Aviv y Berlín, la de París y Argel, la de Honolulú e Hiroshima, están pensadas para señalar el fin de las hostilidades y el comienzo de la paz y la prosperidad; son matrimonios concertados en que las ciudades aprenden a amarse con el tiempo. Otros son bodas de penalti porque una ciudad (Atlanta, por ejemplo) fecundó a otra (Lagos, por ejemplo) en una primera cita que se salió de madre hace siglos. Algunas ciudades se casan por dinero y prestigio; otras, para fastidiar a sus países madre. «¿Adivina quién viene a cenar esta noche? ¡Kabul!» De vez en cuando, dos ciudades se encuentran y se enamoran por respeto mutuo y porque ambas adoran el senderismo, las tormentas eléctricas y el rocanrol clásico. Pensemos en Ámsterdam y Estambul. En Buenos Aires y Seúl.

Pero en estos tiempos, cuando una ciudad normal y corriente está demasiado ocupada tratando de cuadrar los presupuestos y evitar que se desmoronen sus infraestructuras, la mayoría de las poblaciones tienen dificultades para hallar un alma gemela; por eso recurren a Sister City Global, una organización internacional que suministra medias naranjas a los municipios solitarios. Dos días después de la fiesta de cumpleaños de Hominy, y aunque aún me duraba la resaca (como a todos en Dickens), me emocioné mucho cuando la señora Silverman, asesora de City Match, respondió a mi solicitud.

—Buenos días. Nos complace haber tramitado su petición

EL VENDIDO

de hermanamiento municipal, pero parece que no podemos situar Dickens en el mapa. Está cerca de Los Ángeles, ¿verdad?

—Éramos una ciudad con todas las de la ley, pero ahora somos una especie de territorio ocupado. Como Guam, la Samoa americana o el Mar de la Tranquilidad.

—Entonces, ¿están cerca del mar?

—Sí, un mar de aflicción.

—Bueno, no importa que no sean una ciudad reconocida, Sister City Global ha hermanado comunidades así antes. Por ejemplo, la ciudad hermana de Harlem, Nueva York, es Florencia, Italia, debido a sus respectivos renacimientos. Dickens no ha experimentado un renacimiento, ¿verdad?

—No, ni siquiera hemos tenido un Día de la Iluminación.

—Vaya, qué pena, pero me gustaría haber sabido que eran una comunidad costera porque eso cambia las cosas. Bueno, he cotejado sus datos demográficos en Urbana, nuestro programa de emparejamientos, y tenemos tres hermanas posibles.

Agarré mi atlas e intenté adivinar quiénes serían las agraciadas. Sabía que no podíamos optar por Roma, Nairobi, El Cairo o Kioto. Pero segundonas atractivas como Nápoles, Leipzig y Canberra estaban sin duda a nuestro alcance.

—Veamos sus tres ciudades hermanas en orden de compatibilidad: Ciudad Juárez, Chernóbil y Kinsasa —continuó.

Aunque no entendía muy bien cómo había pasado la criba Chernóbil, sobre todo porque ni siquiera es una ciudad, al menos Ciudad Juárez y Kinsasa eran dos urbes importantes conocidas en todo el mundo, si bien con una reputación algo oscura. Pero a caballo regalado no le mires el diente.

—¡Aceptamos las tres! —le grité al teléfono.

—Eso está muy bien, pero me temo que las tres han rechazado Dickens.

—¿Qué? ¿Por qué? ¿Con qué fundamento?

—Ciudad Juárez (también conocida como «la ciudad que no

para de sangrar») opina que Dickens es demasiado violenta. Y Chernóbil, aunque tentada, consideró que, después de todo, la proximidad de Dickens al río de Los Ángeles y a las plantas de aguas residuales era un problema. Además cuestionó la actitud de los vecinos, tan laxos con respecto a esa contaminación desenfrenada. Y Kinsasa, de la República Democrática del Congo...

—No irá a decirme que Kinsasa, la ciudad más pobre del país más pobre del mundo, un lugar donde la renta per cápita es un cencerro, dos cintas piratas de Michael Jackson y tres sorbos de agua potable al año, opina que somos demasiado pobres para asociarnos con ella.

—No, piensan que Dickens es demasiado negra. Creo que sus palabras textuales fueron: «¡Esos negratas primitivos aún no están listos!».

Demasiado avergonzado para contarle a Hominy que había fracasado en mis intentos de encontrarle a Dickens una ciudad hermana, lo apacigüé con mentiras piadosas: «Gdansk está mostrando interés. Y parece que Minsk, Kirkuk, Newark y Nyack están tanteando el terreno».

Al final me quedé sin ciudades con nombres terminados en ka o en cualquier otra letra y, muy decepcionado, Hominy volteó una caja de leche, la colocó en la entrada y se subió encima como si se hallara en una subasta. Se quitó la camisa y se expuso de pie, mostrando los pechos caídos, con un cartel clavado en el césped a su lado que decía: SE VENDE · ESCLAVO NEGRO DE SEGUNDA MANO · AZOTADO SOLO LOS JUEVES · BUEN CONVERSADOR.

Se quedó más de una semana allí. Por mucho que tocara el claxon, no se movía de su sitio, así que cada vez que necesitaba usar el coche tenía que gritar «¡que vienen los cuáqueros!», o «ahí llega Frederick Douglass con esos malditos abolicionistas, ¡corred si queréis salvar la vida!». Y él salía pitando para ocultarse en el maizal. Pero el día que necesitaba salir para reunirme con mi contacto de los manzanos se mostró especialmente terco.

—Hominy, ¿puedes mover el culo de ahí?

—Me niego a trabajar para un amo que ni siquiera puede llevar a buen término una tarea tan sencilla como encontrar una ciudad hermana. Así que hoy este negro de la gleba se niega a moverse.

—¿De la gleba? No es que quiera que hagas nada, pero no das palo al agua. Te pasas el día en el yacusi. ¿De la gleba? ¡Una polla! ¡Eres un maldito negro del hidromasaje, la sauna y el daiquiri de plátano! ¡Y ahora aparta!

Al final me decidí por tres ciudades hermanas, cada una de las cuales, al igual que Dickens, había sido un municipio auténtico que desapareció en sospechosas circunstancias. La primera fue Tebas. No la antigua ciudad egipcia, sino el inmenso plató creado para *Los Diez Mandamientos*, la película muda de Cecil B. DeMille. Construida a escala y enterrada desde 1923 bajo las ingentes dunas de Nipomo, a lo largo de las playas de Guadalupe, California, sus enormes puertas de madera, sus templos hipóstilos y sus esfinges de cartón piedra sirvieron de hogar a Ramsés y a una falange de extras que hacían de centuriones y legionarios. Tal vez un día un temporal la devuelva a la vida y le quite el polvo, para que Moisés pueda conducir a los israelitas de vuelta a Egipto, y a Dickens, al futuro.

A continuación, la próspera ciudad invisible de Dickens formó una hermandad con otros dos municipios: Dollersheim, en Austria, y la Ciudad Perdida del Privilegio del Hombre Blanco. Dollersheim, una aldea del norte de Austria, pulverizada tiempo ha, a solo un tiro de granada de la frontera checa, fue el lugar de nacimiento del abuelo de Hitler por parte de su *mutter*. Cuenta la leyenda que, justo antes de la guerra, el Führer, en un intento de borrar su historial médico (solo un testículo, nariz operada, diagnóstico de sífilis y una foto de bebé en la que salía muy feo), su apellido original (Schicklgruber-Bush) y su ascendencia judía, hizo que sus tropas de choque demostraran de cuánto choque eran capaces bombardeando la ciudad hasta devolverla al Primer Reich. Como supresión histórica, fue una táctica muy eficaz, porque nadie sabe nada en firme sobre Hitler, salvo que era un idiota de tomo y lomo, un tipo arisco y un artista frustrado, aunque podría decirse lo mismo de casi todo el mundo.

Hubo una pequeña guerra silenciosa de ofertas por parte de ciudades fantasmas de todo el mundo, que pugnaban por el honor de ser la tercera ciudad en hermanarse con Dickens. El barrio abandonado de Varosha, antaño vibrante zona alta de Famagusta, Chipre, evacuada durante la invasión turca y nunca demolida ni repoblada, nos hizo una propuesta interesante. También recibimos una sorprendente oferta de la estación de montaña de Bokor, la desierta población turística francesa cuyas ruinas estilo rococó continúan pudriéndose en la selva camboyana. Después de una presentación impresionante, Krakatoa, al este de Java, se convirtió en una de las favoritas. También intentaron lograr la hermandad cívica ciudades desgarradas por la guerra y evacuadas, como Oradour-sur-Vayres, en Francia, o Paoua y Goroumo, en la República Centroafricana. Pero al final nos fue imposible ignorar los apasionados argumentos de la Ciudad Perdida del Privilegio del Hombre Blanco, un polémico municipio cuya misma existencia a menudo niegan muchos (hombres blancos privilegiados en su mayoría). Otros afirman categóricamente que los muros de la localidad han sufrido grietas irreparables a causa del hip-hop y la prosa de Roberto Bolaño. Que la popularidad del rollito de atún picante y de un presidente negro en la Casa Blanca fueron a la dominación masculina blanca lo que las mantas infectadas de viruela a la existencia de los nativos americanos.

Quienes se inclinan a creer en el libre albedrío y en el mercado libre argumentan que la Ciudad Perdida del Privilegio del Hombre Blanco fue la causante de su propia desaparición, que el flujo constante de edictos contradictorios, tanto religiosos como seglares, impuestos desde arriba confundieron al hombre blanco, muy impresionable. Que lo redujeron a un estado de ansiedad social y psíquica tan grave que dejó de fornicar. Dejó de votar. Dejó de leer. Y, lo más importante, dejó de pensar que él era el centro de todo, o como mínimo, aprendió a fingir que no lo era en público. En cualquier caso, se volvió imposible caminar por las calles de la Ciudad Perdida del Privilegio del Hombre Blanco alimentando el ego con mitológicas perogrulladas como «¡nosotros levantamos este país!» cuando a su alrededor todo eran morenos dando martillazos y clavando clavos sin parar, preparando platos de cocina francesa de primera y reparando sus coches. No podías gritar «¡América, ámala o déjala!» cuando en el fondo lo que ansiabas era vivir en Toronto. Se trataba de una ciudad que vendías a los demás como «muy cosmopolita», cuando realmente querías decir «no demasiado cosmopolita». ¿Y cómo podías llamar a alguien «negrata», o pensar que lo era, cuando tus propios hijos, blancos como la leche y bien educados, te llamaban «negrata» si te negabas a dejarles las llaves del coche? ¿Cuando a diario los «negratas» estaban haciendo cosas que se suponía que estaban fuera de su alcance, como nadar en los Juegos Olímpicos y practicar la jardinería en sus patios delanteros? Acabáramos; como esto siga así, Dios no lo quiera, un día algún negrata va a dirigir una película decente. Pero no te preocupes, real o imaginaria Ciudad Perdida del Privilegio del Hombre Blanco: Hominy y yo te apoyamos y nos sentimos orgullosos de hermanarte con Dickens, también conocida como el Último Bastión de la Negritud.

DEMASIADOS MEXICANOS

11

—Demasiados mexicanos —murmuró Charisma Molina ocultándose tras su perfecta manicura francesa para que no la oyeran. No era la primera vez que oía una expresión racista en público. Los californianos vienen maldiciendo a los mexicanos desde que los mocasines de los nativos americanos pisaron el Camino Real en pos del origen de aquellas molestas campanas que resonaban al amanecer todos los domingos por la mañana, asustando a las crías de carnero y arruinando el viaje inducido con mescalina a muchos peregrinos espirituales. Los indios, que buscaban paz y tranquilidad, terminaron encontrando a Jesús, trabajos forzosos, el látigo y el método Ogino. «Demasiados mexicanos», se decían entre susurros en los campos de trigo y en los bancos traseros de la iglesia, cuando no miraba nadie.

Los blancos, que jamás habían tenido nada que decir a los negros salvo «no quedan habitaciones», «no has limpiado ahí» o «agarra ese rebote», por fin tenían algo que soltarnos. Y en el Valle de San Fernando, en un caluroso día a más de cuarenta grados, cuando les llevamos la compra del súper al coche o llenamos sus buzones de facturas, se vuelven y exclaman: «Demasiados mexicanos», como un acuerdo tácito entre desconocidos apesadumbrados, como si la culpa no fuera ni del calor ni de la humedad, sino de nuestros hermanitos morenos, al sur y al norte y en la puerta de al lado, y en Grove, y en cualquier otra parte de Califas, como lo llaman ellos.

«Demasiados mexicanos» es la excusa que nos damos los negros, los trabajadores más documentados de la historia, para acudir a manifestaciones racistas donde se protesta contra los indocumentados que pretenden conseguir mejores condiciones de vida. «Demasiados mexicanos» es una racionalización oral que nos permite seguir como siempre. Frente a una taza de té nos gusta soñar con mudarnos a otro lugar en busca de mejores condiciones de vida mientras pasamos las páginas de anuncios inmobiliarios.

— ¿Qué hay de Glendale, cariño?
— Demasiados mexicanos.
— ¿Y Downey?
— Demasiados mexicanos.
— ¿Y Bellflower?
— Demasiados mexicanos.

Demasiados mexicanos. Es como bromuro para todos esos contratistas sin licencia, cansados de perder obras porque la competencia oferta más barato, y que sin embargo se niegan a asumir que si no tienen más trabajo es porque ofrecen mano de obra de mala calidad, prácticas de contratación nepotistas y una larga lista de comentarios online que los dejan a la altura del betún. Los mexicanos tienen la culpa de todo. Cuando alguien estornuda en California, no se le dice «Gesundheit», sino «demasiados mexicanos». ¿Que en la quinta carrera del hipódromo de Santa Anita tu caballo parecía cojo? «Demasiados mexicanos.» ¿Que el repartidor cretino saca la tercera reina en la mesa del Commerce Casino? «Demasiados mexicanos.» Es la sempiterna cantinela de California, pero cuando asomó a la boca de Charisma Molina, subdirectora de la Escuela Chaff y la mejor amiga de Marpessa (que, diga lo que diga, es mi novia), fue la primera vez que oí decir eso a una chicana y, aunque entonces no lo imaginaba, también sería la primera vez que se lo oí decir a alguien completamente en serio. En sentido literal.

A diferencia de los críos de la Pandilla, yo cada vez que hacía novillos no me iba de pesca, sino a la escuela. Cuando papá se quedaba dormido durante la clase de Negrología, me escapaba de casa y me acercaba a Chaff para echar un vistazo a los niños que jugaban al balonmano y al *kickball* al otro lado de la valla. Con suerte, conseguía ver también a Marpessa, a Charisma y a las otras chicas reunidas junto a la puerta de atrás, descaradas como una orquesta de metales, moviendo las caderas en sus hula-hops mientras cantaban: «Un, dos, tres, baja la calle otra vez, y ya van diez.. ¡Ungawa! ¡Ungawa! ¡El poder negro gana! Soy la hermana número nueve, dame si puedes».

Para los chicos de Chaff, el Día de las Profesiones, que se celebraba unas dos semanas antes de las vacaciones de verano, bastaba para que la mayoría de ellos como poco contemplaran el suicidio profesional, antes incluso de hacer una prueba de aptitud o de escribir un currículo. Celebrada fuera, en el asfalto del patio, con una caterva de mineros de carbón, recogedores de pelotas de golf, cesteros, cavazanjas, encuadernadores de libros, bomberos traumatizados y el último astronauta del mundo, no inspiraba demasiado. Todos los años sucedía lo mismo. Todos hablábamos de lo indispensables que eran nuestras ocupaciones y de lo realizados que nos sentíamos, pero nadie tenía respuestas para las preguntas de la última fila. Si eres tan de puta madre, si eres tan importante y el mundo no puede funcionar sin ti, entonces, ¿por qué estoy a punto de llorar de aburrimiento? ¿Por qué pareces tan infeliz? ¿Cómo es que no hay ninguna mujer bombero? ¿Cómo es que las enfermeras se mueven siempre con tanta lentitud? La única pregunta cuya respuesta dejó satisfechos a los niños fue una dirigida al último astronauta, un anciano negro tan débil que se movía como si experimentase ingravidez en la Tierra.

—¿Cómo van al baño los astronautas?

—Bueno, ahora no sé cómo será, pero en mis tiempos te pegaban una bolsa de plástico en el culo.

Nadie quiere ser granjero, pero un mes después de la fiesta de cumpleaños de Hominy, Charisma me pidió que hiciera algo distinto. Nos habíamos sentado a fumar en el porche delantero de mi casa y me presionaba hablando de lo cansada que estaba de ver cómo los López —o, como los llamaba, «los mexicanos con Stetson de al lado»— me avergonzaban año tras año con sus caballos engalanados y esas sillas de montar con filigranas. Con sus trajes de vaquero de terciopelo arrugado, llenos de brocados, y sus fantásticos trucos con el lazo.

—A nadie le importan las sutiles diferencias entre el estiércol y el fertilizante, ni el control ecológico de plagas de la calabaza amarilla. Esos niños apenas tienen capacidad retentiva. Tienes que captar su atención de inmediato y conseguir que te hagan caso hasta el final. No puedo imaginar nada peor que lo del año pasado, cuando tu presentación fue tal coñazo que acabaron arrojándote tus propios tomates orgánicos.

—Por eso no voy a ir. No necesito que me insulten.

Charisma cerró un ojo y miró la cazoleta, luego me devolvió la pipa.

—Nos lo hemos trincado.

—¿Quieres un poco más?

Charisma asintió con la cabeza.

—Claro, y también quiero saber cómo coño se llama esta hierba, y por qué de repente entiendo el mercado de valores y toda esa mierda que leo en el seminario de Literatura Inglesa.

—La llamo Perspicacia.

—Vale, así de buena es esta mierda, porque sé lo que significa la palabra «perspicacia» y no la había oído en mi vida.

Ladró un perro. Un gallo hizo quiquiriquí. Mugió una vaca. El ruido de la autovía Harbor era un I-AY-I-AY-O. Charisma se apartó la larga melena azabache de la cara y dio una calada que iluminó los misterios de Internet, el *Ulises* de Joyce, *Caña* de Jean Toomer y la fascinación estadounidense por los programas de cocina. Y también descubrió cómo convencerme para que participara en el Día anual de las Profesiones.

—Marpessa también estará.

No necesitaba fumar más para saber que nunca dejaría de amar a aquella mujer.

Con un banco de nubes de tormenta entrando por el oeste, parecía que iba a llover. Pero nada lograría evitar que Charisma intentara que sus alumnos contaran con el beneficio de descubrir las decenas de oportunidades profesionales que la América actual brinda a los jóvenes de minorías étnicas sin medios. Después de los basureros, los agentes de la condicional, los pinchadiscos y los raperos coristas, había llegado la hora de la verdad. Pese a que no se había dignado mirarme en todo el día, Marpessa, en representación de la industria del transporte, llevó a cabo una serie de maniobras que habría enorgullecido a los productores de *A todo gas*: ejecutó un eslalon entre conos con su autobús de trece toneladas, quemó neumático hasta sacar anillos de humo sobre las canchas de juego y, después de golpear una rampa improvisada con las mesas y los bancos del almuerzo, avanzó sobre dos ruedas por el patio de la escuela. Cuando la pintoresca conducción hubo terminado, invitó a los niños a hacer un recorrido por el autobús. Montaron hablando en voz alta y dándose pescozones, pero al cabo de diez minutos más o menos, descendieron del autobús en fila india y, con seriedad, le dieron las gracias a Marpessa al salir. Un educador, un joven blanco, el único maestro blanco de la escuela, lo hizo sollozando, con la cabeza entre las manos. Después de echarle una última mirada de tristeza al autobús, se alejó del resto del grupo y se acercó al cesto de los balones, tratando de calmarse. Nunca se me habría ocurrido que la explicación del sistema de transporte y de la subida de tarifas pudiera resultar tan deprimente. Empezó a caer una lluvia ligera.

Charisma anunció que había llegado el momento de las partes más pastorales del programa. Néstor López se puso en pie.

Desde Jalisco, pasando por Las Cruces, los López fueron la primera familia mexicana que formó parte de las Granjas. Yo tenía unos siete años cuando se mudaron. Mi padre solía quejarse de la música y las peleas de gallos. La única lección casera de historia mexicanoestadounidense que me dio fue: «Nunca luches contra un mexicano. Porque si peleas contra un mexicano, tienes que matar a un mexicano». Pero, a pesar de que era cuatro años mayor que yo y de que algún día tendría que matarlo por no devolverme un coche de Hot Wheels o alguna mierda por el estilo, Néstor era la bomba. Los domingos por la tarde, cuando volvía a casa del catecismo, veíamos películas charras y trémulas cintas de vídeo de sucedáneos de rodeos en puebluchos de mala muerte. En tazas de porcelana, tomábamos ponche caliente con canela que nos había preparado su madre y pasábamos el resto de la tarde amedrentados por ver vídeos macabros con títulos como *300 porrazos sangrientos, 101 muertes del jaripeo, 1.000 litros de sangre* y *Si chingas al toro, te llevas los cuernos.** Y, sin embargo, a pesar de que entreví la mayor parte de la acción tapándome la cara con las manos, jamás he sido capaz de borrar las imágenes de esos malogrados vaqueros a lomos de bestias que montaban sin usar las manos, sin payasos de rodeo, sin médicos y sin ningún miedo, y de esos enormes toros destructores que los convertían en invertebradas muñecas de trapo sin sombrero. Llorábamos de dolor ajeno cuando unos cuernos increíblemente puntiagudos les perforaban las camisas con incrustaciones de cristales y las aortas. Chocábamos los cinco cuando la mandíbula y el cráneo de un jinete caído eran pisoteados en el suelo ensangrentado. Con el tiempo, como tiende a ocurrir entre chicos negros y latinos, nos separamos. Víctimas socializadas de los edictos de bandas carcelarias que no tenían nada que ver con nosotros, pero que

---

* En castellano en el original.

en cualquier caso estipulaban la división entre negratas e hispanos.

Ahora, aparte de la típica fiesta en el barrio, solo veo a Néstor el Día de las Profesiones, cuando, al son de la *Obertura Guillermo Tell*, sale por detrás de la vieja herrería, haciendo trucos ecuestres y piruetas sobre un caballo bronco.

Nunca he podido determinar con exactitud cuál es la carrera profesional que Néstor ejemplifica —supongo que la de «fantasma»—, pero al final de su rodeo, se quitó el sombrero charro bajo el estridente aplauso de la multitud y me miró desde su montura con cara de «mejora eso» mientras pasaba a mi lado cabalgando boca abajo y sin manos, con la cabeza apoyada en la silla de montar. Acto seguido, Charisma me presentó ante un bostezo colectivo tan fuerte que en Dickens se oyó decir:

—¿Qué es ese ruido, un avión despegando?

—No, es el granjero negrata. Debe de ser el Día de las Profesiones en la escuela.

Llevé a un ternerillo de ojos marrones hasta el plato en forma de diamante del campo de béisbol, que estaba rodeado con una valla de cadena tambaleante. Algunos de los niños más valientes hicieron caso omiso de sus estómagos hambrientos y sus deficiencias vitamínicas para romper filas y acercarse al animal. Con cautela, como si temieran contraer una enfermedad o enamorarse, acariciaron al ternero, hablándole con la sintaxis de los condenados.

—La piel... suave.

—Los ojos parecen chocolatinas. Dan ganas de zampárselos.

—Mira la vaca negrata lamiéndose los labios y haciendo mu; se le cae la baba, cojones. Me recuerda a la sunormal de tu madre.

—Que te jodan, sunormal.

—Sois todos unos sunormales. ¿Es que no sabéis que las vacas también son humanas?

A pesar de la ironía de que no supiera pronunciar «subnormal», tuve muy claro que había logrado captar su atención, si no yo, al menos el ternero. Charisma dobló la lengua entre los dientes y emitió un agudo silbido que hendió el aire. El mismo silbido con que solía advertirnos a Marpessa y a mí de que mi padre estaba llegando a casa. Al instante, doscientos niños se tranquilizaron para dedicarme todos sus trastornos de déficit de atención.

—Hola a todo el mundo —dije, y escupí en el suelo porque eso es lo que hacen los granjeros—. Soy de Dickens como vosotros...

—¿De dónde? —gritó un grupo de estudiantes.

Podría haberles dicho que venía de la Atlántida. Aquellos niños no eran «de ningún Dickens». Y se pusieron de pie haciendo los gestos de sus respectivas bandas y diciéndome de dónde eran: los Crips de Southside Joslyn Park, los del Varrio Trescientos y Cinco, los Bloods de Bedrock Stoner Avenue... En represalia, arrojé lo más parecido a un gesto pandillero del mundo agrícola, me pasé la mano por la garganta —el gesto universal de «corta el rollo»— y grité:

—Vale, soy de las Granjas, que, como todos esos lugares que acabáis de nombrar, está en Dickens, tanto si lo sabéis como si no, y dado que la subdirectora Molina me ha pedido que os enseñe cómo es la jornada habitual de un granjero y hoy este becerro cumple exactamente ocho semanas, he pensado en hablaros de la castración. Hay tres métodos de castración.

—¿Qué es la «castración», profe?

—Es una manera de evitar que los animales machos tengan hijos.

—¿No hay condones para vacas?

—No es mala idea, pero el ganado vacuno no tiene manos ni, como el Partido Republicano, muestra ningún respeto por los derechos reproductivos de la hembra, de modo que esta es nuestra forma de controlar la natalidad. También vuelve a los animales más dóciles. ¿Alguien sabe lo que significa «dócil»?

Después de secarse la nariz con la mano, una niña flacucha del color de la escayola levantó una mano tan repugnantemente ceniza, tan lechosa y con la piel tan seca que solo podía ser negra.

—Significa que hacen de zorras —dijo y, ofreciéndose voluntaria para ayudarme, caminó hacia el ternero y le acarició las orejas con los dedos.

—Bueno, supongo que podría decirse así.

Ya fuera por la mención de la palabra «zorras» o porque intuyeron equivocadamente que iban a aprender algo sobre sexo, los niños cerraron el círculo, juntándose más. Los que no estaban en las dos primeras filas se agachaban y meneaban para conseguir un mejor ángulo de visión. Unos cuantos se subieron a los travesaños de los respaldos para, desde allí, observar la operación como estudiantes de Medicina en un quirófano. Derribé al ternero para tumbarlo de lado, sujetándole el cuello y la caja torácica con ambas rodillas; acto seguido, con una mano vaquera sin lubricar, lo agarré y le extendí los cuartos traseros para exponer a los elementos sus genitales de cachorrillo. Tras advertir que me había ganado la atención de todos, noté que Charisma se acercaba al empleado que seguía lloriqueando para ver qué le pasaba y que luego caminaba de puntillas hasta el autobús de Marpessa.

—Como os decía, hay tres métodos de castración: quirúrgico, elástico e incruento. En el elástico, uno coloca una tira de goma aquí, con lo que se corta el flujo de sangre hacia los testículos. Así, al final estos encogerán y se caerán por su propio peso.

Agarré al animal por la base del escroto y apreté tan fuerte que el ternero y todos los escolares gritaron al unísono.

—Para la castración incruenta, se les aplasta los conductos espermáticos aquí y aquí —dos firmes pellizcos en los conductos deferentes del glande hicieron que el ternero sufriera terribles convulsiones, gimiendo de dolor y de vergüenza, y a los estudiantes les dieron espasmos entre carcajadas sádicas; saqué una navaja y la sostuve en alto, girando la mano en el aire, esperando que la hoja brillara dramáticamente a la luz del sol, pero estaba demasiado nublado—. Y en cuanto a la cirugía...

—Quiero hacerlo yo.

Era la cría negra, con los ojos marrones fijos en el escroto, henchidos de curiosidad científica.

—Creo que necesitas el permiso de tus padres.

—¿Qué padres? Yo vivo en El Nido —contestó, refiriéndose a un hogar de acogida de Wilmington, lo que en el barrio equivalía a dejar caer el nombre de Sing Sing en una película de James Cagney.

—¿Cómo te llamas?

—Sheila. Sheila Clark.

Sheila y yo intercambiamos los puestos, ella trepó por encima de mí y yo pasé por debajo de ella, para seguir ejerciendo presión sobre el pobre becerro. Cuando estuve detrás, le entregué la navaja y unas tijeras de capar, que, como las de podar o cualquier otra herramienta útil, hacen exactamente lo que su nombre indica. Un litro de sangre, una hábil abertura de la mitad superior del escroto, un sutil tirón de los testículos para hacerlos aflorar al aire libre, un crujido audible del cordón espermático, un patio lleno de alumnos chillones, profesores y un ternero frustrado sexualmente de por vida más tarde, decidí poner fin a mi conferencia, por el bien de Sheila Clark y de otros tres estudiantes, lo bastante intrigados para pisar el charco de sangre y ver de cerca la herida, mientras yo aplacaba al ternero, que seguía retorciéndose.

—En el gremio denominamos esta postura el «recostado», cuando el toro se encuentra así, derribado sobre un costado, y de hecho es una buena oportunidad para infligir otros procedimientos dolorosos a las bestias, como descornarlas, vacunarlas, marcarlas o ponerles sellos en las orejas.

La lluvia empezó a caer con más fuerza. Las gotas, grandes y cálidas, levantaron pequeñas nubes de polvo al golpear el pavimento duro y seco. En mitad del patio de la escuela, el personal estaba descargando un contenedor de basura a toda prisa. Formaban una gran pila con mesas de madera rotas, pizarras agrietadas y fragmentos de una pared de frontón comida por las termitas, y luego rellenaban los huecos con periódicos. Normalmente, el Día de las Profesiones terminaba con los niños tostando malvaviscos en una hoguera gigante. El cielo se oscureció aún más. Tuve la sensación de que los niños se sentirían decepcionados. En aquel ambiente impregnado de humedad, salvo por el llorón que no quitaba ojo a un balón de baloncesto pinchado como si su mundo hubiera llegado a su fin, los profesores y los demás asistentes al Día de las Profesiones trataban de agrupar a los niños, sacándolos de los toboganes rotos, del balancín oxidado y de los demás columpios, mientras Néstor galopaba alrededor de la manada asustada para alejarla de las puertas. Marpessa había arrancado el autobús, y Charisma se bajó justo cuando el ternero comenzaba a recuperarse del shock. Busqué a mi ayudante, Sheila Clark, pero estaba demasiado ocupada sosteniendo un par de testículos ensangrentados por las fibrosas entrañas, meciéndolos y golpeándolos uno contra el otro como haría con un tiki-taka comprado en una máquina expendedora por veinticinco centavos.

Mientras le hacía una llave al animal, poniéndome de espaldas y clavándole los talones de las botas en la entrepierna para impedir que me pateara la cara, Marpessa hizo un giro de ciento ochenta grados, se dirigió a la puerta lateral y salió a Shenandoah Street, sin despedirse siquiera. Que se fuera a tomar por culo. Charisma se acercó sonriendo; vio el dolor en mis ojos.

—Estabais hechos el uno para el otro.

—¿Me haces un favor? En mi bolsa hay un antiséptico y un pequeño frasco de ungüento donde dice «Fliegenschutz».

La subdirectora Molina hizo lo que siempre había hecho desde niña: se ensució las manos, rociando con desinfectante y untando el pegajoso Fliegenschutz sobre la herida abierta, justo donde el animal, que se retorcía, había tenido los testículos. Cuando terminó, el maestro blanco, con la cara llena de lágrimas, le tocó en el hombro a su jefa y, como un policía de la tele que entrega la placa y el arma, se quitó solemnemente la brillante chapita de ENSEÑAD A AMÉRICA, se la depositó en la palma de la mano y echó a andar hacia la tormenta.

—¿A qué ha venido eso?

—Cuando estábamos en el autobús, Sheila, tu granjera flacucha, se ha puesto de pie, ha señalado el letrero de asientos reservados para blancos y le ha dicho al joven Edmunds que le cedía el suyo. Y el tonto del culo ha aceptado el ofrecimiento, se ha sentado y luego se ha dado cuenta de lo que había ocurrido y ha perdido los papeles.

—Espera un momento, ¿los letreros siguen allí?

—¿Es que no lo sabes?

—¿Qué tengo que saber?

—Te llenas la boca hablando del barrio, pero no tienes ni pajolera idea de lo que sucede en el barrio. Desde que pusiste esos letreros, el autobús de Marpessa es el lugar más seguro de la ciudad. Ella también los había olvidado, hasta que el supervisor de su turno le dijo que no habían tenido ninguna incidencia desde la fiesta de cumpleaños de Hominy. Y eso le dio que pensar. En cómo ahora las personas se trataban con respeto. En cómo ahora decían «hola» al montar y «gracias» al bajar del bus. En cómo no había ya luchas entre bandas. En los Crips, los Bloods y los cholos tocando el botón para solicitar parada una puta vez, solo una. ¿Sabes adónde van los niños a hacer sus deberes? No a casa ni a la biblioteca, no; los hacen en el autobús. Así de seguro se ha vuelto.

—La delincuencia es cíclica.

—Son los letreros. Al principio la gente se pone cascarrabias, pero el racismo los devuelve a la realidad. Los obliga a ser humildes. Les hace darse cuenta de lo lejos que hemos llegado y, lo que es más importante, de hasta dónde debemos ir. Ese autobús es como si el fantasma de la segregación hubiera unido de nuevo a Dickens.

—¿Y qué hay del maestro llorón?

—El señor Edmunds es un buen especialista en matemáticas, pero resulta obvio que no puede enseñarles nada a los niños sobre sí mismos, de modo que que puede irse a tomar por culo.

Más o menos curado, el ternero se puso en pie con dificultad. Sheila, su pequeña castradora, se inclinó ante él con aire burlón y los testículos colgándole de los lóbulos de las orejas como joyas de fantasía. El ternero le echó un último adiós olfativo a su virilidad y se alejó para conmiserarse con unos postes de *tetherball*, que, sin balones, doblados e inservibles, quedaban al lado de la cafetería. Charisma se frotó los ojos cansados.

—Ahora bien, si consiguiera que estos pequeños hijos de puta se comportasen en la escuela como en el autobús, ya sería un comienzo.

Conducidos por Néstor López, que iba diez cuerpos por delante del grupo, galopando por su recompensa, los condiscípulos de Sheila estaban siendo pastoreados por las llanuras de hormigón y marchaban bajo la llovizna, dejando atrás las filas de bungalós con el techo de tela asfáltica, y las ventanas cubiertas con papel de periódico y cartulinas coloreadas. Los edificios estaban en tan mal estado que, a su lado, las escuelas africanas de una sola estancia que aparecen en esos maratones televisivos de madrugada para recaudar fondos casi parecían salas de conferencias universitarias. Aquello era un Sendero de

Lágrimas. Los niños acabaron en círculo, alrededor del montón de muebles rotos de la escuela. Seguían igual de exaltados, a pesar del crujido de las gotas de lluvia en las bolsas gigantes de malvaviscos, el montón de madera mojada y oscurecida y los periódicos empapados. A su espalda quedaba el auditorio de la escuela, cuyo techo se había derrumbado en el terremoto de Northridge de 1994 y nunca se había reconstruido. Charisma pasó la mano por las campanillas del desfile del Torneo de las Rosas de la silla de montar de Néstor. Su tintineo hizo sonreír a los niños. Justo entonces corrió hacia ella una llorosa Sheila Clark, frotándose el hombro.

—¡Señorita Molina, ese blanquito me ha robado una de mis pelotas! —gritó al tiempo que señalaba al latino regordete con la piel tres tonos más oscura que la de ella, que trataba en vano de botar los testículos contra el suelo húmedo.

Charisma acarició con suavidad la cabeza trenzada de Sheila, para tranquilizarla. Eso era algo nuevo para mí. Niños negros que se referían a sus congéneres latinos llamándolos «blancos». Cuando yo tenía su edad, cuando gritábamos «¡por mí y por todos mis compañeros!» al jugar al escondite o a las estatuas, antes de que la violencia, la pobreza y las luchas internas menguaran nuestros derechos territoriales sobre todo Dickens a calles y manzanas aisladas que controlaban las bandas. Todos en Dickens, al margen de la raza, éramos negros, y uno determinaba el grado de oscuridad de la gente no por el color de su piel o por el tacto de su pelo: la clave estaba en decir «por lo que a mí respeta» cuando se quería decir «por lo que a mí respecta». Marpessa solía contar que, aunque Charisma tenía un pelo liso y negro que le caía hasta el culo y una tez de color horchata, no descubrió que su amiga del alma no era negra hasta el día en que la madre de Charisma fue a recogerla a la escuela. Con esos andares y esa forma de hablar tan diferentes de los de su hija. Pasmada, Marpessa se volvió hacia su mejor amiga y le espetó: «¿Eres mexicana?». Pensando que su amiga estaba flipando, Charisma palideció y, a punto de exclamar «¡Yo no soy mexicana!», de pronto, como si la viera por primera vez, echó un buen vistazo a su propia madre y estudió entonces su entorno escolar, lleno de rostros y ritmos negros, y fue como si se dijera «¡Joder, sí que soy mexicana! ¡Qué chingada!». Eso sucedió hace mucho tiempo.

Antes de encender la hoguera, la subdirectora Molina se dirigió a sus tropas. A juzgar por el gesto adusto y el tono de voz, resultaba evidente que era una generala al borde del precipicio, resignada ante la fatalidad de que las tropas negras y morenas que enviaba al mundo no iban a tener la menor oportunidad.

—Cada Día de las Profesiones pienso lo mismo. De estos doscientos cincuenta niños, ¿cuántos terminarán la secundaria? ¿Un pinche cuarenta por ciento? Órale, y de esos cien, si hay suerte, ¿cuántos irán a la universidad?, ¿online, júnior, de payasos o del tipo que sea? Pues cinco más o menos... ¿Y cuántos se graduarán? Quizá dos. ¡Qué lástima! Estamos chingados.

Y a pesar de que, como la mayoría de los negros criados en Los Ángeles, soy bilingüe solo en la medida en que puedo acosar sexualmente en su lengua materna a mujeres de todas las etnias, capté la esencia del mensaje. Aquellos morenitos estaban jodidos.

Me sorprendió ver cuántos niños llevaban encendedores, pero por mucho que intentaran encender la hoguera, la madera empapada no prendía. Charisma ordenó a un grupo de alumnos que fueran hasta el cobertizo que hacía las veces de almacén. Volvieron con cajas de cartón, cuyo contenido arrojaron al suelo. Pronto hubo una pirámide de libros de un metro de ancho y dos de alto.

—Vale, ¿a qué coño estáis esperando?

No tuvo que pedirlo dos veces. Los libros ardieron y las llamas de una hoguera de buen tamaño crepitaron hacia el cielo mientras los felices estudiantes tostaban malvaviscos pinchados en lápices del número dos.

Hice un aparte con Charisma. No podía creer que estuviera quemando libros.

—Pensaba que los suministros escolares eran escasos.

—No son libros. Esos los trajo Foy Cheshire. Él cuenta con todo un plan de estudios llamado «Canon no», en el que ha reescrito clásicos como *El apartamento del tío Tom* y *El guardameta entre el centeno*, que pretende que sean aprobados por la junta escolar. Mira, lo hemos intentado todo: aulas más pequeñas, más horas lectivas, educación bilingüe, monolingüe y sublingual, dialecto negro, fonología e hipnosis. Esquemas de color diseñados para promover un entorno de aprendizaje óptimo. Pero no importa de qué tonos más o menos cálidos pintes las paredes, al final todo se reduce a eso, a profesores blancos hablando de metodología blanca y bebiendo vino blanco, y a algún administrador blanco que te amenaza con poner la escuela en concurso de acreedores, porque conoce a Foy Cheshire. Nada funciona. Pero que me aspen si creen que la Escuela Chaff va a repartir entre sus estudiantes ejemplares de *El camello y el mar*.

Pateé un tomo parcialmente chamuscado para alejarlo del fuego. La cubierta estaba calcinada pero aún resultaba legible, *El gran Blacksby*; la página uno decía:

Como lo oyes. Cuando era un crío y estaba hecho un lío, mi afroamericano papá, no estereotipado y omnipresente, bueno además con mi madre, me legó un pozo de sabiduría con el que he estado flipando desde entonces.

Saqué mi encendedor, terminé de quemar el libro y puse las páginas en llamas bajo un malvavisco, clavado en una regla de madera que, muy amablemente, me había ofrecido Sheila. La cría había atado varias combas para crear una correa y acariciaba la cabeza del ternero, mientras el güey trataba de volver a colocarle los testículos quirúrgicamente, pegándoselos con cola Elmer y un clip de papel, hasta que Charisma lo agarró por el cuello y lo detuvo.

—Chicos, ¿os lo habéis pasado bien en el Día de las Profesiones?

—¡Yo quiero ser veterinaria! —respondió Sheila.

—Eso es gay —respondió su enemigo latino, que había pasado a hacer malabares con las gónadas en una sola mano.

—¡El malabarismo también es gay!

—¡Llamar «gay» a la gente que te llama «gay» solo porque los has llamado «gay» es gay!

—Bueno, ya está bien, niños —exclamó Charisma—. Dios mío, ¿hay algo que no consideréis gay?

El gordito se lo pensó con calma.

—¿Sabes qué no es gay? Ser gay.

Riendo con los ojos llenos de lágrimas, Charisma se dejó caer en un banco de fibra de vidrio ocre mientras sonaba la campana de las tres de la tarde; había sido un largo día. Me acerqué a ella. Las nubes por fin descargaron con fuerza y la llovizna dio paso a un chaparrón de los buenos. Alumnos y docentes corrieron a sus coches, a la parada del autobús y a los brazos de sus padres, mientras nosotros nos quedábamos sentados bajo la lluvia como buenos californianos del sur, sin paraguas, escuchando cómo chisporroteaban las gotas en el fuego que moría lentamente.

—Charisma, se me ocurre una manera de hacer que los niños se comporten y se respeten como hacen en el autobús.

—¿Cuál?

—Segregar la escuela.

Tan pronto como lo dije, me di cuenta de que la segregación sería la clave para recuperar Dickens. El sentimiento comunal del autobús se extendería a la escuela y luego calaría en el resto de la ciudad. El *apartheid* mantuvo unidos a los negros de Sudáfrica, ¿por qué no podía pasar lo mismo en Dickens?

—¿Por razas? ¿Quieres segregar la escuela por colores? Charisma me miró como si fuera uno de sus alumnos. No como si fuera tonto, pero sí como si estuviera desorientado. Aunque, en mi opinión, la Escuela Chaff ya había sido segregada y resegregada muchas veces, quizá no por razas, pero sí por comprensión lectora y por problemas de conducta. Los hablantes de inglés como segunda lengua estaban en un entorno de aprendizaje muy diferente al de los hablantes de inglés cuando me da la gana. Durante el Mes de la Historia Negra, cada noche, mi padre solía ver en la televisión las imágenes de los autobuses de la Libertad en llamas, mientras los perros gruñían y abrían sus fauces, y me decía: «No puedes forzar la integración, muchacho. Las personas que quieren integrarse se integrarán». Jamás me he planteado en qué medida estoy de acuerdo o en desacuerdo con él, si es que lo estoy, pero es una observación que no he olvidado. Me hizo darme cuenta de que para muchas personas la integración es un concepto finito. Aquí, en América, la «integración» puede servir como forma de encubrimiento: «No, si yo no soy racista. Mi pareja de baile/primo segundo/presidente es negro (o lo que sea)». El problema es que no sabemos si la integración es un estado natural o antinatural. ¿Es la integración, forzada o no, una entropía o un orden social? Nadie ha definido el concepto. Sin embargo, Charisma estaba sopesando el asunto de la segregación mientras hacía girar el último malvavisco lentamente sobre la llama. Sabía qué estaba pensando. Estaba pensando en cómo su *alma mater* de secundaria era entonces un setenta y cinco por ciento latina, cuando en su día había sido un ochenta por ciento negra. Estaba pensando en las historias que le escuchaba contar a su madre, Sally Molina, sobre crecer en una pequeña ciudad segregada de Arizona en las décadas de los cuarenta y cincuenta del siglo pasado. Sobre tener que sentarse en el lado más caluroso de la iglesia, el más alejado de Jesús y de las salidas de emergencia. Sobre verse forzada a acudir a las escuelas mexicanas y enterrar a sus padres y a su hermano menor en el cementerio mexicano, fuera de la ciudad, en la autovía 60. Sobre cómo la discriminación racial era más o menos la misma en Los Ángeles, cuando su familia se mudó allí en 1954. Salvo porque, a diferencia de los angelinos negros, ellos al menos podían ir a las playas públicas.

—¿Quieres segregar la escuela por razas?

—Sí.

—Si crees que puedes hacerlo, adelante. Pero te aviso: hay demasiados mexicanos.

No puedo hablar por los niños, pero mientras conducía a casa, con el ternero recién castrado en el asiento delantero de la camioneta, con la cabeza saliendo por la ventanilla, atrapando gotas de lluvia con la lengua, volví del Día de las Profesiones más inspirado que nunca y con un enfoque renovado. ¿Qué había dicho Charisma? «Es como si el fantasma de la segregación hubiera unido de nuevo a Dickens.» Decidí darle otros seis meses a mi nueva carrera como planificador urbano a cargo de la Restauración y la Segregación. Si la cosa no salía bien, siempre podía volver a ser negro.

12

Pasó el Día de las Profesiones y aquel verano llovió a mares. Los chicos blancos de la playa lo llamaron «el sinverano». Los partes meteorológicos no eran más que continuas referencias a récords de precipitaciones y nubosidad invariable. Todos los días, alrededor de las nueve y media, un sistema de bajas presiones se cernía sobre la costa y se prolongaba hasta la madrugada. Hay quien no pilla olas bajo la lluvia, y muchos no se meten en el agua después de una tormenta, temerosos de contraer hepatitis por los lodos y toda la escorrentía contaminada que después se vierte en el Pacífico de un fuerte aguacero. Aunque a mí sí me gusta pillar olas bajo la lluvia; hay menos cabronazos en el pico y nada de windsurfistas. Uno está a salvo si se mantiene alejado de los arroyos que hay por Malibú y Rincón, que tienden a desbordarse con residuos sépticos. Así que aquel verano no me preocupé por las materias fecales ni por los microbios. En cambio, me volví loco con mi unshu mikan y la segregación. ¿Cómo se cultivan los cítricos más sensibles al agua que existen bajo condiciones propias de un monzón? ¿Y cómo se segrega racialmente una escuela ya segregada?

Siempre retrógrado en asuntos raciales, Hominy no fue de ninguna ayuda. Le encantaba la idea de restaurar la educación segregada, porque pensaba que aquello convertiría a Dickens en un enclave más atractivo para los blancos y la ciudad volvería a ser el floreciente suburbio blanco de su juventud. Coches con aletas caudales. Sombreros de paja y gente bailando en calcetines. Episcopalianos y fiestas del helado. Sería lo contrario al éxodo blanco, dijo. «La afluencia del Ku Klux Klan.» Pero cuando le preguntaba cómo conseguirlo, se encogía de hombros y, como un senador conservador sin una sola idea útil, me soltaba un discurso dilatorio plagado de historias extemporáneas sobre los viejos tiempos: «Una vez, en un episodio titulado "Prueba escrita", Stymie intentaba escaquearse de un examen de Historia para el que no había estudiado prendiéndole fuego a su pupitre, pero por supuesto terminaba quemando toda la escuela, y la Pandilla acababa haciendo el examen en un camión de bomberos, porque la señorita Crabtree no se tragó aquella patraña». Luego estaba el sentimiento de culpa que aqueja al segregacionista. Me quedé toda la noche tratando de convencer a Felizosito, al que con los años le habían salido manchas y había mutado del amarillo rayo de sol a ese tono pardo que tiene la pelusa que se forma entre los dedos de los pies, de cuán benéfico resultaría volver a instaurar la segregación. De que, al igual que París cuenta con la Torre Eiffel, San Luis con la Puerta hacia el Oeste, y Nueva York con una enorme disparidad de ingresos, Dickens contaría con escuelas segregadas. Y de que, aunque no sirviera para nada más, al menos el folleto de la Cámara de Comercio luciría atractivo: «Bienvenidos a la gloriosa Ciudad de Dickens: un paraíso urbano en las márgenes del río Los Ángeles. ¡Hogar de bandas juveniles, una estrella de cine jubilada y escuelas segregadas!».

Muchas personas afirman que las mejores ideas se les ocurren en el agua. Bajo la ducha. En la piscina. Esperando una ola. Tiene que ver con iones negativos, ruido blanco y encontrarse aislados del mundo. De modo que surfear bajo la lluvia podría parecer el equivalente a una tormenta de ideas unipersonal, pero no para mí. Las buenas ideas no se me ocurren mientras estoy cogiendo olas, sino cuando vuelvo a casa en coche tras hacer surf. Y así, una tarde de julio, después de una buena sesión, sentado al volante y apestando a algas y aguas residuales, vi a unos niños ricos que salían de las clases de apoyo de la Intersection Academy, una privada y prestigiosa «piedra an-

EL VENDIDO

gular de la enseñanza» en primera línea de playa. Al cruzar la
calle para dirigirse a sus limusinas y sus coches de lujo, se pusieron a hacerme la señal de shaka y gestos de pandillas y a
meter sus greñudas cabezas en la cabina de la camioneta para
decirme: «¿Tienes hierba? ¡*Hang ten*, surfero afroamericano!».
A pesar del constante aguacero, aquellos estudiantes no parecían mojarse. En primer lugar, porque los aparcacoches y las
mucamas seguían a sus bulliciosos pupilos sosteniendo paraguas sobre sus cabezas, pero sobre todo porque algunos de esos
niños eran demasiado blancos para mojarse. Traten de imaginar a Winston Churchill, a Colin Powell, a Condoleezza Rice
o al Llanero Solitario empapados de pies a cabeza y se harán
una idea. Cuando yo tenía ocho años, papá coqueteó durante
un segundo con la idea de inscribir al vago de su hijo, reacio a
todo esfuerzo intelectual, en un colegio privado de lujo. Se me
acercó mientras yo estaba hundido en el arrozal, plantando tallos en el barro. Murmuró algo acerca de tener que elegir entre los judíos de Santa Mónica y los gentiles de Holmby Hills,
y luego comenzó a citar estudios que demostraban que los niños negros que van a la escuela con niños blancos de cualquier
religión «consiguen mejores resultados», al tiempo que mencionaba alguna investigación no tan creíble según la cual los
negros «vivían mejor» durante la segregación. No recuerdo
qué definición me dio de «vivir mejor» ni por qué no acabé
estudiando en Interchange ni en Haverford-Meadowbrook. El
trayecto de ida y vuelta, tal vez. Muy caro. Pero al ver a aquellos niños, los hijos e hijas de los magnates de las industrias de
la música y el cine, salir de aquel edificio de vanguardia, me
di cuenta de que, como único estudiante de la enseñanza en el
hogar impartida por mi padre desde la guardería hasta la eternidad, yo era beneficiario de la educación más segregada posible, una que por suerte no conllevó piscinas infinitas, *foie gras*
casero ni ballet americano. Y, si bien seguía sin tener ni idea

de cómo salvar mi cosecha de unshu mikan, ya sabía cómo segregar racialmente lo que, a todos los efectos y pronunciaciones, latinos incluidos, era una escuela totalmente negra. Volví a casa con la voz de mi padre resonándome en la cabeza. Al llegar, Hominy me esperaba en el patio, de pie bajo un gran paraguas de golf verde y blanco, con los pies descalzos dejando una profunda huella de dedo en martillo sobre la hierba mojada. Había mejorado mucho como trabajador desde que me había decidido a segregar la escuela. Bueno, tampoco es que fuera un puto John Henry, pero al menos se interesaba por las cosas de la granja y mostraba un poco de iniciativa. Últimamente se había mostrado muy protector con el árbol de unshu mikan. A veces se quedaba de pie a su lado durante horas, espantando pájaros y bichos. Los unshu mikan le recordaban la camaradería de los estudios de rodaje. La lucha de pulgares con Wheezer. Los pescozones al gordinflón de Arbuckle. Verdad o atrevimiento, en el que el que perdía tenía que correr desnudo por el set de Laurel y Hardy. Y fue durante una larga pausa entre tomas de «Veo París, veo Francia» cuando Hominy descubrió las mandarinas unshu mikan. La mayoría de los pillos de la Pandilla se habían arremolinado en torno a la mesa del cáterin y engullía magdalenas y gaseosa de vainilla. Pero aquel día contaban en el plató con la visita de algunos propietarios de cines del Sur, y el estudio, queriendo hacer las paces con un sistema de castas que se negaba a emitir sus películas, porque mostraban a niños blancos y de color jugando juntos, pidió a Hominy y a Buckwheat que fueran a comer con unos extras japoneses que habían reclutado durante la redada migratoria de 1936 para hacer de bandidos mexicanos. Los extras les ofrecieron fideos soba y mandarinas unshu mikan importadas de la Tierra del Sol Naciente, aunque no aprobadas por el sindicato de actores. Los chicos negros encontraron que el sabor agridulce y perfectamente equilibrado de aquella fruta era lo único que eliminaba de sus bocas el desagradable sabor de la sandía que debían mascar como alivio cómico. Con el tiempo, Buckwheat y él lo estipularon en sus contratos: en el set solo se permitirían mandarinas unshu mikan. Nada de clementinas, tangerinas ni tangelos. Porque después de un duro día interpretando el papel de negrata, nada devolvía la dignidad como una dulce y jugosa mandarina unshu mikan.

Hominy sigue creyendo que cuido ese frutal para satisfacer sus necesidades, pero no sabe que lo planté el mismo día que Marpessa y yo rompimos oficialmente. Acababa de terminar los exámenes del primer semestre de primero de carrera y volvía a casa a todo meter por la CA-91, volando hacia el oeste con la esperanza de echar un anhelado polvo de bienvenida, y no con encontrarme con una nota pinchada en la oreja de una cerda en la que se leía un sucinto «Nanay, negrata».

Hominy me tiró desesperadamente de la manga del traje de neopreno.

—Amo, me dijiste que te avisara cuando las unshu mikan fueran del tamaño de pelotas de pimpón.

Como un *caddie* que se niega a renunciar durante una ronda pésima de su jefe, Hominy sostuvo el paraguas sobre mi cabeza. Me entregó el refractómetro y me empujó hacia el patio trasero, donde atravesamos el barro hasta llegar hasta el frutal anegado.

—Por favor, amo, date prisa. Temo que no vayan a sobrevivir.

Por lo general, los cítricos precisan un riego frecuente, pero el unshu mikan necesita justo lo contrario. Convierte el agua en pis, y a pesar de haberlo podado mucho, ese año los frutos sobrecargaban las ramas. Si no hallaba un modo de reducir la dosis de agua, la cosecha sería una mierda y habría desperdiciado diez años y veinticinco kilos de fertilizante japonés de importación. Cogí una mandarina del árbol más cercano. Tras hacerle un corte a medio centímetro por encima del ombligo, hundí el pulgar en la pulpa rugosa, abriéndola y exprimiendo unas gotas en el refractómetro, una pequeña máquina japonesa que mide el porcentaje de sacarosa del zumo.

—¿Qué dice? —preguntó desesperado.

—Dos coma tres.

—¿Y eso qué significa en la escala de dulzor?

—Pues un punto intermedio entre Eva Braun y una mina de sal sudafricana.

Nunca había susurrado a mis plantas como si fueran negratas. No creo que los árboles sean seres sensibles, pero cuando Hominy se fue a casa, me pasé una hora hablando con aquellos árboles. Les leí poesía y les canté blues.

13

Solo he probado la discriminación racial en mis propias carnes en una ocasión. Un día, sin venir a cuento, le dije a mi padre que en Estados Unidos no había racismo. Que lo que había era igualdad de oportunidades y que los negros pasábamos de ella, porque no estábamos dispuestos a asumir la responsabilidad que conllevaba. Ese mismo día, en medio de la noche, me sacó de la cama a trompicones y emprendimos un viaje improvisado a través de la América más profunda y más blanca. Después de tres días al volante, sin descansos, paramos en un anónimo pueblo de Misisipi, apenas un polvoriento cruce bajo un calor de mil demonios, entre cuervos, campos de algodón y, a juzgar por la mirada emocionada de anticipación en el rostro de mi padre, puro racismo sin adulterar.

—Ahí está —dijo señalando una destartalada tienda, tan anticuada que la máquina del millón que parpadeaba feliz junto a la ventana solo aceptaba monedas de diez centavos y mostraba el increíble récord de 5.637 puntos.

Busqué el racismo. En la parte delantera, tres blancos fornidos, con esas morenas patas de gallo que hacen que sea imposible determinar la edad de alguien, estaban sentados en cajas de madera de Coca-Cola, echando pestes en voz alta sobre una carrera de coches que iba a celebrarse pronto. Nos detuvimos en la gasolinera de enfrente. Sonó una campanilla, lo que nos sorprendió tanto al dependiente negro como a mí mismo. A regañadientes, el dependiente se alejó del videojuego de ajedrez al que jugaba con un amigo en la televisión.

—Lleno, por favor.

—Claro. ¿Le compruebo el aceite?

Mi padre asintió, sin apartar los ojos de la tienda al otro lado de la calle. El dependiente, Clyde (si dábamos crédito al nombre bordado en cursiva roja sobre el parche blanco de su bata azul), se puso manos a la obra. Comprobó el aceite, la presión de los neumáticos y limpió con una bayeta los parabrisas delantero y trasero. Creo que hasta entonces no había visto a nadie atenderme con una sonrisa. Y fuera lo que fuera el contenido de aquel atomizador, las ventanillas jamás habían estado tan limpias. Cuando el depósito estuvo lleno, mi padre le preguntó a Clyde:

—¿Crees que el muchacho y yo podemos quedarnos una miaja aquí?

—Claro, por supuesto.

¿«Una miaja»? Sacudí la cabeza de vergüenza ajena. Odio que la gente se ponga en plan campechano al dirigirse a negros ante quienes se creen superiores. ¿Qué vendría luego? ¿Llamarle «mijo»? ¿Pedir un poco de pan de maíz y ardilla frita? ¿El estribillo de «Who Let the Dogs Out»?

—Papá, ¿qué estamos haciendo aquí? —murmuré con la boca llena de unas galletitas saladas que llevaba zampando desde Memphis.

Cualquier cosa que me quitara de la cabeza el calor, los interminables campos de algodón y lo horrible que debía de haber sido la esclavitud para que alguien lograra convencerse de que Canadá no quedaba tan lejos. Al igual que sus antepasados fugitivos, mi padre había huido a Canadá para sortear el reclutamiento y la guerra de Vietnam, aunque nunca hablaba de ello. Si los negros reciben alguna vez una compensación por haber sido esclavos, conozco a un montón de hijos de puta que deben a Canadá unos cuantos alquileres e impuestos atrasados.

—Papá, ¿qué hacemos aquí?

—Vamos a lanzar miradas temerarias —contestó, sacó de una lujosa funda de cuero un par de prismáticos a lo general Patton, tomó aquella monstruosidad de metal negro y se volvió hacia mí con los ojos como platos a través de las gruesas lentes—. ¡Y cuando digo temerarias quiero decir temerarias!

Gracias a los años de exámenes de cultura negra vernácula a los que me sometió mi padre y a un libro de Ishmael Reed que durante años dejaba sobre el inodoro, yo sabía que se lanzan «miradas temerarias» cuando un negro osa mirar a una blanca del Sur. Y allí estaba mi padre, mirando a través de sus prismáticos a no más de diez metros de distancia, con el sol de Misisipi destellando en aquellas enormes lentes como dos faros halógenos. Una mujer salió al porche con un delantal encima del vestido de guinga y una escoba de mimbre en la mano. Se colocó una mano a modo de visera y se puso a barrer. Los blancos que estaban sentados tenían ya las piernas y la boca abiertas de par en par, horrorizados por la desfachatez de aquel negrata.

—¡Mira qué melones! —gritó mi padre, lo bastante alto para que lo oyera todo el condado. La mujer no tenía muchas tetas que digamos, pero imagino que, a través del equivalente portátil del telescopio espacial Hubble, sus pechos de copa B parecían dos dirigibles, el *Hindenburg* y el de Goodyear, respectivamente—. Ahora, muchacho, ¡ahora!

—Ahora, ¿qué?

—Ve y sílbale a la blanca.

Me empujó fuera del coche y, levantando una cegadora nube de polvo rojo del delta, crucé la carretera de dos carriles, cubierta con tanta arcilla dura que era imposible saber si la habían pavimentado alguna vez. Complaciente, me detuve ante la señora blanca y empecé a silbar. O al menos lo intenté. Lo que mi padre desconocía es que yo no sabía silbar. Silbar es una de las pocas cosas que uno aprende en la escuela pública. Yo había sido educado en casa y mataba las horas del almuerzo de pie, en el cultivo de algodón del patio trasero, recitando de memoria la lista de congresistas negros de la Reconstrucción: Blanche Bruce, Hiram Rhodes, John R. Lynch, Josiah T. Walls... Así que, por muy tonto que suene, lo cierto es que no sabía ni cómo juntar los labios para soplar. Ya puestos, tampoco sé hacer el saludo vulcano, ni eructar el alfabeto a voluntad, ni hacerle una peineta a alguien sin doblar los dedos no ofensivos con la otra mano. Tener la boca llena de galletas tampoco ayudaba, y el resultado final fue una lluvia arrítmica de pedacitos de avena sin masticar que le cayeron sobre el bonito delantal rosa.

—¿Qué está haciendo ese tarado? —se preguntaron entre expectoraciones de tabaco los blancos de la tienda, poniendo los ojos en blanco.

El miembro más taciturno del trío se levantó y enderezó su camiseta con la leyenda FUERA NEGRATAS DE NASCAR. Se sacó lentamente el palillo de la boca y dijo:

—Es el *Bolero*... El negrata canijo está silbando el *Bolero*.

Empecé a dar saltitos y le agarré la mano, todo emocionado. Porque tenía razón, estaba tratando de recrear la obra maestra de Ravel. Tal vez no sepa silbar, pero siempre he seguido las melodías.

—¿Cómo? ¿El *Bolero*? ¡Menudo hijo de puta! —Ese era papá. Saliendo del coche y moviéndose tan rápido que la nube de polvo que levantó creó a su vez su propia nube de polvo. Estaba de mal humor, porque al parecer no solo no sabía silbar, sino que ni siquiera sabía qué silbar—. ¡Se supone que tienes que soltar un silbido obsceno! Así...

Y lanzando otra mirada imprudente a la mujer, frunció los labios y soltó un silbido obsceno tan libidinoso y lascivo que a la blanca se le rizaron tanto los dedos pintados de los pies como el delicado lazo rojo de la rubia melena. Ahora le tocaba a ella. Y mi padre se quedó allí, lujurioso y negro, y ella no solo le devolvió la mirada imprudente, sino que para colmo le frotó el pene por encima de los pantalones imprudentemente. Vamos, que se puso a magrearle la entrepierna como si fuera masa de pizza. Y en menos que canta un gallo papá le había susurrado algo al oído, me había soltado un billete de cinco pavos, había dicho «ahora vuelvo» y juntos habían subido al coche para salir pitando por la pista de tierra. Dejándome allí, para ser linchado por sus crímenes.

—¿Hay algún negro de aquí a Natchez al que Rebecca no se haya tirao aún?

—Bueno, al menos sabe lo que le gusta. Tú, tonto de capirote, todavía no tas enterao si te ponen los hombres o no.

—Soy bisexual. Me gustan las dos cosas.

—Chorradas. O carne o pescao. Eso de que uno encuentre guapo a Dale Earnhardt... y un cojón de pato.

Y mientras aquellos buenos muchachos discutían los méritos y las manifestaciones de la sexualidad, yo, agradecido por seguir con vida, entré en la tienda a comprar un refresco. Solo tenían una marca y un tamaño: Coca-Cola en la clásica botella de veinte centilitros. Abrí una y observé las burbujas efervescentes de dióxido de carbono danzando bajo los rayos del sol. No sabría decir lo rica que me supo aquella Coca-Cola, pero hay un viejo chiste que nunca había pillado hasta que aquel elixir marrón y chispeante descendió con suavidad por mi garganta.

Un paleto sureño llamado Bubba, un negrata y un mexicano están sentados en la misma parada de autobús cuando de repente, ¡pam!, aparece un genio de la nada en medio de una nube de humo.

—Vale, os concedo un deseo a cada uno —les dice el genio, poniéndose bien el turbante y los anillos con rubíes.

El negrata dice:

—Deseo que todos mis hermanos y hermanas negros y negras estén en África, donde la tierra nos alimentará y todos los africanos podremos prosperar.

El genio agita las manos y, ¡pam!, todos los negros dejan América y se van a África.

Entonces dice el mexicano:

—Órale, eso suena chido. Quiero que todos mis congéneres mexicanos regresen a Mé-jiii-co, donde todo será chingón y podremos chambear y beber de gloriosas fuentes de tequila.

¡Pam! Y todos se van a México y dejan Estados Unidos. Entonces el genio se gira hacia Bubba, el paleto sureño, y le pregunta:

—¿Y qué es lo que deseas tú, *sahib*? Tus deseos son órdenes para mí.

Bubba mira al genio y le pregunta:

—¿Me estás contando que todos los mexicanos están en México y que todos los negratas están en África?

—Sí, *sahib*.

—Vale, hoy hace bastante calor. Creo que pediré una Coca-Cola.

Así de buena fue aquella Coca-Cola.

—Son siete centavos. Déjalos en el mostrador, muchacho. Tu nueva mamá volverá en un santiamén.

Diez refrescos y setenta céntimos más tarde, ni mi nueva madre ni mi viejo padre habían regresado y me moría de ganas de mear. Los encargados de la gasolinera seguían jugando al ajedrez, el cursor del dependiente se movía vacilante sobre una pieza acorralada, como si el siguiente movimiento decidiera el destino del mundo. El encargado movió un caballo a una esquina.

—No engañas a nadie con esas argucias de gambito siciliano. Tus diagonales son vulnerables.

Con la vejiga a punto de estallar, le pregunté a aquel Kasparov negro dónde estaba el baño.

—Los baños son solo para clientes.

—Pero mi padre acaba de repostar.

—Y tu padre puede mear aquí hasta que se harte. Tú, por otro lado, estás bebiendo la Coca-Cola del hombre blanco, como si su hielo estuviera más frío que el nuestro.

Señalé la hilera de botellas de veinte centilitros de Coca-Cola de la nevera.

—¿Cuánto?

—Un dólar con cincuenta.

—Pero si cuestan siete centavos cruzando la calle.

—Compra negro o vete a cagar. Literalmente.

Compadeciéndose de mí y ganando por puntos, el Bobby Fischer negro me señaló con el dedo una antigua estación de autobuses a lo lejos.

—¿Ves esa estación de autobuses abandonada que hay al lado de la desmotadora?

Corrí por el camino. A pesar de que el edificio ya no estaba operativo, todavía había pequeñas semillas de algodón suspendidas en el aire como copos de nieve que picaban. Rebasé la desmotadora, unos palés vacíos, una carretilla oxidada y al fantasma de Eli Whitney y me dirigí a la parte de atrás. El apestoso cuarto de baño estaba lleno de moscas. Los suelos y el asiento del retrete estaban pegajosos, teñidos de amarillo mate por cuatro generaciones de buenos muchachos con vejigas sin fondo, que, empinando el codo en horas de trabajo, habían meado incontables litros de orina clara. El acre hedor de tanto racismo y tanta mierda que jamás habían corrido por el desagüe me azotó el rostro y me puso la piel de gallina. Retrocedí lentamente. Bajo el desvaído SOLO BLANCOS rotulado en la mugrienta puerta del lavabo, escribí GRACIAS A DIOS con el dedo en el polvo, luego meé en un hormiguero. Porque al parecer el resto del planeta era SOLO DE COLOR.

14

A primera vista, los Dons, el vecindario de las colinas a unos diez kilómetros al norte de Dickens al que Marpessa se mudó después de casarse con MC Panache, se parece a cualquier otro enclave acomodado para afroamericanos. Calles curvas y arboladas. Viviendas con impecables jardines de estilo japonés. Campanillas de viento que, de alguna manera, consiguen que las corrientes de aire suenen como canciones de Stevie Wonder. Banderas americanas y carteles electorales de apoyo a políticos corruptos exhibidos con orgullo en los patios delanteros. Cuando estábamos saliendo, Marpessa y yo cruzábamos el vecindario en la camioneta de mi padre, tal vez tras una noche de farra, por calles con nombres españoles, como Don Lugo, Don Marino o Don Felipe. Solíamos aludir a aquellas casas modernas y menudas con sus piscinas, sus cristaleras, sus fachadas de piedra y esos balcones a prueba de inclemencias climáticas con vistas al centro de Los Ángeles como «casas de la tribu de los Brady». Como cuando se dice: «Han venido los putos Wilcox, tío. Esos negratas se han instalado en una casa de la tribu de los Brady que queda por Don Quijote». Esperábamos poder mudarnos a una de aquellas casas algún día y tener un porrón de niños. Lo peor que nos podía pasar era que acusásemos falsamente a nuestro hijo mayor de fumar, que un balón de fútbol mal lanzado le rompiera la nariz a nuestra hija o que nuestra doncella, algo ligera de cascos, le tirara constantemente los tejos al cartero. Y luego nos moriríamos y, como con todas las buenas familias americanas, nuestra historia se emitiría en todo el mundo.

Me pasé diez años, desde que nos separamos, aparcando delante de su casa de forma periódica, esperando a que se apagaran las luces para, gracias a unos prismáticos y una franja de cortina abierta, contemplar una vida que debería haber sido la mía, una existencia de sushi y Scrabble, con niños estudiando en la sala de estar y jugando con el perro. Una vez que los niños se iban a la cama, veía con ella *Nosferatu* y *Metrópolis*, o lloraba a moco tendido porque en *Tiempos modernos* Paulette Goddard y Charlie Chaplin se cortejan como perros en celo y me recordaba a nosotros. A veces me colaba furtivamente en su porche y, tras la puerta con tela metálica, le dejaba una instantánea del árbol de unshu mikan con un «Nuestro hijo, Kazuo, te saluda» escrito al dorso.

Una vez que se ha acabado el curso, no hay mucho que pueda hacerse para segregar una escuela, de modo que aquel verano pasé delante de su casa más tiempo del que debería admitir por cuestiones legales, hasta que, una cálida noche de agosto, un bus de doce metros de largo de la empresa pública de transportes, aparcado frente a la casa de Marpessa, me obligó a abortar mi habitual rutina de acosador. Tal como sucede con los compañeros que se dedican a tareas administrativas, no es infrecuente que los trabajadores manuales negros como Marpessa se lleven trabajo a casa. Con independencia de su poder adquisitivo, para ellos sigue rigiendo el viejo proverbio de tener que ser el doble de bueno que un blanco, la mitad de bueno que un chino y cuatro veces mejor que el último negro contratado por tu supervisor antes de que te contratara a ti. Sin embargo, aluciné al ver el autobús 125 en la entrada de su casa, con la trasera del vehículo bloqueando la acera y los neumáticos del lado derecho arruinando un césped hasta entonces impecable.

Con la foto de mi frutal en la mano, me abrí paso entre las gardenias y la señal de seguridad de Westec. Me puse de puntillas y me asomé a una ventanilla lateral con las manos alrededor de los ojos para hacer de pantalla. A pesar de que hacía fresco y era medianoche, el vehículo todavía estaba tibio y olía a gasolina y a sudor proletario. Habían pasado cuatro meses desde la fiesta de cumpleaños de Hominy y los letreros de asientos reservados a personas mayores, discapacitados y blancos continuaban allí. Me pregunté en voz alta cómo se las habría arreglado para mantenerlos.

—Les dice a todos que es un proyecto artístico, negrata —el cañón de una pistola del calibre 38 que me habían puesto en el pómulo era frío e impersonal, pero la voz situada detrás de la pistola era exactamente lo contrario, cálida y amistosa; familiar—. Si no hubiera sabido que el culo te olía a mierda de vaca, estarías tan muerto como la buena música negra.

Stevie Dawson, el hermano menor de Marpessa, me hizo girarme y, pistola en mano, me dio un abrazo de oso. Detrás de él se encontraba Cuz, con los ojos rojos y una sonrisa de borracho feliz en el rostro. Su colega Stevie había salido de la cárcel. Yo también me alegraba de verlo; habían pasado por lo menos diez años. Y Stevie aún tenía peor reputación que Cuz. No pertenecía a ninguna banda, pero solo porque estaba demasiado loco para que los Crips le aceptaran y era demasiado perverso para los Bloods. Stevie odia los motes, porque cree que los verdaderos hijos de puta no necesitan uno. Y aunque todavía quedan algunos cabezotas que siguen respondiendo a sus nombres de pila, cuando los negros dicen Stevie es como un homófono chino. Si sabes de qué va la cosa, entonces sabes exactamente de quién están hablando. En California tienes tres «golpes». Si ya te han condenado por dos delitos graves, la siguiente condena, por nimia que sea, puede significar cadena perpetua. En algún momento del partido, el receptor debía de haberse olvidado del tercer *strike* de Stevie, porque el sistema lo había devuelto al campo.

—¿Cómo has salido?

—Lo ha sacado Panache —respondió Cuz, ofreciéndome un sorbo de Tanqueray casi tan asqueroso como el refresco de pomelo light que bebí a continuación.

—¿Cómo?, ¿montó uno de sus conciertos benéficos de mierda y te escapaste dentro de un altavoz?

—Con el poder de la pluma. Gracias a su papel de policía en la tele y a esos anuncios de cerveza, Panache conoce a algunos blancos poderosos. Escribieron unas cartas, y aquí estoy. Con la condicional, como un hijo de puta.

—¿Y bajo qué condiciones?

—Con una sola: que no me pillen. ¿Qué quieres, tío?

Uno de los perros se puso a ladrar. Las cortinas de la cocina se abrieron, derramando luz sobre el camino de entrada. Aunque estábamos a oscuras y no podían vernos, me estremecí.

—No te asustes. Panache no está en casa.

—Lo sé. Él no está nunca.

—¿Y cómo lo sabes?, ¿has estado acosando a mi hermana otra vez?

—¿Quién anda ahí fuera? —era Marpessa salvándome de una vergüenza mayor.

Por señas le dije a Stevie que yo no estaba allí.

—Solo Cuz y yo.

—Bueno, pues entrad cagando leches antes de que pase algo.

—Vale, vamos en un segundo.

El día que conocí a Stevie, cuando él y su hermana aún vivían en Dickens, había una limusina aparcada delante de su casa. Salvo en la noche del baile de graduación, no se ven muchas limusinas en el gueto. Y desde el minibar hasta la ventanilla trasera, ese alargado Cadillac negro estaba abarrotado con matones de tez clara y de tez oscura, altos y bajos, listos y tontos, todos de la cuadrilla de Stevie. Tipos que a lo largo de los años desaparecieron de uno en uno y de dos en dos y, en días realmente sangrientos, de tres en tres. En atracos a bancos. En

asaltos a camiones de comida. En asesinatos. Panache y King
Cuz eran los únicos colegas que le quedaban. Y aunque Stevie y
Panache se llevaban muy bien, lo cierto es que ambas partes se
beneficiaban de aquella relación. Panache no era ningún bra-
vucón, pero gracias a Stevie tenía una sólida reputación calle-
jera en el mundillo del rap, y a Stevie el éxito de Panache le recordaba que cualquier cosa es posible si uno tiene de su lado a
los blancos adecuados. Por aquel entonces Panache se las daba
de chulo. Vale, tenía a unas cuantas mujeres que le daban esto
y aquello, pero ¿qué negrata no tiene algo así? Recuerdo a Panache en la sala de estar mirando fijamente a Marpessa, rapeando lo que se convertiría en su primer disco de oro, mientras Stevie hacía de pinchadiscos.

> Tres de la tarde, mormones en mi hogar.
> Quiero sacos con ranas, creo que voy a palmar.
> ¿Tiene salvación un negrata tan chulo?
> Brigham Young debe ser tonto e ir hasta el culo.

Si Stevie tuviera un lema en latín, sería *Cogito, ergo boogieum*
(pienso, luego rimo).
  —¿Cómo es que está aparcado aquí el autobús de Marpessa? —pregunté.
  —Negrata, ¿y cómo es que estás tú aquí? —me contestó.
  —Quería dejarle esto a tu hermana.
  Le mostré la foto del árbol de unshu mikan, y me la arrebató de la mano. Iba a preguntarle si había recibido toda la fruta que había estado mandándole durante años: las papayas, los
kiwis, las manzanas y los arándanos, pero a juzgar por la elas-
ticidad de su piel, la blancura de sus ojos, el brillo de su cola de
caballo y el modo tan relajado en que se apoyaba en mi hombro, estaba claro que sí.
  —Me ha contado lo de estas fotos.

—¿Está cabreada?

Stevie se encogió de hombros y continuó mirando la Polaroid.

—Este cacharro está aquí porque han perdido el autobús de Rosa Parks.

—¿Quién ha perdido el autobús de Rosa Parks?

—Algún blanco. ¿Quién coño, si no? En teoría, todos los años en febrero, cuando los estudiantes visitan el Museo de Rosa Parks, o dondequiera que tengan ese autobús, bueno, pues el autobús que les dicen a los niños que es el lugar de nacimiento del movimiento por los derechos civiles es de pega. No es más que un viejo autobús de la empresa de transporte público de Birmingham que encontraron en algún desguace. O al menos eso es lo que dice mi hermana.

—No sé.

Cuz tomó dos tragos de ginebra.

—¿Qué quieres decir con ese «no sé»? ¿Crees que después de que Rosa Parks abofeteara a la América blanca, los paletos blancos iban a mover un dedo para conservar el autobús original? Eso sería como si los Celtics colgaran la camiseta de Magic Johnson de las vigas del Boston Garden. Ni de coña.

—En cualquier caso, ella opina que lo que hiciste con el autobús, lo de los letreros y esa mierda, es algo especial. Que hace reflexionar a los negratas. A su manera, está orgullosa de ti.

—¿De verdad?

Miré el autobús. Traté de verlo de otro modo. Como algo más que doce metros metálicos de trivial iconografía de los derechos civiles, capaz de gotear líquido de transmisión por toda la carretera. Traté de imaginarlo colgando del tejado del Smithsonian, con un guía turístico que apunta hacia arriba y afirma: «Este es el autobús desde el que Hominy Jenkins, el último miembro de la Pandilla, afirmó que los derechos de los afroamericanos no eran de orden divino ni constitucional, sino de orden inmaterial».

Stevie sostuvo la foto bajo la nariz, respiró hondo y preguntó:

—¿Cuándo estarán listas estas mandarinas?

Quise señalar las bolas de color naranja-verdoso y presumir de cómo me di cuenta de que, si cubría con láminas impermeables blancas el suelo alrededor del árbol, no solo sería capaz de evitar que la humedad se filtrase en el suelo, sino que su blancura reflejaría la luz del sol en el árbol y mejoraría el color de la fruta. Pero todo lo que logré responder fue:

—Pronto. Estarán maduras muy pronto.

Stevie olisqueó otra vez la foto y se la puso a King Cuz bajo las cavernosas fosas nasales.

—¿Hueles ese aroma cítrico, negrata? Así es como huele la libertad —me agarró por los hombros—. Oye, ¿qué es eso que he oído sobre restaurantes chinos de negros?

15

Fue el olor lo que los atrajo. A eso de las seis de la mañana, encontré al primer niño acurrucado en la entrada, respirando fatigosamente, con la nariz pegada al hueco de la puerta, como un perro salido. Parecía feliz. No me estaba cerrando el paso, así que lo dejé tranquilo y me fui a ordeñar las vacas. Desconozco el motivo, pero Los Ángeles está lleno de niños autistas y pensé que aquel era uno de los afligidos. Pero un rato después ya había otros. Y al mediodía, casi todos los niños de la manzana se habían colado en mi jardín. Pasaron el último día de vacaciones de verano jugando al Uno en la hierba y tratando de ver quién podía dar los golpecitos más suaves. Desprendían agujas de los cactus y se pinchaban en el trasero, les arrancaban los pétalos a mis rosas y garrapateaban sus nombres en la entrada con sal de roca. Incluso los hijos de los López, Lori, Dori, Jerry y Charlie, que vivían al lado y contaban con ocho mil metros cuadrados de patio trasero y una piscina de tamaño decente para jugar, rodearon a su hermano pequeño, Billy, riendo histéricamente mientras este se zampaba un sándwich de mantequilla de cacahuete. Entonces una niña pequeña a la que no reconocí se apoyó en el olmo y ahogó a una hilera de hormigas con su vómito.

—Vale, ¿qué cojones pasa?

—Es el Pestón —dijo Billy después de tragarse un bocado de sándwich de mantequilla de cacahuete llena de patitas de mosca (a juzgar por su lengua).

Yo no olía nada, así que Billy me arrastró a la calle. No era difícil entender por qué había vomitado la niña; el tufo era abrumador. El Pestón había entrado de noche y se había asentado en el barrio como una flatulencia celestial. Dios mío. Pero ¿por qué no me había dado cuenta antes? Me detuve en mitad de Bernard Avenue y vi que los niños me llamaban, agitando frenéticamente los brazos como soldados de la Primera Guerra Mundial que exhortan a un compañero herido a huir del gas mostaza y regresar a la relativa seguridad de las trincheras. Tan pronto como llegué a la acera lo comprendí: era la refrescante acritud de los cítricos. No es de extrañar que los niños se negaran a salir de mi propiedad, el árbol de unshu mikan perfumaba los terrenos como un ambientador de tres metros y medio de altura. Billy me tiró de la pernera del pantalón.

—¿Cuándo estarán listas esas mandarinas?

Quería decirle que al día siguiente, pero de pronto me vi obligado a apartar a la niña a un lado para poder vomitar en el olmo, asqueado no por el olor, sino porque Billy tenía dos ojos rojos de mosca pegados a los dientes.

A la mañana siguiente, el primer día de escuela, los hijos de los vecinos y sus padres se reunieron en la entrada. Los críos, limpios y resplandecientes, vestidos con ropa nueva de escuela, meneaban la valla, tratando de ver a los animales de la granja a través de los listones de madera. Los adultos, algunos todavía en pijama, bostezaban, consultaban el reloj y se ajustaban el cinturón del albornoz mientras les ponían en la mano a sus hijos el dinero para la leche: veinticinco centavos por medio litro de mi leche sin pasteurizar. Yo entendía a los padres, porque también estaba cansado después de pasar la noche en vela, lidiando con los persistentes efluvios del Pestón y el modo de montar una escuela imaginaria solo para blancos.

Es difícil determinar cuándo están maduros los unshu mikan. El color no es un indicador fiable. Tampoco lo es la textura de la piel. El olor sí lo es, pero la mejor manera de saberlo es probarlos, así de simple. Sin embargo, confío en el refractómetro más que en mis propias papilas gustativas.

—¿Cuál es la lectura, amo?

—Dieciséis punto ocho.

—¿Está bien?

Le lancé una mandarina. Cuando el unshu mikan está listo para comer, su piel es tan dúctil que se pela sola. Hominy se metió un gajo en esa bocaza suya y fingió que caía muerto, con un batacazo tan bien ejecutado que el gallo dejó de cantar por temor a que el anciano estuviera muerto.

—Mierda.

Los niños pensaron que se había hecho daño de verdad. Yo también, hasta que nos echó una sonrisa de «sí, señor jefe, ¡están de rechupete!» tan radiante y cálida como el sol naciente. Se puso de pie por partes, luego bailó un poco de claqué y después fue dando volteretas hasta la cerca, demostrando que seguía teniendo algo de as del vodevil y cómico negro.

—¡Veo blancos! —exclamó con falso horror.

—Déjalos entrar, Hominy.

Hominy entreabrió la puerta, como si estuviera mirando a través de una cortina en una función del Chitlin' Circuit.

—Un negrito está en la cocina mientras su madre fríe un poco de pollo. Toma el tarro de harina y se pone un poco en la cara. «Mírame, mamá —afirma—, ¡soy blanco!» «¿Qué has dicho?», le pregunta su madre, y el niño repite: «¡Mírame, soy blanco!». Su mamá le da una bofetada. «¡No digas eso nunca más!», le grita ella, y luego le ordena que vaya a contarle a su padre lo que le ha dicho. Llorando a moco tendido, el niño sube a ver a su padre. «¿Qué pasa, hijo?» «Ma-ma-ma-mamá me ha soltado un bofetón!» «¿Por qué, hijo?», le pregunta su padre. «Po-po-po-porque yo-yo le he dicho que era bla-bla-blanco.» «¿Qué?» ¡Zasca! Su padre le suelta un guantazo aún más fuerte que el de su madre. «¡Ahora vete a contarle a tu abuela lo que me has dicho! ¡Ella te enseñará!» Así que el chico está llorando, temblando y confundido. Se acerca a su abuela.

«¿Por qué lloras, precioso, qué te pasa?», le pregunta ella. Y el chico le dice: «Me han zurrado». «¿Por qué, nene, por qué te harían algo así?» Él le cuenta la historia y cuando llega al final, ¡patapún!, su abuela le arrea tan fuerte que casi lo tumba. «Nunca digas algo así —le advierte—. Dime, ¿cuál es la lección que has aprendido hoy?» El chico empieza a frotarse la mejilla y dice: «¡He aprendido que solo he sido blanco diez minutos y ya os odio, negratas!».

Los niños no sabían si estaba de broma o echando pestes, pero en cualquier caso se rieron, pues cada uno de ellos encontró algo gracioso en sus expresiones, en sus inflexiones de voz, en la disonancia cognitiva de oír la palabra «negrata» en boca de un hombre tan viejo como el propio insulto. La mayoría jamás lo había visto en pantalla. Solo sabían que era una estrella. Esa es la belleza de lo trovadoresco, su intemporalidad. La posteridad lenitiva de la lánguida comicidad negra de piernas y brazos, el ritmo de su juba, el calado sublime de su swing mientras dejaba entrar a los niños en la granja, volviendo a contar el chiste en español ante un público no cautivo, que corría a su alrededor con tazas y termos en las manos dispersando a los malditos pollos.

—Un negrito está en la cocina viendo a su mamá freír pollo. [...] ¡Aprendí que he sido blanco diez minutos y ya los odio a ustedes, mayates!*

Dicen que el desayuno es la comida más importante del día y para algunos de esos chicos bien podía ser la única, así que, además de leche, ofrecí a niños y a adultos una mandarina de unshu mikan recién cogida del árbol. El primer día de clase solía darles bastones de caramelo y paseos a caballo. Embutía a tres de ellos en una silla de montar y llevaba a aquellos mierdecillas al cole en poni. Ya no. No desde que hace dos años un

* En castellano en el original.

güey de Prescott Place llamado Cipriano *Candy* Martínez, de sexto curso, trató de soltarme un «¡el Llanero Solitario cabalga de nuevo, hi-yo, Silver!» y poner tierra de por medio para sacar su culo mitad salvadoreño y mitad negro de una casa en la que imperaba el maltrato doméstico. El caso es que tuve que rastrearle hasta Panorama City, siguiendo los montones humeantes de mierda de caballo.

Encontré a dos niños junto a los establos, los agarré por los codos y los levanté en el aire.

—¡Dejad a los putos caballos en paz!

—¿Y qué pasa con el mandarino, señor?

Incapaces de resistirse a la seducción del aroma del unshu mikan, incapaces de aguantar hasta el recreo o las telenovelas para tomar el almuerzo, mis clientes estaban acurrucados bajo el árbol, sorprendidos con las manos en la masa, apostados sobre un montón de mondas, con los labios empapados en fructosa.

—Coged todas las que queráis —los animé.

Mi padre solía decir: «Dale una pulgada al negrata y se tomará un codo.» Nunca supe a qué se refería exactamente con «codo», pero en este caso significaba arrebatarle toda la fruta a mi precioso árbol de unshu mikan. Hominy se acercó agarrándose la protuberante tripa con ambas manos, parecía embarazado de cinco meses tras ingerir unos veinte cítricos.

—¡Estos negratas glotones van a arramblar con todas tus mandarinas, amo!

—No pasa nada, solo necesito un par.

Y para demostrar que así era, una rechoncha y selecta mandarina de unshu mikan, haciendo todo lo posible por escapar del frenesí de la comida, rodó hasta mis pies.

Un animado Hominy, con el sol pegándole en la cara y el dulce sabor de los unshu mikan en su lengua rosada de comediante, ofició de flautista de Hamelín para conducir a los niños hasta su condena. Seguidos de sus cariñosos y sobreprotectores padres y de mí, la rata más grande de todas, ocupándome de la retaguardia. Kristina Davis, una niña alta, cuyos largos huesos y dientes blancos debían su crecimiento y fortaleza a los años de consumo de mi leche sin pasteurizar, se me acercó y me agarró la mano con fuerza.

—¿Dónde está tu madre? —le pregunté.

Kristina se llevó los dedos a los labios e inhaló.

En vecindarios como Dickens, antes de que padres preocupados, con auriculares de servicio secreto en sus canales auditivos, dirigieran todos sus movimientos, uno solía aprender más de camino a la escuela y a la vuelta que en la misma escuela. Mi padre era consciente de esto y, para fomentar mi educación extracurricular, de vez en cuando me soltaba en otro barrio y me hacía caminar hacia el centro de enseñanza local. Aunque sin mapa, sin brújula, sin fiambrera y sin diccionario de argot, aquello era toda una lección de orientación social. Por fortuna, es habitual que en el condado de Los Ángeles uno logre medir el nivel de amenaza de una comunidad por el color de las señales de tráfico. En Los Ángeles mismo, las señales son de un azul oscuro metalizado con las letras en relieve. Si un pájaro había construido su nido con agujas de pino dentro de la señal, aquello indicaba la existencia de árboles de hoja perenne y de un campo de golf cercano. Sobre todo niños blancos de escuela pública, cuyos padres vivían por encima de sus posibilidades en barrios de clase media-alta como Cheviot Hills, Silver Lake o Palisades. Unos agujeros de bala y un coche robado empotrado contra un poste delataban la presencia de chavales de mi mismo color de piel y pelo, una paga similar y el mismo tipo de ropa, en barrios como Watts, Boyle Heights y Highland Park. El azul cielo significaba ciudades dormitorio muy *cool*, como Santa Mónica, Rancho Palos Verdes y Manhattan Beach.

Allí los niños de papá van a la escuela por cualquier medio, ya sea en skate, en ala delta, con las mejillas manchadas del pintalabios de sus mamis, de profesión mujeres florero. Carson, Hawthorne, Culver City, South Gate y Torrance ostentan el tono verde cactus de la clase trabajadora; allí los pequeños chicos del barrio eran independientes, familiares y multilingües, y conocían al dedillo los signos de las bandas hispanas, negras y samoanas. En las calles de Hermosa Beach, La Mirada y Duarte, las señales son del tono marrón claro del whisky de malta de ínfima calidad. Deprimidos y soñolientos, los chicos y las chicas se arrastraban hasta la escuela caminando ante viviendas de estilo colonial. Y, como no podría ser de otro modo, si las señales eran blancas y brillantes, entonces es que estábamos en Beverly Hills. Calles empinadas y excesivamente anchas, llenas de pijos que no se sentían amenazados por mi aspecto; que suponían que si andaba por allí era porque pertenecía al barrio; que me preguntaban por la tensión del cordaje de mis raquetas de tenis; que me educaban sobre el blues, la historia del hip-hop, el movimiento rastafari, la iglesia copta, el jazz, el góspel y la infinidad de platos que pueden cocinarse con el boniato como ingrediente estrella.

Quería soltar a Kristina en plena naturaleza. Animarla a que buscase la ruta más sinuosa posible para ir a la escuela. Dejarla moverse sin supervisión bajo las señales negras como el carbón de Dickens, y que tomara un curso avanzado de seguir rastros de caracol. Montarle un seminario sobre cómo observar a tu amigo colarse en el Bob's Big Boy y robar las propinas del desayuno del mostrador. Formular un estudio independiente sobre la poética de los arcoíris creados por aspersores y el maullido de la prostituta con top púrpura de lentejuelas que acecha a los clientes potenciales en Long Beach Boulevard. Estaba a punto de liberar a Kristina, pero llegamos a la escuela justo cuando sonaba el timbre de las nueve.

—Date prisa, que vas a llegar tarde.

—Todo el mundo llega tarde —dijo, corriendo a reunirse con sus amigos.

Todos llegaban tarde. Los alumnos, el personal administrativo, el equipo docente, los padres, los tutores legales... Todos se congregaron frente a la Escuela Chaff, haciendo caso omiso del timbre y tomando la medida a sus recién estrenados rivales del otro lado de la calle.

La Academia Wheaton, Escuela de Artes, Ciencias, Humanidades, Negocios, Moda y Todo lo Demás, era un elegante y moderno edificio de placas de cristal más parecido a una estrella de la muerte que a un centro de enseñanza. Su alumnado era blanco y fuera de lo común. Nada de esto era real, por supuesto, ya que la Academia Wheaton era solo un proyecto de pega. Un solar vacío, rodeado por una valla de madera contrachapada pintada de azul, con pequeños recortes rectangulares a través de los cuales los transeúntes entreveían un edificio que nunca llegaría a construirse. En realidad, la imagen del futuro edificio correspondía a una versión a la acuarela de 180 x 180 del Centro de Ciencias Marinas de la Universidad de Maine Oriental que me había descargado de Internet y había ampliado, impreso y montado sobre plástico, para luego pegarla a una verja con cadena y candado. Los alumnos eran bailarines de ballet, saltadores de trampolín, violinistas, genios de la esgrima, jugadores de voleibol y alfareros, y yo había robado sus fotos en blanco y negro de las páginas web de la Intersection Academy y de Haverford-Meadowbrook, para luego ampliarlas y pegarlas a la valla. Si alguien hubiera prestado un poco de atención se habría dado cuenta de que en realidad la Academia Wheaton debería tener diez veces el tamaño del solar donde se suponía que iba a construirse. Pero, de creer en las letras rojas escritas con plantilla debajo del dibujo, entonces todo apuntaba a que la Wheaton iba a abrir sus puertas «¡Muy pronto!».

No lo bastante pronto para Dickens, por supuesto, cuyos padres, preocupados y suspicaces, estaban ansiosos por que sus hijos se unieran a las filas de aquellos gigantes chicos angloamericanos, cuyas relucientes ortodoncias de metal iluminaban no solo sus sonrisas de un blanco imposible, sino también sus futuros. Una madre demasiado entusiasta, señalando la imagen de un aplicado niño y un profesor atento que examinaban juntos los resultados de un espectrógrafo que apuntaba a las estrellas, le hizo a Charisma la pregunta que todos tenían en mente:

—Subdirectora Molina, ¿qué tienen que hacer mis hijos para ir a esa escuela? ¿Pasar una prueba?

—Algo así.

—¿Qué significa eso?

—Dime, ¿qué tienen en común los estudiantes de la foto?

—Son blancos.

—Bueno, pues ahí tienes tu respuesta. Si vuestros hijos pueden pasar esa prueba, están dentro. Pero yo no te he dicho nada. Vale, se acabó el espectáculo. Quien esté listo para aprender, que entre, porque voy a cerrar las puertas a mi paso. *Come on*, compadres.

La muchedumbre ya se había disipado cuando, en mitad de una nube nociva de humos del tubo de escape, el bus de las 9.49 en dirección oeste llegó puntual al cruce de Rosecrans con Long Beach. Yo estaba al lado de Hominy, sentado en la parada, fumándome un canuto y acunando mis dos últimas mandarinas de unshu mikan. Marpessa abrió las puertas del autobús con una mirada siniestra, como si llevara el desprecio y el asco cosidos al rostro como una máscara de negra cabreada en Halloween. Una mirada con la que podía asustar a sus compañeros de trabajo y a los negratas de la esquina, pero no a mí. Le arrojé las mandarinas y se marchó sin darme las gracias siquiera.

Después de avanzar casi doscientos metros, el número 125,

con los frenos invariablemente tan desgastados como los zapatos de un vagabundo, emitió un chirrido capaz de romperte los tímpanos, se detuvo y dio un brusco giro a la derecha. Las únicas broncas de verdad que habíamos tenido Marpessa y yo fueron siempre acerca de si torcer tres veces a la derecha equivalía a torcer una a la izquierda. Ella insistía en que sí. Yo creía que después de tres giros inútiles a la derecha uno bien podría estar yendo hacia la izquierda, sí, pero el caso es que también habría retrocedido y estaría a una manzana del punto de partida. Para cuando el autobús volvió a mi encuentro, después de haber demostrado, si cabe, que un par de giros ilegales de ciento ochenta grados te devuelven a donde empezaste, el bus de las 9.49 era ya el de las 9.57.

Las puertas se abrieron. Marpessa seguía al volante, aunque tenía la cara manchada de jugo de unshu mikan y mostraba una sonrisa irreprimible. Siempre me ha gustado el sonido de los cinturones de seguridad al desabrocharse. Me deleita oír ese chasquido emancipador, el zumbido del cinturón que retrocede hasta vete a saber dónde. Marpessa se sacudió las mondas del regazo y bajó del autobús.

—Vale, Bombón, tú ganas —dijo al tiempo que me quitaba el porro de la boca y dirigía su trasero perfectamente regordete de vuelta al autobús, donde pidió disculpas por el retraso, pero no por el olor, volvió a atarse el cinturón y arrancó mientras expulsaba el humo por la ventanilla del conductor y arrojaba la ceniza a la calle con sus uñas pintadas de rosa.

Ella no era consciente de que estaba fumando Aphasia. De modo que yo sabía que entre nosotros lo pasado, pasado estaba. O, como decimos en Dickens, «A veces es así... *Is exsisto amo ut interdum*».

16

Aquel mismo día, como todo buen pirómano social digno de su acelerador químico, volví a la escena del crimen. El único investigador de incendios provocados que visitó el lugar del crimen fue Foy Cheshire. Era la primera vez en veintitantos años que le veía aventurarse fuera del Dum Dum Donuts y pisar tierra firme en Dickens. Y allí estaba Foy, de pie, frente a las tablillas azules de lo que habría de ser la nueva Academia Wheaton, con el Mercedes mal aparcado, subido en la acera, tomando fotografías con una cámara cara. A lomos de mi caballo, desde el otro lado de la calle, lo vi tomar una foto y luego anotar algo en su cuaderno. Por encima de mí, en la segunda planta de la Escuela Chaff, una alumna abría una ventana, apartaba la vista del microscopio de la escuela, tan viejo que el mismísimo Leeuwenhoek lo habría considerado anticuado, y sacaba la cabeza por la ventana para mirar atontada a un niño prodigio de la Academia Wheaton que usaba un microscopio electrónico tan avanzado que daría envidia hasta al mismísimo Instituto de Tecnología de California.

Foy advirtió mi presencia en la otra acera. Hizo bocina con las manos y gritó, pero en Rosecrans Avenue había tanto tráfico que era como si me obligara a jugar al escondite con su imagen y sus palabras.

—¿Ves esta mierda, Vendido? ¿Sabes quién lo ha hecho?

—¡Sí, lo sé!

—Claro que lo sabes, cojones. Solo las fuerzas del mal plantarían una escuela completamente blanca en medio del gueto.

—¿Como quiénes?, ¿los norcoreanos o alguien así?

—¿Qué les importa Foy Cheshire a los norcoreanos? Sin duda

es una conspiración de la CIA, o tal vez incluso algo más grande, ¡como un documental secreto de la HBO sobre mí! ¡Se está montando una mierda de cojones! Si hubieras venido a una reunión en los últimos dos meses... ¿Sabías que un estúpido racista puso un letrero en un autobús público?

Antes, cuando algún cabrón iba a freírte a tiros desde un coche en marcha, el que un automóvil disminuyera la velocidad de pronto y sin motivo aparente era en sí una advertencia. El eructo gutural de un motor V-6 perdiendo revoluciones al reducir a primera era el equivalente urbano del descuido del cazador que pisa una ramita al intentar sorprender a su presa. Pero ya no se oye una mierda con esos nuevos híbridos, tan silenciosos y eficientes en lo energético. No te das cuenta de qué coño ha pasado hasta que una bala se ha estrellado contra el panel trasero de tu Mercedes plata iridio y, tras gritarte «¡devuelve tu negro culo a la América blanca, negrata!», tus agresores han puesto tierra de por medio sacando un extraordinario rendimiento de su eficiente motor. Creí reconocer la risa proveniente del delgado brazo negro que sostenía un revólver que también me resultó familiar, pues se parecía mucho al arma que dos semanas antes me había puesto en la cabeza el hermano de Marpessa, Stevie. Y ese subrepticio gansterismo de oficiar una balacera sobre ruedas con un coche eléctrico tenía toda la pinta de haber sido idea del mariscal de campo King Cuz. Al cruzar la calle para ver si Foy había salido ileso, reconocí el aroma de la mandarina que uno de los asaltantes le había arrojado a la cabeza; estaba claro que se trataba de una de mis unshu mikan.

—Foy, ¿estás bien?

—¡No me toques! ¡Esto es la guerra, y sé de qué lado estás!

Retrocedí, mientras Foy se sacudía el polvo, murmurando algo sobre conspiraciones y marchando desafiante hacia su coche, como si estuviera escapando del sitio de Filipinas. La puerta de ala de gaviota de su deportivo clásico se abrió. Antes de montar, Foy se detuvo para ponerse las gafas de sol de aviador y, con su mejor pose de general BlackArthur, anunció:

—Volveré, hijo de puta. ¡Más vale que me creas!

A nuestra espalda, la estudiante del segundo piso cerraba la ventana y volvía a su microscopio, parpadeando rápidamente mientras reajustaba el enfoque, movía el portaobjetos y registraba los hallazgos en su cuaderno. A diferencia de Foy y de mí, ella estaba resignada a su situación, porque sabía que en Dickens a veces suceden esas cosas, incluso cuando no tendría por qué.

MANZANAS Y NARANJAS

17

Soy frígido. No en el sentido de carecer de deseo sexual, sino de esa odiosa forma en que, en la década de los setenta y el amor libre, los hombres proyectaban su propia incapacidad sexual sobre las mujeres, refiriéndose a ellas como «frígidas» o «peces muertos». Soy el pez más muerto que hay. Follo como un pescado refrito. Un plato de sashimi de ayer tiene más «movimiento oceánico» que yo. Así que el día del tiroteo y del ataque con mandarina desde un coche en marcha, cuando Marpessa me metió en la boca una lengua sospechosamente acidulada con sabor a unshu mikan y frotó su culito contra mi pelvis, me limité a yacer en mi cama, inmóvil. Las manos me cubrían el rostro por la vergüenza, porque echarme un polvo es como tirarse al maldito sarcófago de Tutankamón. No sé si mi ineptitud sexual era un problema, pero lo cierto es que ella nunca dijo nada. Simplemente me frotó las orejas y manoseó mi cadáver de ballena varada como un luchador en busca de revancha en un combate de sábado por la noche, un combate que yo no quería que acabara.

—¿Significa esto que volvemos a estar juntos?

—Significa que me lo estoy pensando.

—¿Y puedes pensarlo un poco más rápido, y tal vez un poco más a la derecha? Sí, justo así.

Marpessa es la única persona que me ha diagnosticado. Ni siquiera mi padre me entendía. Si cometía un error, como, digamos, confundir a Mary McLeod Bethune con Gwendolyn Brooks, me decía: «¡Negrata, no tengo ni puta idea de qué cojones te pasa!». Y me arrojaba a la cabeza las 943 páginas del *BDSM-IV (Manual Diagnóstico y Estadístico de los Trastornos Mentales Negros*, cuarta edición).

Marpessa, en cambio, supo ver qué me sucedía. Yo tenía dieciocho años. Sucedió dos semanas después de que terminara mi primer semestre en la universidad. Estábamos en la casa de invitados. Ella hojeaba un ensangrentado *BDSM-IV*. Yo había adoptado mi habitual postura poscoital, encogido como un armadillo adolescente asustado, llorando a moco tendido sin motivo aparente.

—Mira, por fin he descubierto lo que te pasa —dijo acurrucándose junto a mí—. Esto es lo que tienes: trastorno reactivo del apego.

¿Por qué la gente tiene que darle golpecitos a una página cuando sabe que tiene razón? Basta con leerlo en voz alta. Tampoco hace falta ir restregándolo con los golpecitos del dedo.

Trastorno reactivo del apego: Trato social notablemente perturbado e inapropiado que se manifiesta en la inmensa mayoría de los contextos, escenas y sucesos. Aparece antes de los cinco años y se prolonga hasta la edad adulta evidenciándose en 1 y/o 2:

1. Ineptitud persistente a la hora de iniciar o responder, de una manera apropiada al desarrollo, a la mayoría de las interacciones sociales (léase, el niño o adulto responde a los cuidadores y amantes negros con una mezcla de aproximación, renuencia y resistencia al consuelo; puede exhibir vigilancia congelada). En lengua vulgar: El negro se estremece o pega un brinco cada vez que le tocan. Muestra sucesivos cambios de humor y no tiene amigos de verdad. Y cuando no te está mirando como si fueras una inmigrante ilegal, se pone a llorar a moco tendido.

2. Apegos difusos que se manifiestan en una sociabilidad indiscriminada con una marcada incapacidad para exhibir un apego selectivo apropiado por gente y cosas negras (léase, familiaridad excesiva con parientes extraños o falta de selectividad en la elección de figuras de apego). En lengua vulgar: Ese negrata anda tirándose a zorras blancas en la Universidad de Riverside.

Fue un milagro que durásemos tanto. Me quedé una eternidad mirando su silueta borrosa, antes de que ella asomara la cabeza por una cortina de ducha con patrón de tablero de ajedrez. Había olvidado lo morena que era. Estaba preciosa, con sus fibrosos cabellos pegados a un lado de la cara. A veces los besos más dulces son los más cortos. Podríamos hablar de pubis afeitados más tarde.

—Bombón, ¿cuál es el plazo?

—Para nosotros, de aquí en adelante. Para lo de la segregación, estoy pensando que quiero darlo por terminado para el Día del Barrio. O sea que aún tengo seis meses.

Marpessa me atrajo a su lado y me pasó un tubo de exfoliante de albaricoque que no había sido abierto desde la última vez que ella se duchó en mi casa. Le froté la espalda y, entre los remolinos granulados que supuestamente suavizan la piel, garabateé un mensaje. Ella siempre podía leer mis palabras.

—Porque entre ese negrata de Foy y el resto del mundo, tarde o temprano esta mierda te va a estallar en la cara. Olvídate de la segregación racial, sabes que ninguno de esos hijos de puta ha dado nunca una mierda por Dickens, ni siquiera cuando existía.

—Hoy ibas en ese coche, ¿no?

—Mierda, cuando Cuz y mi hermano me han recogido en el trabajo y volvíamos, en cuanto hemos cruzado esa línea blanca que pintaste ha sido como si, bueno, ya sabes, ha sido como cuando entras en una casa y la juerga está en pleno apogeo y sientes que todo el musicón te retumba en el pecho y te dices que si fueras a morir en ese mismo instante no te importaría una puta mierda. Ha sido muy muy fuerte. Hemos cruzado el umbral.

—Y tú le has tirado la puta naranja. Lo sabía.

—Le ha dado a ese puto pendejo en toda la cara.

Marpessa me apretó la entrepierna con la raja de su torneado culo. Debía volver con los niños, no teníamos mucho tiempo, y, conociéndome, tampoco nos iba a hacer falta. A pesar de aquel desquite inicial para aliviar la picazón de los diecisiete años, Marpessa insistió en que nos lo tomáramos con calma. Dado que ella trabajaba los fines de semana y hacía un montón de horas extras, nos veíamos los lunes y los martes. Nuestras salidas nocturnas conllevaban viajes al centro comercial, a lecturas poéticas en cafés y noches de micro abierto en el Club de la Comedia de la Plétora, algo que no era de mi gusto. Marpessa odiaba mi broma segregacionista con lo del Wheaton-Chaff e insistía en que debía mejorar mi sentido del humor aprendiendo a contar chistes. Y cuando me quejaba, decía: «Mira, no es que seas el único negro del mundo que no sabe follar, pero me niego a salir con el único sin absolutamente ningún sentido del humor».

Desde los clubes de música hasta las cárceles, pasando por el hecho de que solo se ven furgonetas de tacos coreanos en los barrios blancos, lo cierto es que Los Ángeles es una ciudad abrumadoramente segregada por razas. Pero el epicentro del *apartheid* social está en el mundillo de los cómicos. La contribución de la ciudad de Dickens a la larga tradición de graciosos negros es una noche de micrófono abierto, patrocinada por los intelectuales del Dum Dum Donuts, que el segundo martes de cada mes transforma la cafetería en un club de veinte mesas denominado Foro de Piezas Cómicas para la Libertad del Gracejo y los Manierismos Afroamericanos que Muestran a una Plétora de Humoristas Afroamericanos para Quienes... La cosa sigue, pero nunca he conseguido terminar de leer la marquesina provisional que cuelgan encima del cartel del donut gigante que se cierne sobre el aparcamiento. De modo que, para abreviar, yo lo llamo la Plétora, porque a pesar de que Marpessa insistía en que yo carecía de sentido del humor, había una plétora de negros que, como todos los comentaristas deportivos negros que pretenden demostrar cierta agudeza, usan y abusan de la palabra «plétora» cada vez que se les presenta la oportunidad.

Como en:

PREGUNTA: ¿Cuántos blancos se necesitan para enroscar una bombilla?

RESPUESTA: ¡Una plétora! ¡Porque se la robaron a un negro! A Lewis Latimer, ¡el negro que inventó la bombilla y toda una plétora de mierdas alucinantes!

Lo crean o no, chistes así recibirían un montón de aplausos. Cada negro, sin importar su tonalidad o tendencia política, piensa que puede hacer mejor que nadie una de estas tres cosas: jugar al baloncesto, rapear o contar chistes.

Y si Marpessa no me considera gracioso es porque nunca escuchó a mi padre. En pleno apogeo de los clubes negros de la comedia, él también me arrastraba al micrófono abierto los martes por la noche. En la historia de los afroamericanos solo ha habido dos negros absolutamente incapaces de contar chistes: Martin Luther King, Jr., y mi padre. Porque incluso en la Plétora los «cómicos» tenían gracia sin pretenderlo: «Me he presentado a una audición para un papel en la nueva película de Tom Cruise. Tom Cruise hace de juez retrasado...». El problema con las noches de micro abierto de la Plétora era que no había límite de tiempo, porque el «tiempo» es un concepto blanco, lo que venía a cuento, porque el problema con mi padre contando chistes era que no sabía elegir el momento. Al menos el doctor King fue lo bastante sensato para no intentar contar chistes. Papá contaba sus chistes igual que pedía pizzas y escribía poesía o una tesis doctoral, siempre siguiendo el formato de la Asociación Americana de Psicología. Y así, siguiendo las directrices de la Asociación Americana de Psicología, se subía al escenario y empezaba con el equivalente oral de una portada de libro; es decir, con su nombre y el título del chiste. Porque, sí, sus chistes tenían título. «Este chiste se llama "Diferencias raciales y religiosas entre la clientela de un local de bebidas".» Acto seguido, ofrecía la sinopsis del chiste. Así que, en lugar de limitarse a decir: «Un rabino, un sacerdote y un negro entran en un bar», decía: «Los sujetos de este chiste son tres varones, dos de los cuales son clérigos, uno de la fe judía, siendo el otro un ministro católico ordenado. La religión del encuestado afroamericano es indeterminada, al igual que su nivel educativo. El escenario del chiste es un establecimiento con licencia para vender bebidas alcohólicas. No, lo siento. Es un avión. Vaya, ya he vuelto a equivocarme. Van a saltar en paracaídas». Al final se aclaraba la garganta, se acercaba demasiado al micrófono y brindaba lo que gustaba llamar «el meollo» del chiste.

La comedia es la guerra. Cuando funciona la actuación de un comediante, este ha matado; cuando sus chistes caen en saco roto, suele decirse que ha muerto. Pero mi padre no murió encima de un escenario. Se convirtió en un mártir por otro negro, un tipo completamente desconocido y del todo aburrido que, como la supuesta vida extraterrestre, está ahí fuera. He visto inmolaciones más divertidas que la actuación de mi padre, pero jamás sonó ningún gong ni apareció un bastón extralargo que lo atrapara por el tobillo para sacarlo del escenario. Él se limitaba a hacer caso omiso de los abucheos y procedía a acabar el chiste. Sus gracias solo suscitaban unas cuantas toses y carraspeos. Un coro de críticas en voz alta y una plétora de bostezos del todo significativos. Y entonces él nos proporcionaba la bibliografía del chiste:

Jolson, Al (1918): «Sambo y Mammy a punto de despegar por la pista 5», *Ziegfeld Follies*.

Williams, Bert (1917): «Si los negratas pudieran volar», The Circuitous Chitterling Tour.

Trovador desconocido (hacia 1899): «Esos malditos paletos del vodevil melostán birlando to», Salón de Semimasonería, Cleveland, Ohio.

«Y no os olvidéis de darle propina a la camarera», concluía.

Marpessa, a pesar de estar agotada tras un largo día transportando a las masas, siempre se aseguraba de que llegáramos temprano e involuntariamente escribía mi nombre en lo más alto de la hoja de inscripción. No puedo decir cuánto temía oír al presentador diciendo: «Y ahora, démosle un gran aplauso a Bombón». Me subía a aquel escenario sintiéndome como si estuviera viviendo una experiencia extracorpórea. Miraba al público y me veía a mí mismo en primera fila, preparando tomates podridos, huevos y lechugas estropeadas para lanzárselas a ese puto graciosillo que solo acertaba a contar cada chiste arcaico que recordaba haberle oído a Richard Pryor en la colección de discos de su padre. Aun así, todos los martes por la noche Marpessa me obligaba a subir al escenario, asegurándome que no habría sexo hasta que la hiciera reír. Por lo general, después de mi actuación volvía a la mesa para encontrármela dormida, y era incapaz de distinguir si estaba muerta de cansancio o de aburrimiento.

Una noche finalmente conseguí contar un chiste original que, en homenaje a mi padre, tenía título, y además bastante largo:

POR QUÉ EL HUMOR A LO ABBOTT Y COSTELLO
NO FUNCIONA EN LA COMUNIDAD NEGRA

—¿Quién está en primera base?
—No lo sé, tu puta madre.

El VENDIDO

Marpessa se descojonó tanto que se escurrió por el pequeño hueco entre las sillas plegables que hacía las veces de pasillo. Supe que la sequía sexual concluiría aquella misma noche.

Dicen que uno nunca debe reírse con sus propios chistes, pero todos los buenos cómicos lo hacen, y, tan pronto como se cerró el micrófono abierto, salí del club a todo correr y me monté en el 125, que estaba aparcado fuera porque, temerosa de perder de vista aquel monumento rodante, Marpessa había pasado a usarlo como vehículo familiar. Antes de que pudiera siquiera pensar en soltar el freno de mano, yo ya me había quedado en pelotas en el asiento trasero, listo para un polvo rápido tras los cristales tintados. Marpessa buscó bajo el asiento del conductor, sacó una gran caja de cartón, la arrastró por el pasillo y me volcó su contenido en el regazo, enterrando mi punzante erección bajo cinco centímetros de calificaciones, páginas impresas e informes de progreso.

—¿Qué coño es todo esto? —pregunté revolviendo entre los papeles para que mi polla pudiera tomar aire.

—Estoy actuando como intermediaria de Charisma. Todavía es pronto para saberlo. Solo han pasado seis semanas, pero cree que la educación segregada está empezando a dar frutos. Los chicos están sacando mejores notas y han descendido los problemas de comportamiento, pero quiere que le confirmes esos resultados con un análisis estadístico.

—¡Joder, Marpessa! Nos va a llevar el mismo tiempo volver a poner toda esta mierda en la caja que hacer los números.

Marpessa me agarró la base del pene y apretó.

—Bombón, ¿te avergüenzas de que sea conductora de autobús?

—¿Qué? ¿A qué viene eso?

—A nada.

Ninguna caricia amateur mía en sus orejas iba a lograr borrarle esa mirada melancólica ni empitonarle los pezones.

Cansada de mi torpeza con los preliminares, pasó un boletín de calificaciones por el agujero de mi pene y comenzó a girar el glande para que pudiera leerlo como si fuera el menú del Early Bird. Un estudiante de sexto curso llamado Michael Gallegos cursaba unas asignaturas que yo no entendía y sacaba unas notas que yo no era capaz de descifrar. Pero, a juzgar por los comentarios de su maestra, mostraba una evidente mejoría en algo denominado sentido numérico y cálculo.

—¿Qué clase de nota es PR?

—PR significa que muestra aptitudes, que progresa.

Solo entonces empezaba yo a encontrarle sentido a mi plan, pero lo cierto es que Charisma había intuido toda la sutileza psicológica mucho antes. Ella comprendía el anhelo de la persona de color por contar con una presencia blanca dominante, representada en este caso por la Academia Wheaton. Porque ella sabía que, incluso en estos tiempos de igualdad racial, cuando alguien, alguien que es más blanco, más rico, más negro, más chino, mejor o más cualquier otra cosa que nosotros, cuando ese alguien nos da en toda la cara con su igualdad, entonces nos azuza, nos despierta el afán por impresionar, por comportarnos como es debido, por llevar la camisa por dentro, por hacer los deberes, por llegar a la hora, por tirar nuestros tiros libres, por enseñar y por demostrar nuestra valía con la esperanza de que no nos despidan, arresten, aprehendan ni peguen un tiro. En definitiva, la Academia Wheaton está diciéndoles a sus estudiantes lo que Booker T. Washington, el gran educador y fundador del Instituto Tuskegee, les dijo en una ocasión a sus congéneres analfabetos: «Echad el balde en el sitio donde estáis». Y si bien nunca entenderé por qué tenía que ser un balde ni por qué a Booker T., sin apenas visión de futuro, no se le ocurrió recomendarnos arrojar nuestros libros, reglas u ordenadores portátiles, lo cierto es que simpatizo con su mensaje y con la necesidad de Charisma de contar con un panóptico caucásico disponible. Créanme, no es ninguna coincidencia que Jesucristo, los comisionados de la NBA y la NFL y la voz de tu GPS (incluso en japonés) sean blancos. No hay mayor anafrodisíaco que el racismo y un boletín de notas clavado en tu uretra, así que cuando una Marpessa semidesnuda trepó encima de mí, mi pene y ella posaron sus cabezas soñolientas cerca de mi ombligo, con Marpessa aún aferrada a mi falo, habiéndose ido a dondequiera que sea que los conductores de autobús se van a soñar. A una escuela de vuelo, probablemente, porque en sus sueños los autobuses vuelan. Llegan puntuales, nunca sufren averías. Sus puentes son arcoíris, y sus cocheras, nubes; y en los flancos llevan a tipos en sillas de ruedas que los guían y protegen como cazas pegados a un bombardero. Y al alcanzar la altitud de crucero avisan a las bandadas de gaviotas y de negros que emigran para siempre hacia el sur con un claxon que no emite bocinazos, sino que suena a Roxy Music, a Bon Iver, a Sunny Levine y a «These Days», de Nico. Los pasajeros ganan un salario digno. Y Booker T. Washington es un viajero regular que, cuando monta en el autobús, le dice: «Cuando veas a Bombón, el Vendido Cósmico y tu único amor verdadero, echa las bragas en el sitio donde estés».

18

Era noviembre, unas seis semanas después del tiroteo. Ya había hecho progresos con Marpessa, pero, si bien mantenía relaciones sexuales semirregulares, seguía sin avanzar hacia los dos objetivos más urgentes de mi vida: segregar Dickens y cultivar patatas con éxito en el sur de California. Sabía por qué no conseguía que las patatas crecieran, porque el clima es demasiado cálido. Pero sufría un repentino bloqueo de racismo a la hora de idear un modo de separar a la gente por razas, y además quedaban pocos meses para el Día del Barrio. Tal vez yo era como muchos otros artistas contemporáneos y solo tenía dentro de mí un buen libro, un único álbum decente o un solo acto despreciable de odio hacia mí mismo a gran escala.

Hominy y yo estábamos apostados en el surco que había cavado para los tubérculos. Yo, a cuatro patas, revisaba la mezcla de abono y la densidad del suelo y hundía patatas de siembra en la tierra mientras él proponía montones de ideas para practicar la discriminación en Dickens y echaba a perder la única tarea que le había encomendado: colocar sobre el surco la manguera, con los agujeros que yo había perforado en la goma boca arriba.

—Amo, ¿qué pasa si les ponemos un distintivo a todos los que no nos gusten y los internamos en campamentos?

—Eso está muy visto.

—De acuerdo, ¿y qué tal esto? Dividimos a la gente en tres grupos: negros, morenos y divinos. Entonces instauramos el toque de queda y un sistema de permisos...

—Agua pasada, *kaffir boy*.

—Pero en Dickens funcionaría, porque somos todos mexicanos, samoanos o negros, y por tanto somos morenos en un grado u otro. —Dejó caer la manguera del lado equivocado y rebuscó en su bolsillo—. Y en lo más bajo pondríamos a los intocables. A personas que son completamente inútiles. A los fans de los Clippers, a los guardias de tráfico y a todos los que trabajan manipulando desechos humanos y animales, como tú.

—Vale, pues si yo soy un intocable y tú eres mi esclavo, ¿en qué te convierte eso a ti?

—En un artista e intérprete con talento. Yo soy un brahmán. Después de morir me espera el nirvana. Y tú vuelves exactamente a donde estás ahora, a revolcarte en mierda de vaca.

Le agradecí la ayuda, pero mientras Hominy parloteaba sobre los varnas y bosquejaba las nociones necesarias para aplicar a Dickens el sistema de castas de la India, comencé a entender el porqué de mi bloqueo mental. El caso es que me sentía culpable. Me sentía como el *Arschloch* de la Conferencia de Wannsee, el parlamentario afrikáner en el Johannesburgo de 1948, el aspirante a hipster en el comité de los Grammy que, con la pretensión de lograr unos premios más inclusivos, intenta instaurar categorías sin sentido, como «Mejor actuación de R&B en dúo o grupo», o «Mejor instrumental de rock de un solista que sabe programar aunque no tenga ni idea de tocar ningún instrumento». Yo era el tonto que, cuando se aludía a temas como la distribución de vagones de ferrocarril, el bantustán o la música alternativa, era demasiado cobarde para levantarse y decir: «¿Es que nadie se da cuenta del ridículo que estamos haciendo ahora mismo, hijos de puta?».

Con las patatas plantadas, el compost esparcido y la manguera al fin colocada correctamente en el surco, era hora de probar mi improvisado sistema de riego. Abrí el grifo y vi como se hinchaban treinta metros de manguera de jardín verde sin perforar mientras el agua se abría paso a través de las alubias, más allá de las cebollas españolas y alrededor de las coles, hasta que seis chorros de agua se alzaron para caer no sobre las patatas, sino cerca de la valla trasera, convirtiendo una pequeña parcela de tierra estéril en una minillanura aluvial. Tal vez los agujeros fueran demasiado pequeños o el agua tuviera demasiada presión; en cualquier caso, este año no íbamos a tener patatas. El pronóstico de la semana siguiente nos auguraba 26 °C. Demasiado calor para conseguir que prendiera ningún tubérculo.

—Amo, ¿no vas a cerrar el grifo? Estás malgastando agua.

—Lo sé.

—Bueno, entonces la próxima vez quizá puedas plantarlas en la tierra donde cae el agua, ¿no?

—No puedo. Ahí es donde está enterrado mi padre.

Esos hijos de puta no se creen que lo enterré en el patio trasero. Pero lo hice. Pedí a mi abogado, Hampton Fiske, que atrasara la fecha con el papeleo y lo enterré en el rincón donde solíamos tener aquel charco de agua estancada. En esa parcela de tierra no crece nada. Ni antes de que él muriera ni después. No hay lápida. Antes de plantar el árbol de unshu mikan de Marpessa traté de plantar allí un manzano como cenotafio. A papá le gustaban las manzanas. Siempre estaba comiéndolas. Los que no lo conocían pensaban que era un hombre sanísimo, porque rara vez lo veían en público sin una macintosh y una lata de V-8. A papá le encantaban variedades como las braeburn y las gala, pero sus favoritas eran las honeycrisp. Si le ofrecías una arenosa red delicious te miraba como si te estuvieras cagando en su madre. Lamento no haber rebuscado en el bolsillo de su chaqueta cuando murió. Estoy seguro de que llevaba una manzana, porque siempre llevaba una para comérsela en cuanto ponían fin a las reuniones. Es más, juraría que se trataba de una golden russet, una variedad que se conserva bien durante el invierno. Sin embargo, nosotros nunca cultivamos manzanos. Por mucho que se quejara de los presuntuosos blancos del Westside, creo que en realidad le encantaba tener que conducir hasta Gelson's cuando tenían opalescent a nueve dólares el kilo o al mercado de los agricultores, si allí vendían las enterprise. Conduje hasta Santa Paula en busca de un árbol que plantar. Quería algo especial. La Universidad de Cornell lleva cultivando las mejores manzanas del mundo desde finales de la década de 1890. Antes no se lo tomaban tan a pecho; aunque fuera solo para difundir el Evangelio, si lo pedías con educación y corrías con los gastos de envío y manipulación, te enviaban una caja de jonagold recién cogidas del árbol. Pero en los últimos años, por alguna razón, Cornell solo ha autorizado el cultivo de nuevas variedades a algunos agricultores locales, y a menos que poseas una granja en el estado de Nueva York, estás jodido y tendrás que conformarte con comprar florina y de importación. Hoy en día, los huertos universitarios de Ginebra, un pueblo al norte en pleno estado de Nueva York, son al mercado negro de manzanas lo que Medellín, Colombia, es a la cocaína. Mi contacto era Óscar Zócalo, un compañero de laboratorio en Riverside que estaba haciendo un posgrado en Cornell. Nos vimos en el aparcamiento del aeropuerto durante un espectáculo aéreo. El cielo lleno de niñatos pilotando biplanos, sacándoles chispas a sus Sopwith Camels y a esos cazas Curtis. Óscar insistió en que hiciéramos el «trato» de ventanilla a ventanilla, al estilo de las películas de mafiosos. La muestra era tan deliciosa que rebañé el jugo que me resbalaba por la barbilla con los dedos y me lo froté en las encías. La cosa no carece de ironía, porque la puta verdad es que las mejores manzanas saben en realidad a melocotón. Volví a casa con un árbol de velvet scrumptious listo para plantar, lo mejor de lo mejor en variedades de manzana, con un rendimiento increíble, una mordida perfecta y lleno de vitamina C. Lo planté a casi un metro de distancia de donde enterré a papá. Pensé que sería bueno que tuviera algo de sombra.

Al cabo de dos días estaba marchito. Y las manzanas sabían a cigarrillos mentolados, hígado con cebolla y puto ron barato. Estaba de pie ante la tumba de mi padre, con los pies en el barro, bajo el rocío de la manguera destinada a las patatas. Desde allí veía toda la granja, de parte a parte. Hileras e hileras de árboles frutales. Separadas por color. De claro a oscuro. Limones. Albaricoques. Granadas. Ciruelas. Unshu mikan. Higos. Piñas. Aguacates. Los campos, con rotación de cultivos: de maíz a trigo y tal vez luego arroz japonés, si me veo con ganas de pagar la factura del agua. El invernadero queda en el centro de todo. Amparado por hileras de hojas de repollo, lechugas, legumbres y pepinos. A lo largo de la valla sur, las uvas en sus vides; los tomates al norte y, más allá, el manto blanco del algodón. Algodón que no he tocado desde que murió mi padre. ¿Qué fue lo que me dijo Hominy cuando empecé a hablar de Dickens? «¿Conoces el dicho "los árboles no te dejan ver el bosque"? Vale, pues a ti los negratas no te dejan ver la plantación.» ¿A quién quería engañar? Soy agricultor, y los agricultores somos segregacionistas por naturaleza. Separamos el grano de la paja. No soy Rudolf Hess, P. W. Botha, Capitol Records o los actuales Estados Unidos de América: esos cabronazos segregan porque quieren conservar el poder. Soy agricultor: nosotros segregamos para brindar a cada árbol, a cada planta, a cada pobre mexicano y a cada pobre negrata una idéntica oportunidad de acceso a la luz del sol y al agua; nos aseguramos de que cada organismo vivo tenga espacio para respirar.

—¡Hominy!

—¿Sí, amo?

—¿Qué día es hoy?

—¿Por qué, vas a ir al Dum Dum?

—Sí.

—¡Pues pregúntale a ese negrata de mierda dónde están mis putas películas de *La pandilla*!

19

Había ido poca gente, no más de diez personas. Foy, con barba de varios días y el traje arrugado, estaba en una esquina temblando y parpadeando sin control. Últimamente había salido en las noticias. Sus numerosos hijos ilegítimos habían presentado una demanda colectiva contra él por la angustia emocional que les causaba cada vez que se plantaba ante una cámara o un micrófono. A esas alturas, solo la lisa perfección euclidiana de su pelo cúbico y su agenda Rolodex mantenían en pie tanto a su persona como a los intelectuales del Dum Dum Donuts. Es difícil perder la fe en un hombre que incluso en las más adversas circunstancias sigue perfectamente peinado y puede recurrir a amigos como Jon McJones, un negro conservador que había añadido recientemente el *Mc* a su nombre de esclavo. McJones hacía una lectura de su último libro *Mick, Please: el peregrinaje de un irlandés negro del gueto al gaélico*. El autor era un buen fichaje para Foy, y con copas de Bushmills gratis, aquello debería haber estado a rebosar, pero no cabía duda de que los intelectuales del Dum Dum Donuts estaban en las últimas. Tal vez la idea de una camarilla de estúpidos pensadores negros había dejado de resultar útil.

«Estoy en Sligo, una pequeña aldea de artistas en la costa norte de Isla Esmeralda», leía McJones. Al escuchar aquel ceceo y aquella pronunciación de falso blanco, sentí ganas de darle un puñetazo en toda la cara. «Por la tele retransmiten la final del All-Ireland, el campeonato de *hurling*. Kilkenny contra Galway. Hombres con palos que persiguen una pequeña bola blanca. Detrás de mí, un tipo cargado de espaldas que lleva un jersey de pescador, acaricia suavemente la punta de un *shillelagh* que tiene en la palma de la mano. Nunca me he sentido más en casa.»

Pillé sitio junto a King Cuz, quien, como de costumbre, estaba en la última fila, comiéndose una barrita de cereales mientras hojeaba un número antiguo de *Lowrider Magazine*. Cuando Foy Cheshire me vio, se señaló el Patek Philippe como si yo fuera un diácono que llega tarde a la iglesia. Le pasaba algo. No dejaba de interrumpir a McJones con preguntas sin sentido: «Así que *hurling*, ¿eh? Que en jerga universitaria también significa "vómito", ¿no es cierto?».

Dado que no lo estaba utilizando, tomé prestado el ejemplar del *Ticker* que tenía Cuz. Desde la creación de la Academia Wheaton, el empleo en Dickens había crecido una octava parte durante el último trimestre fiscal. Los precios de la vivienda habían subido tres octavas partes. Incluso los índices de graduación habían aumentado una cuarta parte. Por fin los negros estaban en números negros. Y, si bien aún era pronto para evaluar el experimento social y debíamos tener presente que el tamaño de la muestra era relativamente pequeño, lo cierto es que los números no mentían. Durante los últimos tres meses, desde la aparición de la Academia Wheaton, los estudiantes de la Escuela Chaff estaban obteniendo mejores resultados. No es que de pronto alguien fuera a saltar de curso o a aparecer en *Quién quiere ser millonario*, pero en general las calificaciones de los exámenes de competencia del estado manifestaban no unos resultados sobresalientes, pero sí cierta tendencia prometedora. Y a juzgar por lo que saqué en claro al revisar las directrices estatales, la mejora era tal que con toda probabilidad la escuela no se vería sometida a la administración judicial, al menos no a corto plazo.

Cuando terminó la lectura, Foy se dirigió a la parte delantera de la sala, aplaudiendo como un niño entusiasmado en su primer espectáculo de marionetas.

—Quisiera darle las gracias al señor McJones por esta estimulante lectura, pero antes de abordar el tema de esta tarde tengo que anunciar un par de cosas. La primera es que han cancelado *Negro sobre blanco*, mi último programa en una cadena pública. La segunda es que, como muchos de vosotros sabéis, se ha desatado una nueva batalla y el acorazado del enemigo está justo aquí, frente a nuestras costas, con el nombre de Academia Wheaton, en forma de colegio exclusivamente blanco. Ahora bien, tengo amigos en las altas esferas y todos ellos niegan la existencia de dicha academia. Pero no os preocupéis, porque he desarrollado un arma secreta.

Foy dejó caer el contenido de su maletín en la mesa más cercana: era un nuevo libro. Dos personas se levantaron y se fueron inmediatamente. Yo quise unirme a ellos, pero recordé que estaba allí por una razón y que parte de mí se moría por saber qué clásico americano habría bastardeado Foy en esta ocasión. Antes de permitir que lo viéramos todos, Foy le mostró el libro a Jon McJones, quien le lanzó una mirada que parecía decir: «Negrata, ¿estás seguro de que quieres presentar esta mierda al mundo?». Cuando el libro llegó a la última fila, King Cuz me lo pasó sin mirarlo siquiera, y tan pronto como leí el título no quise soltarlo. Era *Las Aventuras de Tom-tom Sawyer*. Me di cuenta de que las obras escritas por Foy eran puro folklore negro y que algún día iban a valer una pasta. Estaba empezando a arrepentirme de aquella quema de libros y de no haber empezado una colección, porque había pasado los últimos diez años encogiendo mi ancha nariz negra por el asco que me provocaban títulos cuya primera y única edición seguramente ya era imposible de encontrar en títulos como *El negro y la piscina inflable de Winnie the Pooh*; *Las aventuras del colega Sherlock*, *Al este del Edén y al norte de África* y *Tengo tu pasta, te lo juro*. En la portada de *Tom-tom Sawyer* aparecía un negrito muy pijo, calzado con mocasines, con calcetines de rombos sobresaliendo bajo un par de pantalones de color verde lima con un estampado de ballenas, armado con un cubo de cal, de pie valerosamente ante un muro salpicado con grafitis de bandas, mientras un grupo de matones adolescentes le miraba con aire amenazador.

Cuando Foy me arrebató el *Tom-tom Sawyer* de las manos, me sentí como si acabara de fallar un *touchdown*.

—Este libro, no me avergüenza decirlo, es una ADM, ¡un arma de educación masiva! —incapaz de contener la emoción, Foy hablaba con una voz dos octavas más aguda, aquejado de cierto fervor hitleriano—. Y así como me ha inspirado a mí, ¡el personaje de *Tom-tom Sawyer* espoleará a toda la nación para blanquear esa valla! Para encubrir esa espantosa imagen de segregación racial que representa la Academia Wheaton. ¿Quién está conmigo? —Foy señaló la puerta principal—. Sé que estos grandes héroes afroamericanos se han unido a la causa...

Existen trabas legales que me impiden decir cuáles fueron los nombres que enumeró Foy, pero al volver la cabeza pensando que Foy sufría alucinaciones invisibles de Foy, vi de pie junto a la puerta del Dum Dum Donuts a tres de los afroamericanos más conocidos del mundo, como el afamado presentador televisivo _ i _ _   _ _ _ b _ y diplomáticos negros como el señor _ o _ _ _   _ o _ _ _ _ y la señora _ _ n _ _ _ e e _ _ _   _ _ c _ . Consciente del final del Dum Dum Donuts, Foy había llamado a todas las puertas y había pedido a saber qué favores. Con cautela, tal vez sorprendidos de que la concurrencia fuera tan escasa, las tres superestrellas se sentaron y en su descargo pidieron café y dulces de almendra y participaron en la reunión, la mayor parte de la cual transcurrió con Jon McJones vomitando la mierda habitual del Partido Republicano, a saber: que un niño nacido en la esclavitud en 1860 tenía más probabilidades de crecer en un hogar biparental que otro nacido después de que un afroamericano fuera elegido presidente de Estados Unidos. McJones era un esnob y encubría su odio hacia sí mismo con ideas libertarias; yo al menos tenía la sensatez de ocultar el mío. Pasó a citar estadísticas que, incluso de ser ciertas, carecían de sentido cuando se tiene en cuenta el simple hecho de que los esclavos eran esclavos. Y que antes de la Guerra Civil el vínculo entre dos padres no era necesariamente de amor, sino de mero acoplamiento forzoso. No mencionó que en algunos matrimonios de esclavos los dos padres podían ser hermana y hermano o madre e hijo. Ni que durante la esclavitud el divorcio no fue nunca una opción. Nadie podía «salir a comprar tabaco» para no regresar jamás. ¿Y qué hay de todos los hogares biparentales que no tenían hijos porque estos habían sido vendidos a quién sabe dónde? Como propietario de esclavos contemporáneo, me ofendía que a la venerada institución de la esclavitud no se le reconocieran la perversidad y la crueldad que le correspondían.

—Menudo montón de gilipolleces —dije, interrumpiendo a McJones, con la mano levantada como un escolar.

—¿Acaso no prefieres haber nacido aquí que en África? —respondió el señor C_ _ _ n _ _ w _ _ _, con un tonillo callejero que desmentía tanto su currículo como su jersey con cuello de pico.

—¿Dónde, aquí? —Señalé hacia el suelo—. ¿Aquí, en Dickens?

—Bueno, tal vez no en un infierno como Dickens —replicó McJones, echándoles a los otros invitados una miradita de «Ni os molestéis, ya me encargo yo»—. Nadie quiere vivir aquí, pero no creo que tengas el descaro de decirme que preferirías haber nacido en África antes que en cualquier lugar de Estados Unidos.

«Prefieres vivir aquí antes que en África.» Esa es la carta que se guardan en la manga todos los intolerantes nativistas. Hombre, si hablamos de cupcakes, por supuesto, prefiero vivir aquí antes que en cualquier lugar de África, aunque he oído que Johannesburgo está muy bien y que en las playas de Cabo Verde hay unas olas de escándalo. Sin embargo, no soy tan egoísta como para creer que mi relativa felicidad, que incluye, aunque no se limita a ello, poder disponer durante las veinticuatro horas del día de hamburguesas con chile, Blu-ray y sillas para oficinas Aeron, compense el sufrimiento de varias generaciones de esclavos.

Dudo seriamente que ninguno de mis antepasados recién salidos de los barcos de esclavos hincara las rodillas sobre sus propias heces en esos instantes desocupados entre ser violado y ser golpeado, para aventurar que al final, tras generaciones de asesinatos, dolor e insoportable sufrimiento, angustia mental y múltiples enfermedades, todo aquello valdría la pena porque algún día mi tataranieto tendrá conexión Wi-Fi, por mucho que la señal sea lenta e intermitente.

No dije nada, le cedí el turno de réplica a King Cuz. En veinte años no le había oído decir esta boca es mía en una reunión, salvo para reconocer que tal vez deberían echar más azúcar al té helado, pero allí estaba él, enfrentándose a un hombre con cuatro títulos universitarios y que hablaba diez lenguas, ninguna de ellas negra, a excepción del francés.

—¡Negrata, me niego a permitir que vitupieres Dickens así! —exclamó Cuz con brusquedad poniéndose en pie y apuntándole a McJones con un dedo índice recién manicurado—. ¡Esto es una ciudad, no un infierno!

¿Vituperar? Tal vez los veinte años de retórica del Dum Dum Donuts no hubieran desaparecido del todo. En su defensa cabe decir que, a pesar de su estatura y del tono utilizado por Cuz, McJones no se achantó:

—Puede que me haya expresado mal. Pero no quiero pasar por alto tu alusión a que Dickens es una ciudad, cuando está claro que es una barriada, un desecho del chabolismo estadounidense. Un *flashback* posnegro, posracial y postsoul, si gustas; un mero guiño a una época de negra ignorancia romántica.

—Oye, mira, tonto del culo, guárdate todas esas chorradas postsoul y posnegras para alguien a quien le importen una mierda, porque todo lo que sé es que yo soy prenegro. Nacido y criado en Dickens. Un *homo sapiens* OG Crip desde el puto comienzo de los tiempos, negrata.

El pequeño soliloquio del rey Cuz pareció impresionar a la señora R _ _ _, porque descruzó las piernas, las abrió lo suficiente para mostrar un destello de la parte interna de un muslo de derechas y luego me tocó el hombro.

—¿Ese enorme hijoputa juega al fútbol americano?

—Solía jugar de *running back* en secundaria.

—Мои трусики мокрые —dijo ella en ruso, y se humedeció los labios.

No soy ningún lingüista, pero me juego el cuello a que aquello significaba que Cuz podía penetrarla por la secundaria cuando le viniera en gana. El viejo veterano se abrió paso hasta el centro de la tienda de donuts, con las suelas de goma de sus zapatillas de lona rechinando con cada pisada.

—Mira, hijoputa vanidoso y decrépito, esto es Dickens.

Y siguiendo un ritmo que solo él podía oír, se marcó unos pasos de baile muy de gánster, conocidos como Crip Walk. Sin dar jamás la espalda a su público, empezó a girar sobre los talones. Con las rodillas juntas y las manos libres, brincó por la sala en estrechos círculos concéntricos que se cerraban sobre sí mismos con igual rapidez con que se abrían. Era como si el suelo estuviera caliente, demasiado caliente para que pudiera detenerse un solo segundo. King Cuz estaba batallando con McJones del mejor modo que conocía.

«Si quieres un poco, tómalo, ponte a ello, cógelo.» O lo que es lo mismo:

Velis aliquam, acquīris aliquam, canīnus satis, capīs aliquam.

Mientras la reducida concurrencia se agrupaba alrededor de ambos contendientes, yo hice lo que había ido a hacer. Quité la foto de papá de la pared y me la metí bajo el brazo. Segregar la ciudad con su foto sería como echar un polvo en la habitación de al lado del cuarto de tus padres. Nadie sería capaz de concentrarse. Ni podría hacer tanto ruido como le viniera en gana. Me largué en silencio mientras King Cuz les enseñaba el Crip Walk a McJones, al señor _ _ _ l C _ _ _ _, al señor _ _ _ _ n P _ _ _ _ _ y a una soñadora _ o n d _ _ _ _ z z _   _ _ _ e. Y lo estaban pillando al vuelo, como verdaderos profesionales. Se pavoneaban como genios de la vieja escuela. Lo que tiene sentido, porque el Crip Walk es una antigua danza de guerra que proviene de los masái y de esas danzas cheroquis que salen en las viejas películas del Oeste. Una que designa como blanco a su *danseur noble* de pantalones holgados. Es un baile que dice: «Gridley, dispare cuando esté listo». Y cualquier negrata en el centro de atención, incluso esos heraldos conservadores, sabe muy bien lo que es tener una diana en la espalda.

Estaba desatando las bridas cuando Foy me echó un paternal brazo por encima del hombro. Tenía la mirada alterada y un tic nervioso en la perilla que no le había visto antes. Con el cuello de la camisa sucio, emanaba un profundo hedor corporal que me envolvió.

—¿Piensas cabalgar hacia la puesta de sol, Vendido?

—Eso mismo.

—Menudo día más largo.

—Os habéis pasado de la raya con esa mierda de que vivíamos mejor bajo la esclavitud. Es demasiado hasta para ti, ¿no, Foy?

—Al menos a McJones le importa.

—Vamos, a él le importan los negros tanto como a un tipo que mide dos metros veinte el baloncesto. Les tiene que importar, porque es lo único que saben hacer.

Sabiendo que jamás volvería a verme en las reuniones de los intelectuales del Dum Dum Donuts, Foy me lanzó la misma mirada melancólica que los misioneros debieron de lanzar a los paganos de la selva. Una mirada que decía: «No importa si eres demasiado tonto para entender el amor de Dios. Él te ama de todos modos. Bastará con que nos entreguéis a todas las mujeres, los corredores de fondo y los recursos naturales».

—¿No te preocupa esa escuela blanca?

—No, los blancos también necesitan aprender.

—Pero los niños blancos no van a comprar mis libros. Y ya que estamos...

Foy me dio un ejemplar de *Tom-tom Sawyer* y me lo dedicó sin que se lo pidiera.

—Foy, ¿puedo preguntarte algo?

—Claro.

—Sé que probablemente es una leyenda urbana, pero ¿es verdad que eres el dueño de las películas racistas de *La pandilla*? Porque, si es así, te puedo hacer una oferta.

Al parecer le toqué la fibra sensible. Foy sacudió la cabeza, señaló su libro y volvió a entrar. Cuando las puertas de cristal se abrieron, pude oír a King Cuz, al negro más rico de la nación y a dos legendarios ministros negros plenipotenciarios rapeando la letra del «Fuck tha Police» de NWA a voz en grito. Antes de guardarme el *Tom-tom Sawyer* en la alforja, leí la dedicatoria, que me sonó a amenaza velada:

> Al Vendido:
> De tal palo, tal astilla...
> Foy Cheshire

Podía irse al carajo. Volví a casa al galope. Llevé al caballo por Guthrie Boulevard, inventando por el camino un nuevo tipo de doma urbana: pasé del policía de tráfico y forcé al jamelgo a hacer una serie de ochos entrando y saliendo de los conos naranjas con los que habían cerrado el carril central. En Chariton Drive agarré a una cansada skater y, con una mano en las riendas, la remolqué como si fuera en una *longboard* desde Airdrome hasta Sawyer; luego la solté en una curva cerrada de Burnside. No sé qué me esperaba al tratar de hacer resurgir Dickens, al intentar devolverle una gloria que nunca existió. Incluso si Dickens llegaba a ser reconocida oficialmente, no habría ni fanfarrias ni fuegos artificiales. Nadie se molestaría en erigirme una estatua en el parque ni en ponerle mi nombre a una escuela primaria. No sentiría el mareo que Jean Baptiste Point du Sable y William Overton debieron de experimentar al hincar la bandera en Chicago y en Portland. Al fin y al cabo, tampoco estaría fundando nada, ni habría descubierto nada de nada. Solo estaría desempolvando un artefacto que nunca había sido enterrado del todo. Cuando llegué a casa, Hominy, entusiasmado, me desensilló el caballo. Estaba ansioso por mostrarme una entrada de una enciclopedia online recién desambiguada, escrita por algún erudito anónimo:

Dickens es una ciudad no constituida en el suroeste del condado de Los Ángeles. Solía ser del todo negra, pero ahora hay un montón de mexicanos. Antes era conocida como la capital mundial del asesinato y ahora no está tan mal, aunque tampoco para tirar cohetes.

Sí, si alguna vez conseguía que Dickens volviera a ser un lugar real, lo más probable es que no tuviera mayor recompensa que la enorme sonrisa de Hominy.

20

Que no salga de aquí, pero durante los meses siguientes el asunto de la resegregación de Dickens fue una auténtica pachanga. A diferencia de Hominy, yo nunca he tenido un trabajo de verdad y, aunque aquello no me diera pasta, recorrer la ciudad con Hominy en el papel de Ígor afroamericano y yo en el de pérfido sociólogo nos otorgaba un delicioso aire de poder pese a que, en realidad, estábamos burlándonos de nuestra impotencia. De lunes a viernes, a la una en punto de la tarde, él se plantaba junto a la camioneta.

—Hominy, ¿estás preparado para segregar?

—Sí, amo.

Al principio nos lo tomamos con calma, pero la fama local de Hominy y la adoración que suscitaba nos resultaron muy valiosas. Entraba en los locales bailando claqué, realizando un número preparado con canciones y bailes del viejo Chitlin' Circuit que habría hecho morirse de envidia a los Nicholas Brothers, a Honi Coles y a Buck and Bubbles:

Yo tengo el pelo rizado
y los dientes nacarados.
Solo por mi buen talante
siempre voy muy elegante.

Vivir la vida es lo mío
y a los problemas sonrío.
Aunque oscuro es mi color,
que nadie diga ni pío
cuando me llaman Fulgor.

254

Y entonces, como si formara parte de la función, pegaba un
único letrero de SOLO GENTE DE COLOR en el escaparate del
restaurante o del salón de belleza donde nos encontrábamos.
Nadie arrancó jamás aquellos letreros, al menos no delante de
nosotros; se había esforzado demasiado.

Algunas veces, si Hominy estaba haciendo una pausa para el
almuerzo o dormía en la camioneta, yo, en homenaje a mi padre, entraba con su vieja bata blanca y un portapapeles. Le
entregaba al dueño del negocio una tarjeta de visita y le explicaba que venía del Departamento Federal de Injusticia Racial y que estaba llevando a cabo un estudio mensual sobre los
efectos de la «segregación racial en el comportamiento nor-
mativo de los segregados racialmente». Por un único pago de
cincuenta dólares les ofrecía a elegir entre tres carteles: SOLO
NEGROS, ASIÁTICOS Y LATINOS, SOLO LATINOS, ASIÁTICOS
Y NEGROS y PROHIBIDA LA ENTRADA A LOS BLANCOS. Me
sorprendía cuántos dueños de pequeños negocios se ofrecían
a pagarme para mostrar el cartel de PROHIBIDA LA ENTRADA
A LOS BLANCOS. Y, como en la mayor parte de los experimentos sociológicos, falté a mi promesa y jamás hice ningún segui-
miento, pero una vez transcurrido el mes de rigor solía recibir
llamadas de los propietarios preguntando al doctor Bombón si
podían dejar los carteles en el escaparate, porque hacían que
la clientela se sintiera especial.

—A los clientes les encanta. ¡Es como si pertenecieran a un
club privado que es público!

No tardamos mucho en convencer al gerente de Meralta,
el único cine de la ciudad, de que podía evitarse un cincuenta por ciento de las quejas y reclamaciones que recibía si re-
servaba la platea para BLANCOS Y PERSONAS CALLADAS y el
palco para NEGROS, LATINOS Y SORDOS. No siempre pedía-
mos permiso: con un pincel cambiamos el horario de apertu-

ra de la Biblioteca Pública Wanda Coleman de DOM.-MAR.: CERRADO, MI.-SÁB.: 10-5.30 a DOM.-MAR.: SOLO BLANCOS, MI.-SÁB.: SOLO GENTE DE COLOR. Cuando se difundió el éxito de Charisma en la Escuela Chaff, algunas asociaciones empezaron a pedirme una segregación personalizada. Con la pretensión de reducir la tasa de criminalidad juvenil en el barrio, la sección local de Un Millar de Muchachos Mexicanos (o los Emes) quería hacer algo más que organizar partidos de baloncesto a medianoche. «Algo que eleve la talla de los mexicanos y los nativos americanos», una empresa deportiva que no requiriese demasiado espacio, donde los niños pudieran competir de igual a igual. Les recordé los éxitos con la canasta de Eduardo Nájera, Tahnee Robinson, Earl Watson, Shoni Schimmel y Orlando Méndez-Valdez, pero no logré disuadirlos.

La reunión fue breve, solo les hice dos preguntas.

Primera:

—¿Tenéis dinero?

—Acabamos de recibir una subvención de cien mil dólares de Wish Upon a Star.

Segunda:

—Vaya, pensaba que solo ayudaban a niños que se estuvieran muriendo.

—Exactamente.

En pleno esfuerzo gubernamental por hacer respetar la Ley de Derechos Civiles, algunos municipios segregados clausuraron las piscinas municipales para impedir que niños que no fueran blancos compartieran la perversa alegría de orinar en el agua. Pero en un inspirado acto de segregación inversa, invertimos aquel dinero para contratar a un socorrista que se hiciera pasar por un sin techo y construimos una piscina SOLO PARA BLANCOS rodeada por una valla de cadena que los niños adoraban saltar, para jugar a Marco Polo y contener colectivamente la respiración bajo el agua cada vez que se acercaba un coche patrulla.

Cuando Charisma percibía que sus alumnos necesitaban un contrapeso para la avalancha de orgullo insincero y márquetin selectivo que padecían durante el Mes de la Historia Negra y el Mes de la Herencia Hispana, se me ocurrió la idea excepcional de organizar la Semana Blanquita. A pesar de su nombre, la Semana Blanquita era en realidad una festividad de treinta minutos donde se celebraban las maravillas y contribuciones de la misteriosa raza caucásica al mundo del ocio. Un respiro para esos niños obligados en clase a participar en reconstrucciones de la mano de obra extranjera, la inmigración ilegal y la travesía del Atlántico. Estaban cansados y hartos de que los alimentaran a la fuerza con esa falsa noción de que, si uno de tu especie lo consigue, entonces todos lo han conseguido. Nos llevó dos días convertir en un túnel de blancura el antiguo lavadero de coches de Robertson Boulevard, que había quebrado hacía años. Cambiamos los rótulos para que los hijos de Dickens pudieran ponerse en fila y elegir entre varias opciones de lavado racial:

BLANCURA NORMAL:

Beneficio de la duda

Mayor esperanza de vida

Primas de seguros más bajas

BLANCURA DELUXE:

Blancura normal extra

Amonestaciones en lugar de arrestos

Buenos asientos en teatros y estadios

El mundo gira alrededor de ti y de tus preocupaciones

BLANCURA SUPERDELUXE:

Blancura extra deluxe

Empleos con bonificaciones anuales

El servicio militar es cosa de lerdos

Acceso a la universidad por méritos familiares
Terapeutas que escuchan
Barcos que nunca usas
Todo vicio y adicción se define como «fase»
No responsabilidad por arañazos, golpes y
objetos perdidos en el inconsciente

Al son de la música más blanca que pudiéramos imaginar (Madonna, The Clash y Hootie & The Blowfish), los niños, en bañador y patalones cortos, bailaban y reían bajo el agua caliente y la espuma. Haciendo caso omiso de la luz ámbar de advertencia, se metían bajo la cascada de la «Cera de carnauba caliente», que no lo estaba tanto. Les dábamos dulces y refrescos y los dejábamos quedarse todo el tiempo que quisieran delante de los ventiladores de aire caliente del túnel de secado. Les recordábamos que esa cálida brisa que te acaricia el rostro es precisamente lo que se siente al ser blanco y rico. Y que, para unos pocos afortunados, la vida es como estar en el asiento delantero de un descapotable veinticuatro horas al día.

No es que pretendiéramos dejar lo mejor para el final, pero a medida que se acercaba el Día del Barrio, Hominy y yo habíamos conseguido instaurar alguna forma de segregación en casi todos los sectores e instalaciones públicas de Dickens salvo el hospital Martin Luther King, Jr. (también conocido como Mataking), que paradójicamente se encuentra en Polynesian Gardens. Polynesian Gardens, o PG a secas, era un barrio de mayoría latina con fama de sentir una marcada hostilidad hacia los afroamericanos. De hecho, corría el rumor de que las heridas que sufrían los negros dickensianos mientras conducían por PG camino del hospital a menudo eran más graves que las que los habían llevado a requerir atención médica en primer lugar. Entre la policía y las pandillas, puede resultar peligroso viajar por las calles de cualquier vecindario del condado de

Los Ángeles, en especial por cualquier zona que no conozcas. Uno nunca sabe cuándo va a meterse en un lío por vestir o ser del color equivocado. Yo no había tenido ningún problema en Polynesian Gardens en la vida, pero, la verdad, tampoco había ido nunca de noche. Y la noche anterior a nuestra intervención en el hospital había habido un tiroteo entre los Varrio Polynesian Gardens y los Barrio Polynesian Gardens, dos bandas rivales con un largo historial sangriento por disputas sobre ortografía y pronunciación. Así que, para asegurarme de que Hominy y yo entrábamos y salíamos sanos y salvos, puse dos pequeños banderines púrpura y oro de los Lakers en los guardabarros delanteros de la camioneta y, por rizar el rizo, una bandera gigante, tamaño Iwo Jima, de la victoria de 1987 ondeando en el techo. En Los Ángeles todo el mundo, y quiero decir todo el mundo, adora a los Lakers. Y mientras recorríamos Centennial Avenue, incluso detrás de *lowriders* que se negaban a pasar de los quince kilómetros por hora, las banderas de los Lakers se agitaban majestuosas en la brisa nocturna, dándole a la camioneta un aspecto embajatorio que nos otorgaba inmunidad diplomática transitoria.

El director del hospital Martin Luther King, Jr., el doctor Wilberforce Mingo, era un viejo amigo de mi padre y, cuando le conté que era yo quien había pintado la raya fronteriza, el que había colocado la señal en la autovía y el que había ideado la Academia Wheaton, me dio permiso para segregar las instalaciones. Se recostó en su silla y dijo que por un kilo de cerezas podía segregar su hospital de la forma que considerara oportuna. Protegidos por esa oscuridad de «a nadie le importa un bledo», Hominy y yo pintamos las palabras CENTROS DE TRAUMATOLOGÍA BESSIE SMITH con grandes y goteantes letras de póster de película de terror en la puerta de cristal de lo que hasta entonces había sido una entrada de urgencias sin nombre. Acto seguido, clavamos un cartel de metal en el pilar

de cemento más cercano. Allí, en blanco y negro, se leía: RE-
SERVADO A AMBULANCIAS DE BLANCOS.
No puedo decir que hiciera todo esto sin vacilar. El hospital era el único lugar a gran escala que había segregado donde era bastante probable que vieran mi trabajo algunos forasteros. Temeroso de volver a entrar, le pedí a Hominy que me
diera una de las zanahorias frescas que había recogido la noche anterior.

—¿Qué hay de nuevo, viejo? —bromeé mordisqueando la
punta de la zanahoria.

—¿Sabes qué, amo? Bugs Bunny era el Hermano Conejo, pero
con mejor agente.

—¿El zorro llegó a atrapar al Hermano Conejo alguna vez?
Porque estoy casi seguro de que después de esto los blancos
nos van a pillar.

Hominy colocó bien el letrero de CONSTRUCCIONES SUN-
SHINE SAMMY en el lateral de la camioneta y luego sacó las latas de pintura y dos brochas.

—Amo, si algún blanco viene por aquí y ve esta mierda, va
a pensar lo que piensan siempre: «Estos negratas están chala-
dos y siguen a lo suyo».

Hace unos años, antes de Internet, antes del hip-hop, la
poesía del Spoken Word y las siluetas de Kara Walker, habría
coincidido con él. Pero ser negro no es lo que solía ser. La experiencia negra conllevaba un montón de inconvenientes,
pero, joder, al menos teníamos un poco de privacidad. Nuestro argot y nuestro degradado sentido de la moda no se popu-
larizaron hasta años después. Incluso contábamos con nuestras propias técnicas sexuales secretas. Un Kama Sutra negro
que pasaba de boca en boca en el recreo y a través de padres
borrachos que dejaban la puerta ligeramente entreabierta para
que «los pequeños negratas aprendieran algo». Pero la pro-
liferación de pornografía negra en Internet ha permitido que

hoy cualquiera con una tarifa plana de veinticinco dólares al mes, o un desdén absoluto por los derechos de propiedad intelectual, tenga acceso a nuestras técnicas sexuales antaño idiosincrásicas. Y ahora las mujeres, y no solo las blancas, sino las de todos los credos, colores y orientaciones sexuales, tienen que aguantar que sus compañeros las monten a kilómetro y medio por minuto mientras aúllan «¿de quién es este coñito?» cada dos empellones. Y, a pesar de que jamás ha sabido apreciar como Dios manda a Basquiat, a Kathleen Battle y a Patrick Ewing (y todavía no ha descubierto a Lee Morgan, a Fran Ross, a Johnny Otis, *Killer of Sheep* o los polvos de talco), hoy por hoy el ciudadano medio norteamericano no deja de meter la nariz en nuestros asuntos, y por eso yo tenía muy claro que al final iba a dar con los huesos en la cárcel.

Hominy me empujó a través de las puertas automáticas.

—Amo, a nadie le importa nada este barrio hasta que importa.

Los hospitales ya no tienen un arcoíris de líneas direccionales. En los tiempos de los vendajes de mariposa, las suturas que no se disolvían solas y los sanitarios que hablaban sin acento extranjero, cuando uno ingresaba, la enfermera te entregaba una carpeta de color manila y tú seguías la línea roja hasta Radiología, la naranja hasta Oncología, la morada hasta Pediatría. Pero en Mataking, mientras sostiene un vaso de plástico con un dedo amputado flotando en un hielo hace tiempo fundido o se presiona una herida con un estropajo de cocina, tal vez cansado de esperar para ser atendido por un sistema al que nada parece importarle o por puro aburrimiento, el paciente de la sala de urgencias a veces cuela la cabeza al otro lado de la separación de cristal y le pregunta a la enfermera encargada del triaje:

—¿Adónde conduce esa línea marrón?

La enfermera se encoge de hombros. E, incapaz de ignorar la

curiosidad, el tipo comienza a seguir una raya que a Hominy y a mí nos llevó pintar toda una noche y la mitad del día siguiente, para asegurarnos de que todos obedecían los carteles de PINTURA HÚMEDA. Esa línea es lo más cerca del camino de baldosas amarillas de *El mago de Oz* que esos pacientes conseguirán estar en su vida.

A pesar de contar con un sombrío toque de azul maíz, el Pantone 426 C es un color extraño y misterioso. Lo elegí porque parece negro o marrón, dependiendo de la luz, la altura del que lo mira y su estado de ánimo. Y si uno sigue la franja de tres pulgadas de ancho más allá de la sala de espera, pasará por dos puertas dobles, torcerá a la izquierda varias veces y luego a la derecha, a través de un laberinto de pasillos repletos de pacientes, y luego enfilará tres tramos de escaleras ininterrumpidas e inmundas, hasta llegar a un vestíbulo interior sucio iluminado por una bombilla que da una luz roja y tenue. Allí, la raya se bifurca en tres líneas, cada una de las cuales conduce al umbral de unas puertas dobles, que son idénticas y no tienen cartel alguno. Las primeras llevan a un callejón trasero; las segundas, a la morgue, y las terceras, a un surtido de máquinas expendedoras de bebidas gaseosas y comida basura. No resolví las desigualdades raciales y de clase en el cuidado de la salud, pero me dicen que los pacientes que viajan por el camino marrón-negro son más proactivos. Que, cuando por fin los llaman por su nombre, lo primero que le preguntan al médico que los ausculta es: «Doctor, antes de que me atienda necesito saber una cosa. ¿Le importo algo? Vamos, ¿le importa un cojón lo que me pasa?».

21

Antes, para celebrar el Día del Barrio, King Cuz y su banda del momento, la Colosseum Blvd et Tu, Brute Gangster Munificent Neighborhood Crips 'n' Shit, se adentraban en busca de acción por el territorio de sus archienemigos, los Venice Seaside Boys, montando por Broadway Street una caravana de cuatro coches y veinte bravucones con el sol a la espalda. A menos que los metieran entre rejas, aquella era la única vez en todo el año en que la mayoría se aventuraba fuera del barrio. Pero desde el advenimiento del préstamo hipotecario de interés variable, muchos de los Venice Seaside Boys han sido expulsados de sus dominios por enotecas, talleres de medicina holística y estrellas de cine nerviosas que han levantado tapias de madera de cerezo de casi tres metros de altura alrededor de bungalós, en terrenos de mil metros cuadrados ahora convertidos en residencias de dos millones de dólares. Ahora, cuando los Venice Seaside Boys tienen que «ir al tajo» para defender el territorio, la gran mayoría debe venir desde lugares lejanos como Palmdale o Moreno Valley. Y ya no tiene gracia que el enemigo se niegue a luchar. No porque carezca de valor ni munición, sino por cansancio. Tras pelearse durante tres horas con el tráfico de la autovía y las carreteras cerradas, están demasiado cansados para apretar el gatillo. De modo que los dos vecindarios antes rivales ahora celebran juntos el Día del Barrio escenificando su propia reconstrucción de la Guerra Civil. Se reúnen en los sitios de las grandes batallas del pasado y se disparan balas de fogueo, petardos y bengalas, mientras los inocentes civiles de los cafés se agachan en las aceras o corren para ponerse a cubierto. Y ellos se montan en sus deportivos y sus bugas y, como miembros de una fraternidad universitaria que juegan al rugby en el barro, los descabellados hijos del Westside se persiguen los unos a los otros arriba y abajo por el paseo marítimo de Venice Beach, rindiendo homenaje a las disputas de antaño con «reyertas»: dándose golpes en el hombro mientras escenifican y reviven las peleas de bandas que cambiaron la historia: la batalla de Shenandoah Street, la reyerta de Lincoln Boulevard y la infame masacre de Los Amigos Park. Después se juntan con sus amigos y familiares en el centro recreativo, un campo de *softball* desmilitarizado que está en medio de la ciudad, y ratifican la paz con una barbacoa y cerveza.

A diferencia de todos los departamentos de policía que achacan cualquier disminución de la tasa de criminalidad a las políticas de «tolerancia cero», yo no quiero dar por sentado que mi campaña local de seis meses de *apartheid* tuviera algo que ver con la relativa calma que experimentó Dickens aquella primavera. Ese año, el Día del Barrio fue diferente. Marpessa, Hominy, Stevie y yo estábamos en el banquillo del equipo visitante despachando a los asistentes y veíamos que nos estábamos quedando sin fruta mucho más rápido de lo habitual. La gente pagaba lo que fuera por una ración. Por lo general, cada banda usa el parque el día designado para celebrar su barrio. Así, los Six-Trey Street Sniper City Killers reservan el parque el 3 de junio, porque junio es el sexto mes del año y *trey* significa «tres». Los Osos Negros Doce y Ocho no se reúnen el 8 de diciembre, sino el 12 de agosto, porque, al contrario de lo que cree la gente, en California hace un frío de cojones en invierno. Y yo estaba en aquel centro recreativo un cálido 15 de marzo, porque la Colosseum Blvd et Tu, Brute Crips celebra el Día del Barrio el día de los idus de marzo. ¿Cómo podría ser de otro modo?

A finales de los ochenta, antes de que la palabra «barrio» sirviera para denominar desde enclaves de lujo como Calabasas Hills, Shaker Heights o el Upper East Side hasta el zoo estudiantil de la universidad estatal, cuando un angelino mencionaba el barrio era solo en contextos como este:

—Yo que tú tendría cuidadito con ese hijoputa. ¡Es del barrio!

O este otro:

—Sí, sé que no visité a la abuela Silvia en su lecho de muerte, pero ¿qué querías que hiciera? ¡Vivía en el barrio!

Porque en aquellos días «barrio» solo designaba un lugar: Dickens. Y allí, en el campo de béisbol del centro recreativo, congregados bajo la bandera del Día del Barrio, que colgaba en lo alto de la caseta del equipo local, había familias y miembros de bandas de todos los colores y denominaciones. Dickens, el barrio antiguamente unido que, desde los disturbios raciales, se había balcanizado dividiéndose en innumerables cantones, se reformaba como Yugoslavia pero a la inversa. Mientras tanto, King Cuz y Panache, los antiguos Tito y Slobodan Milošević de Dickens, celebraban la reunificación brincando sobre un escenario improvisado con sus gafas de sol Oakley y sus melenas rizadas a lo Doris Day, moviendo los anchos hombros mientras rapeaban diabólicamente.

No había visto a Panache en años. No sabía si estaba al corriente de que Marpessa y yo nos acostábamos. Nunca le pedí permiso. Pero al verlo hacer sus truquitos habituales sobre el escenario con Lulu Belle —su escopeta del doce y el equivalente a Lucille, la guitarra de BB King—, que, como un malabarista criminal, lanzaba al aire, recogía y recargaba, para luego abatir un tapacubos de un disparo como si aquello fuera tiro al plato, y para colmo con una sola mano, se me ocurrió que tal vez debería haberlo hecho.

King Cuz gritó al micro:

—¡Sé que al menos uno de vosotros, negratas, tenía que haber traído algo de comida china!

Dos tipos, que la policía y cualquiera con un cociente intelectual de 50 en instinto callejero podrían haber denominado como «varones hispanos sospechosos», se pararon en la línea de la primera base, justo a un paso de la fiesta, con los brazos cruzados a la altura del pecho. Aunque tenían más o menos la misma pinta que todos los del parque, nos miraban con tanto desdén que era difícil saber si eran de Dickens. Como nazis en un acto del Ku Klux Klan, se sentían cómodos ideológicamente, pero no en términos de cultura corporativa. Corrió el rumor de que eran de Polynesian Gardens. Sin embargo, el olor irresistible de la barbacoa de nogal americano y la nube de hierba húmeda de primera que pendía sobre ellos los atraía más y más. Cuando llegaron a la zona de bateo, Stevie, que estaba cortando piñas con un machete, preguntó: «¿Conocéis a esos negratas?», sin apartar en ningún momento los ojos de los dos pavos que bajaban por los escalones de la caseta. Ambos iban vestidos con chinos holgados que les caían sobre dos pares de zapatillas Nike Cortez tan nuevas que, si se hubiesen quitado una y se la hubieran colocado en la oreja como una concha, habrían escuchado el rugido de un océano de talleres de costura. Stevie intercambió miradas carcelarias con el tipo del sombrero de tela, camiseta de fútbol y tatuaje de «Stomper» corriéndole por la mandíbula. En el barrio los hombres no llevan camisetas deportivas porque sean fans de un equipo en particular. El color, el logotipo y los números de la camiseta significan algo relacionado con las bandas.

Cuando acabas de salir del trullo, todo es racial. No es que no haya mexicanos en bandas predominantemente negras de Crips o Bloods, o negros en bandas con mayoría latina. Después de todo, en las calles lo que importa es la cercanía y la afinidad. Tu alianza es con los colegas y con el barrio al margen de la raza. En la cárcel le pasa algo a la política de identidad. Tal vez sea como en las películas, donde todo es blanco contra negro contra mexicano contra blanco, donde no hay lugar para oraciones condicionales, concesivas o adversativas. He oído hablar de hampones muy duros y daltónicos que al entrar en el tubo se entienden con los negros o los latinos que deberían ser sus enemigos. «¡A la mierda la raza! ¡Chinga poder negro! La madre de este negrata me daba comida cuando tenía hambre, así que a la mierda con esas pendejadas.»

El maromo de la camiseta blanca inmaculada con el nombre «Puppet» tatuado verticalmente en la garganta me saludó a mí primero y en español:

—¿Qué onda, pelón?

Nosotros, los pelones, no compartimos tanta animosidad racial. Hemos llegado a aceptar que, independientemente de la raza, de un modo u otro, todos los bebés recién nacidos parecen mexicanos y todos los calvos parecen negros. Le ofrecí una calada del canuto que me estaba fumando. Se le pusieron las orejas rojas y le brillaron los ojos como la laca japonesa.

—¿Qué mierda es esta, cabrón? —tosió Puppet.

—La llamo Túnel Carpiano. Venga, intenta cerrar la mano.

Puppet trató de cerrar la mano, pero no pudo. Stomper lo miró como si estuviera loco y luego le arrebató el canuto. No necesitaba un manual para darme cuenta de que, a pesar de las apariencias, Puppet y Stomper no estaban en el mismo bando. Después de una larga calada, Stomper retorció los dedos haciendo todo tipo de signos de bandas, pero por mucho que lo intentara no podía cerrar el puño. Se sacó la pipa niquelada de la cintura. Apenas podía asir el arma, ni mucho menos apretar el gatillo. Stevie se echó a reír y todos comimos porciones de piña. Aquellos colegas mordieron la fruta y la inesperada oleada de dulzura con un final ligeramente mentolado les hizo estremecerse y reír como niños pequeños. Luego, ante la atenta mirada de otros matones, los dos cholos se adentraron en el centro del campo mascando piña tranquilamente y compartiendo lo que quedaba de marihuana.

—Sabes que ese AN que lleva Johnny Unitas en el cuello no significa precisamente «amor a la naturaleza», ¿verdad?

—Sé lo que significa.

—Significa «asesino de negros». Dos negratas de bandas distintas, eso sí. No es normal que los tipos del Barrio P. G. y los del Varrio P. G. vayan juntos. Hominy y yo nos intercambiamos una sonrisa. Tal vez los letreros que habíamos colgado en Polynesian Gardens al volver a casa del hospital estaban surtiendo efecto. Habíamos puesto dos. Los colgamos en sendos postes telefónicos, en ambas aceras de Baker Street, donde las antiguas vías del tren dividían el territorio entre el Varrio P. G. y el Barrio P. G. Los colocamos de tal manera que, si los de un lado de la calle querían saber lo que ponía en el letrero de su lado, tenían que cruzar las vías para leerlo. Así que todos tuvieron que aventurarse en territorio enemigo, solo para descubrir que la señal del lado norte de la calle era exactamente la misma que la del sur: en los dos se leía ESTE ES EL LADO BUENO.

Marpessa me sacó de la caseta y me llevó al *home*. King Cuz y una delegación de viejos matones y aspirantes zampaban costillas y piña de pie sobre las cajas de bateo. Cuando Marpessa lo interrumpió, Panache estaba masticando su rodaja de piña hasta la corteza, mientras contaba batallitas sobre la vida de un músico en la carretera.

—Solo quiero que sepas que me estoy tirando a Bombón.

Haciendo caso omiso de las malas noticias, Panache se metió en la boca lo que quedaba de piña, hasta la corteza, sorbiendo cada gota de jugo y relamiéndose. Cuando la fruta quedó seca como un hueso en el desierto, se acercó a mí, me golpeó en el pecho con el cañón de Lulu Belle y exclamó:

—Cojones, si pudiera comer esta piña todas las mañanas, yo mismo me tiraría a este negrata.

Se oyó un tiro. En el campo central, Stomper, al parecer todavía bajo los efectos del Túnel Carpiano, estaba descalzo, tumbado boca arriba, empuñando la pistola con los pies, partiéndose el culo de risa y apretando el gatillo con los dedos de los pies para disparar a las nubes. Parecía algo divertido, así que casi todos los hombres y unas cuantas mujeres fueron a reunirse con él, dando unas caladas a sus canutos, sacando las armas y esquivando la suciedad del campo a la pata coja mientras se quitaban el otro zapato, con la esperanza de pegar unos tiros al aire antes de que apareciera la policía.

22

Los negros tienen «pop». Y tener «pop», en la jerga de Hollywood, significa contar con una presencia dinámica ante la cámara, ser casi demasiado fotogénico. Hominy dice que por eso rara vez se hacen películas de colegueo entre blancos y negros, porque en semejante contexto hasta las estrellas más rutilantes parecen apagadas. Tony Curtis. Nick Nolte. Ethan Hawke hace una película con un afroamericano y la cosa se convierte en una prueba de pantalla para ver quién es de verdad el Hombre Invisible. ¿Y qué sucedería si se hiciese una película de colegas con una mujer negra y alguien más? Los únicos capaces de compartir magnetismo cinematográfico fueron Gene Wilder y Spanky McFarland. Cualquier otro —Tommy Lee Jones, Mark Wahlberg, Tim Robbins— solo se aferra a las crines de un caballo desbocado.

Al ver a Hominy intercambiando frases con Spanky en la gran pantalla del Nuart, en el Festival de Cine Prohibido y de Animación Desvergonzadamente Racista de Los Ángeles, no era difícil entender por qué por aquel entonces todos los profesionales pensaban que sería la gran esperanza cómica negra, el nuevo gran negrito. El brillo de sus ojos y el resplandor de sus mejillas de querubín tenían algo magnético. Tenía el pelo tan rizado y seco que parecía capaz de entrar en combustión espontánea. No podías quitarle los ojos de encima. Vestido con un guardapolvo harapiento y unas zapatillas de deporte negras diez números demasiado grandes, era el prepúber hetero por antonomasia. Nadie podría hacerlo como Hominy. Me sorprendió que soportara sin pestañear semejante aluvión de chistes de sandías o de «mi-papá-está-entre-rejas» acogiendo cada insulto con un sentimental y gutural «¡yowza!». Costaba saber si estaba exhibiendo cobardía o coraje en la batalla porque había perfeccionado esa mirada aturdida, con la boca abierta y muda, que incluso hoy en día pasa por ser una muestra irrefutable de dominio de la comedia negra. Pero un comediante negro moderno tiene que hacerlo solo una o dos veces por película. El pobre Hominy se veía forzado a poner ese gesto de bufón negro tres veces por cinta, y siempre en un primer plano extremo.

Cuando encendieron las luces, el presentador anunció que el último miembro vivo de la Pandilla estaba presente e invitó a Hominy a subir al escenario. Después de una ovación con todos en pie, se enjugó los ojos y respondió algunas preguntas. Hominy parecía increíblemente lúcido al hablar de Alfalfa y la Pandilla. Explicó cómo era el calendario de rodaje. Cómo funcionaba la tutela en los estudios. Quién se llevaba bien con quién. Quién era el más divertido ante la cámara. El más malo. Se lamentó de que nadie pareciese advertir el rango de emociones que era capaz de comunicar Buckwheat y expresó cuánto mejoró el habla y la dicción de su mentor en la época de MGM. Yo cruzaba los dedos para que nadie le preguntara por Darla, para no tener que oírle contar cómo se la tiró bajo las gradas en una pausa del rodaje de *Romeo futbolero*, y en la posición de vaquera invertida.

—Tenemos tiempo para una pregunta más.

Justo detrás de mí, un grupo de universitarias con las caras pintadas con betún se levantaron de golpe. Vestidas con bombachos victorianos, con las letras griegas N I Γ cosidas en el pecho y los cabellos recogidos en gruesas trenzas sujetas con pinzas de madera, aquellas chicas de la hermandad Nu Iota Gamma parecían muñecas de esas que se ven en las subastas de antigüedades. Intentaron hacer una pregunta al unísono:

—Queríamos saber si...

Pero las interrumpieron un coro de abucheos y una lluvia de vasos de papel y cubos con palomitas. Hominy acalló al público. La sala quedó sumida en el silencio y, cuando aquellas creídas volvieron a prestarle atención, advertí que, de las tres, la que tenía más cerca de mí era afroamericana, la menudencia de sus orejas delataba su origen étnico. Era algo que no se ve cualquier domingo por la tarde: una negra haciendo de conguita, negra como el funk de los años setenta, negra como un cinco en Química Orgánica, negra como yo.

—¿Cuál es el problema? —preguntó Hominy al público.

Un par de filas por delante de mí se levantó un muchacho blanco, alto y barbudo, con un fedora en la cabeza, y señaló con el dedo a las chicas vestidas de Barriguitas.

—Se han pintado la cara de negro sin el menor rastro de ironía —dijo desafiante—. Y eso no mola.

Hominy se protegió los ojos con la mano, miró sin ver a la audiencia y preguntó:

—¿Una cara pintada? ¿Qué es una cara pintada?

Al principio el público se rio. Pero cuando vio que Hominy no sonreía, el chico le devolvió la mirada con una expresión de desconsoladora perplejidad que no se veía desde los días de los grandes bromistas, gente como Stepin Fetchit y George W. Bush, el primer presidente que hizo las veces de bufón negro.

Respetuosamente, el blanco llamó la atención de Hominy sobre algunas cintas que acabábamos de ver. Como «Hiperconguito», donde Spanky se echa tinta en el rostro y finge ser Hominy, para que su moreno amigo pueda pasar la prueba de ortografía y unirse a la banda en la excursión escolar al parque de atracciones. O «El bribón y el tizón», donde Alfalfa se hace daño aposta para poder pasar la prueba y tocar el banjo en una *jug band* de color. O «¡Bugabú!», donde Froggy le gana la partida a un fantasma tras quedarse en paños menores y mancharse con el hollín de la chimenea de la cabeza a los pies, mientras grita: «¡Bu-ga! ¡Bu-ga-Buuuuuu!». Hominy asintió con la cabeza, entrelazó sus pulgares en los tirantes y se balanceó sobre los talones. Entonces procedió a fumarse un puro invisible, que movía de un lado a otro de la boca.

—Ah, no lo llamamos «pintarse la cara con betún». Lo llamamos «actuar».

Y así consiguió que el público volviera a comer de su mano. Pensaron que estaba siendo gracioso, pero lo decía en serio. Para Hominy, una cara pintada no es racismo. Es solo sentido común. La piel negra luce mejor. Parece más saludable. Parece más bonita. Parece poderosa. Es por eso que los culturistas y los competidores internacionales de bailes de salón se preocupan de tener la piel morena. Esa es la razón por la que los berlineses, los neoyorquinos y los hombres de negocios, los nazis, los policías y los buzos, los panteras negras, los malos y los tramoyistas de Kabuki visten de negro. Porque, si de hecho la imitación es la forma más alta de adulación, entonces ser blanco y bufón es un elogio, el reconocimiento a regañadientes de que, a menos que seas realmente negro, ser «negro» es lo más cerca que una persona puede estar de experimentar la verdadera libertad. Pregúntenselo a Al Jolson o al grupo de comediantes asiáticos que se ganaban la vida actuando como «negros». Pregúntenselo a las chicas de la hermandad, que se acomodaban en sus asientos, dejando que su solitaria compañera negra tuviera que defenderse sola.

—Señor Hominy, ¿es cierto? ¿Es verdad que Foy Cheshire posee los derechos de las películas más racistas de *La pandilla*?

Maldición, no dejemos que este negrata empiece otra vez con esa mierda de Foy Cheshire.

Miré a aquella negra con la cara pintada de negro, preguntándome si también ella se sentía libre al actuar así. Si era consciente de que el color natural de su piel era en realidad más oscuro que su cara manchada con betún. Lo que técnicamente significaba que era una negra pintada un par de tonos más claros que alguien que desea tener cara de negro. Hominy me señaló entre la multitud y, cuando me presentó como su «amo», unas pocas cabezas se volvieron para ver qué aspecto tenía un propietario de esclavos de carne y hueso. Estuve tentado de aclarar que en realidad Hominy quería decir «mánager» y no «amo», pero me di cuenta de que en Hollywood ambas palabras eran sinónimos.

—Creo que es verdad. Y creo que mi amo me las va a conseguir, para que un día el mundo vea mi mejor trabajo, el más humillante y castrante.

Por fortuna, empezaban a apagarse las luces. Daba comienzo una sesión de dibujos animados racistas.

Me gusta Betty Boop. Tiene un cuerpo bonito. De espíritu libre, ama el jazz y, al parecer, también el opio, porque en un corto alucinógeno titulado «Subidas y bajadas», la Luna subasta a los otros planetas una Tierra de la época de la Gran Depresión. Gana Saturno, un viejo orbe judío con anteojos, mala dentadura y un acento yidis cerrado, que se frota las manos con avidez: «Mío. El planeten Tierren, mío. *Mein Gott*». Se regodea, antes de retirar la gravedad del núcleo de la Tierra. Es 1932 y el judío metafórico de Max Fleischer está transformando una situación global ya de por sí caótica en algo aún peor. No es que a Betty le importe, porque, en un mundo en el que los gatos y las vacas vuelan y la lluvia cae hacia arriba, su mayor prioridad es sujetarse la falda para que no suba hasta el cielo y se le vean las ceñidas bragas. ¿Y quién puede asegurar que la señorita Boop no es miembro de la tribu? Durante los siguientes sesenta minutos, unos cuantos nativos americanos borrachos y emplumados no logran atrapar al conejo de la Warner Bros, ni mucho menos asimilarse al mundo de los blancos. Un ratón mexicano trata de burlar al gatito gringo, para escabullirse por la frontera y, ándele, robar el queso. Un elenco aparentemente interminable de gatos afroamericanos, de cuervos, de ranas toro, de sirvientas, de tahúres que juegan a los dados, de recolectores de algodón y caníbales canta con voz grave en un episodio de Fantasías Animadas de Ayer y Hoy al son de temas como «Swanee River» y el «Jungle Nights in Harlem», de Duke Ellington. A veces, un disparo de escopeta o una explosión de dinamita convierten a un personaje en principio blanco, como Porky, en un bufón de color pólvora. Eso le otorga el estatus honorario de negrata, lo que le permite cantar con impunidad alegres melodías como «Camptown Races» mientras aparecen los créditos. El programa termina con Popeye y Bugs Bunny, que, por turnos, ganan solos la Segunda Guerra Mundial, desconcertando con mazos gigantes y disfraces de geisha a soldados japoneses dentudos, gafotas y balbuceantes. Al final, después de que, apoyado por gongs y un público entregado, Superman pulverice a la Armada Imperial hasta obtener su total sumisión, las luces vuelven a encenderse. Tras dos horas sentados en la oscuridad riéndonos del racismo más absoluto, con la claridad llega la culpa. Todo el mundo puede verte la cara y te sientes como si tu madre te hubiera pillado masturbándote.

Tres filas por delante de mí, un negro, un blanco y un asiático se preparan para marcharse, recogiendo sus chaquetas y tratando de sacudirse el odio. El chico negro, avergonzado por haber sido degradado y ridiculizado en clásicos de los dibujos animados como «Negracarbón y los siede enanitos», y que aún se esconde detrás de la capa de Superman, ataca en broma a su compinche asiático, al grito de «¡a por Patrick, es el enemigo!», mientras Patrick levanta las manos con gesto defensivo, y se queja:

—No soy el enemigo. Soy chino.

Todavía resuena en sus oídos la voz de Bugs Bunny diciendo: «Japo, mono, ojos rasgados». El chico blanco, que ha salido ileso de la escaramuza, se ríe y se lleva un cigarrillo a la boca. Es increíble con qué rapidez una velada de cortos de *La pandilla* y de dibujos animados en tecnicolor, algunos con casi un siglo de antigüedad, puede alimentar la ira de la repulsión racial y la vergüenza. Yo no podía imaginar nada más racista que el «entretenimiento» que acabábamos de ver y por eso sabía que tenían que ser falsos los rumores que corrían sobre Foy, que le acusaban de poseer parte del catálogo de *La pandilla*. ¿Qué podría ser aún más racista que lo que habíamos presenciado?

Encontré a Hominy en el vestíbulo firmando autógrafos, muchas veces en recuerdos que no tenían nada que ver con *La pandilla*. Pero cualquier cosa bastaba, cualquier cosa anterior a 1960, como viejos carteles de películas, coleccionables del tío Remus y objetos de recuerdo de Jackie Robinson. A veces me olvido de lo divertido que es Hominy. En aquellos tiempos, para sortear la sucesión de trampas colocadas por el hombre blanco, los negros tenían que estar alerta sin descanso. Había que tener siempre a mano una broma improvisada o un bromuro casero que desarmase y apocase al provocador blanco. Si tu sentido del humor les recordaba que debajo de esa cabeza de conguito latía una pizca de humanidad, tal vez podías esquivar la paliza u obtener parte de ese pago atrasado pendiente. Mierda, un día siendo negro en los años cuarenta equivalía a trescientos años de improvisaciones en clubes de comedia actuales como Groundlings o Second City. Basta con ver quince minutos de televisión un sábado por la noche para comprobar que ya no quedan muchos negros con gracia y que el racismo manifiesto no es lo que solía ser.

Hominy posó para una foto en grupo con las chicas de Nu Iota Gamma con la cara pintada de betún.

—¿Las cortinas van a juego con el felpudo? —dijo él con sequedad antes de esbozar una amplia sonrisa.

Solo la verdadera negrita del grupo pilló el chiste sobre el pelo teñido, y sonrió a su pesar. Me acerqué a ella. Respondió a mis preguntas antes de que se las hiciera.

—Estoy a punto de entrar en la Facultad de Medicina. ¿Y por qué? Porque estas zorras blancas tienen todos los contactos que necesito, por eso. También existe una red de viejas colegas, y no es ninguna broma. Si no puedes vencerlos, únete a ellos. Eso es lo que dice mi madre, porque el racismo está por todas partes.

—No puede estar en todas partes —insistí.

La futura doctora Barriguitas lo pensó un instante, retorciéndose una trenza huidiza alrededor del dedo.

—¿Sabes el único lugar donde no hay racismo? —miró a su alrededor para asegurarse de que sus colegas de hermandad no la oían y susurró—: ¿Recuerdas esas fotos del presidente negro y su familia caminando por el césped de la Casa Blanca, cogidos del brazo? Solo en esas putas instantáneas y solo en ese instante, en ese preciso instante, no hay ningún racismo de mierda.

Pero había suficiente racismo en el vestíbulo del teatro, tanto como para dar la vuelta a la manzana. Un coleguita blanco de hombros encorvados se ladeó la gorra de béisbol por encima de la oreja derecha y luego le echó a Hominy un brazo alrededor del cuello, le besó en la mejilla y se abrazaron. Solo les faltó llamarse Tambo y Bones el uno al otro.

—Quiero decirte que todos esos raperos a los que se les llena la boca cuando se proclaman «el último de los negratas de verdad» no te llegan ni a la suela del puto zapato, porque tú, tronco, eres mucho más que el último miembro de La Pandilla; eres el último negrata de verdad. Y me refiero a «negrata» con erre múltiple.

—Vaya, muchas gracias, hombre blanco.

—¿Y sabes por qué no hay más negratas?

—No, señor. No.

—Porque los blancos somos los nuevos negratas. Es solo que estamos demasiado ensimismados para darnos cuenta.

—¿Los «nuevos negratas», dices?

—Así es, tanto yo como tú, negratas hasta el final. Marginados e igualmente listos para pelear contra el puto sistema.

—Ya, solo que tu sentencia es la mitad que la mía.

Vestida todavía con bombachos y la cara llena de betún, Barriguitas nos estaba esperando en el aparcamiento de Nuart, pero llevaba unas gafas de sol de marca y, emocionada, rebuscaba entre los libros de su bolsa. Intenté meter a Hominy en la camioneta antes de que pudiera verla, pero ella se adelantó.

—Señor Jenkins, quiero mostrarle algo —sacó un cartapacio de anillas de gran tamaño y lo abrió sobre el capó de la camioneta—. Estas son las copias que hice de los libros de contabilidad de todos los episodios de *La pandilla* filmados en los estudios de Hal Roach y en la MGM.

—¡La hostia!

Antes de que Hominy pudiera mirarlos, cogí el cartapacio y ojeé las columnas con las entradas. Estaba todo allí. Los títulos, las fechas de fotografía, el elenco y el equipo de rodaje, los días de rodaje y los costos totales de producción, beneficios y pérdidas de las 227 películas. Un momento, ¿he dicho 227?

—Pensé que solo había 221 películas.

Barriguitas sonrió y pasó a la segunda página. Habían tachado seis entradas consecutivas para las películas rodadas a finales de 1944. Lo que significaba que, en alguna parte, todavía podía haber dos horas de travesuras infantiles que yo no había visto nunca. Me sentí como si estuviera revisando un informe del FBI sobre el asesinato de Kennedy. Arranqué aquella hoja de las anillas y la sostuve al sol, tratando de percibir algo a través de los tachones y retroceder en el tiempo.

—¿Quién crees que hizo esto? —le pregunté.

Barriguitas sacó otra fotocopia del bolso. Esta enumeraba a todos los que habían tenido acceso al libro mayor desde 1963. Había cuatro nombres: Mason Reese, Leonard Maltin, Foy Cheshire y Butterfly Davis, que supuse que sería el verdadero nombre de Barriguitas. Antes de que lograra apartar los ojos del papel, Hominy y Butterfly ya estaban sentados en la cabina de la furgoneta. Él tenía un brazo alrededor de ella y estaba apoyado en el claxon.

—¡Ese negrata tiene mis películas! ¡Vamos cagando leches!

Desde West Los Ángeles, el trayecto hasta la morada de Foy en Hollywood Hills duró más de lo que debería. Cuando mi padre solía obligarme a acompañarlo a sus negras y sesudas maquinaciones con Foy, nadie conocía los atajos norte-sur desde la cuenca hasta las colinas. Por aquel entonces Crescent Heights y Rossmore eran calles laterales con poco tráfico; ahora son de dos carriles y están atestadas. Tío, yo solía nadar en la piscina de Foy mientras ellos hablaban de política y de racismo. Ni una sola vez mostró mi padre la menor amargura por el hecho de que Foy hubiera comprado esa propiedad con el dinero que ganaba con «The Black Cats 'n' Jammin Kids», cuyos *storyboards* originales aún cuelgan de la pared de mi dormitorio. «¡Sécate, hijo de puta! —me reprendía papá—. ¡Estás chorreando en los suelos de cerezo brasileño de este hombre!»

Durante la mayor parte del trayecto, Butterfly y Hominy se dedicaron a mirar fotos de ella y sus colegas de hermandad celebrando las dichas del multiculturalismo. Coincidían a la hora de denigrar la ciudad de Los Ángeles etnia por etnia, barrio por barrio. Saltándose las normas de circulación y los tabúes sociales, ella se sentó en su regazo, ambos con los cinturones de seguridad desabrochados.

—Aquí estoy en la Barbacoa de Compton... Soy la tercera «chica del gueto» por la derecha.

Le eché un vistazo a la instantánea. Las chicas y sus novietes posaban con las caras ennegrecidas y pelucas afro, con litronas y balones de baloncesto, fumando canutos liados con hojas de tabaco. Las bocas rebosantes de dientes de oro y muslos de pollo. Lo que me pareció insultante no fue el ridículo racista, sino la falta de imaginación. ¿Dónde estaban los bufones? ¿Los tipos vestidos de *jazzmen*? ¿Las mamis? ¿Los muchachos yendo de duros? ¿Los conserjes y porteros? ¿Los *quarterbacks*? ¿Los meteorólogos de fin de semana? ¿Los recepcionistas que te saludan en cada estudio de cine y agencia de talentos de la ciudad? «El señor Witherspoon lo recibirá en un instante. ¿Puedo traerle un vaso de agua?» Ese es el problema con esta generación, que no conocen su historia.

—Esta nos la sacaron la noche del «Bingo sin Gringos» que celebramos el Cinco de Mayo...

A diferencia de la barbacoa de Compton, no era difícil distinguir a Butterfly en esa nueva foto: aparecía sentada junto a una asiática, y ambas, como las demás hermanas, llevaban gigantescos sombreros charros, ponchos, bandoleras y largos bigotes de Pancho Villa, mientras bebían tequila y pintarrajeaban sus cartones. «¡El ocho...! ¡¡¡Bingo!!!»

Butterfly nos enseñó más fotos. Los títulos de cada una revelaban su propio código de vestimenta: «Das Bunker», «Picnic del Acerbo Genético», «¡Pelea de almohadas y Shabu Shabu!», «Senda de coyote, viaje de peyote».

Situada justo al lado de Mulholland Drive, en el promontorio que domina el Valle de San Fernando, la casa de Foy era más grande de lo que recordaba. Una enorme finca Tudor con una vía de acceso circular, que parecía más un internado inglés que una vivienda particular, si descontábamos la gigantesca señal de ejecución hipotecaria atornillada a la puerta de entrada. Bajamos de la camioneta. Soplaba un aire de montaña ligero y limpio. Inspiré hondo y contuve la respiración mientras Hominy y Butterfly se dirigían a la puerta.

—Puedo oler mis películas ahí dentro.

—Hominy, este sitio está vacío.

—Están ahí. Lo sé.

—¿Y qué vas a hacer? ¿Ponerte a excavar en el patio como en «Riquezas inesperadas»? —le pregunté haciendo alusión al canto del cisne de Spanky en *La pandilla*.

Hominy sacudió la valla. Y luego, del mismo modo en que uno recuerda el número de teléfono de su mejor amigo, recordé el código de acceso. Pulsé 1-8-6-5 en el tablero de seguridad. La puerta emitió un zumbido, la cadena de rodillos se tensó y lentamente se abrió la puerta. 1865, el año en que acabó la Guerra Civil. Los negros son obvios como ellos solos.

—Amo, ¿vienes?

—No, id vosotros.

Había una vista panorámica sobre Mulholland. Dirigiéndome hacia el norte, cronometré mi carrera y corrí entre un Maserati a toda velocidad y dos adolescentes en un BMW descapotable regalo de cumpleaños. Por la ladera de la montaña bajaba una pista de tierra que se colaba por el chaparral durante más o menos kilómetro y medio, para desembocar en una calle lateral colindante con Crystalwater Canyon Park, donde había una zona de recreo pequeña e impecable, con mesas de picnic, árboles que daban sombra y una pista de baloncesto. Me senté debajo de un abeto espeso, ignorando la savia que goteaba por el tronco. Los jugadores se preparaban para un partidito o dos después de la jornada laboral y antes de que se pusiera el sol. En el centro de la cancha había un negro solitario, de unos treinta y tantos años, de piel clara y con el torso desnudo. Era uno de esos jugadores veteranos que frecuentaban las pistas blancas de barrios lujosos como Brentwood y Laguna, en busca de rivales decentes, una oportunidad de ser anotador dominante y, quién sabe, tal vez hasta una oferta de trabajo.

—Negratas, si alguno de vosotros ha venido a llamar la atención, ¡que salga echando hostias de la cancha! —gritó el hermano, para deleite de los blancos. El profesor de filosofía, de año sabático, marcó la jugada. Un abogado especializado en juicios por lesiones efectuó un tiro en suspensión desde una esquina. Mostrando un asombroso control del balón, un farmacéutico gordo dribló a un pediatra, pero falló al ejecutar la bandeja. El comercial lanzó un tiro que salió fuera de la cancha y rodó hacia el aparcamiento. Incluso en Los Ángeles, donde los coches de lujo están por todas partes y son como carritos de la compra en un supermercado, el Mercedes Benz 300SL de 1956 de Foy resultaba inconfundible. No podía haber más de cien en todo el planeta. Foy estaba junto al guardabarros delantero, sentado en una pequeña silla de jardín, vestido solo con unos bóxers, una camiseta y sandalias, hablando por teléfono y escribiendo en un portátil casi tan viejo como su coche. Estaba secando su ropa. Sus camisas y pantalones colgaban de perchas enganchadas a las puertas con alerones del coche, y flotaban en la brisa como alas sobre un dragón plateado. Tenía que preguntárselo. Me levanté y pasé junto a la cancha de baloncesto. Dos jugadores que competían por una bola suelta cayeron al suelo. Antes de ponerse en pie, ya estaban disputando la posesión.

—¿De quién es eso? —me preguntó un jugador con unas zapatillas de deporte viejas y los brazos extendidos, como suplicando en silencio un poco de misericordia.

Reconocí a aquel tipo. Hacía de detective bigotudo en una serie policíaca que habían cancelado hacía tiempo, aunque todavía se vendía en el extranjero y tenía mucho éxito en Ucrania.

—Eso es del tipo del pecho peludo.

La estrella de cine no parecía estar de acuerdo. Pero así era.

Foy me miró desde su silla, aunque no dejó de hablar ni de

escribir. Hablaba con rapidez, soltando un sinfín de palabras ininteligibles, algo sobre el tren de alta velocidad y el regreso de los porteros Pullman que servían en los antiguos coches-cama. Los neumáticos Pirelli Whitewall del Mercedes coupé ya no tenían dibujo. De los asientos de cuero agrietados y con ampollas rezumaba espuma amarilla como si fuera pus. Tal vez Foy no tuviera un hogar, pero se negaba a vender su reloj o un coche que, en cualquier subasta, incluso en ese estado de puta pena, valía varios cientos de miles de dólares. Tenía que preguntárselo.

—¿Qué estás escribiendo?

Foy se apoyó el teléfono en el hombro.

—Un libro titulado *Yo hablar blanco algún día.*

—Foy, ¿cuándo fue la última vez que tuviste una idea original?

Sin mostrarse ofendido, lo pensó un segundo y respondió:

—Seguramente no he tenido ninguna desde que murió tu padre —dijo antes de regresar a su llamada telefónica.

Volví a la antigua casa de Foy para encontrarme a Hominy y a Butterfly bañándose en pelotas en la piscina, y me sorprendió un poco que ningún vecino entrometido se hubiera molestado en llamar a la policía. Imagino que todos los negros viejos se parecen. Cayó la noche, y las luces de la piscina se encendieron automáticamente y en silencio. La suave luz azul de una piscina iluminada por la noche es mi color favorito. Fingiendo que no sabía nadar, Hominy estaba en la parte más profunda, donde cubría, aferrándose con toda su alma a los generosos flotadores de Butterfly. No había encontrado lo que buscaba, sus películas, pero lo que había logrado parecía ayudarle a salir de un apuro. Me desnudé y me metí en el agua. No era de extrañar que Foy estuviera sin blanca, la temperatura debía de ser de al menos treinta y cinco grados.

A través del vapor que ascendía de las aguas, flotando boca arriba, vi la parpadeante estrella polar indicándome el camino hacia una libertad que ni siquiera sabía si necesitaba. Pensé en mi padre, con cuyas ideas había comprado Foy aquella vivienda, entonces propiedad del banco. Me puse a hacer el muerto y traté de adoptar la postura en la que estaba papá cuando lo encontré fiambre en plena calle. ¿Cuáles fueron sus últimas palabras antes de que lo abatieran a tiros? «No sabéis quién es mi hijo.» Tanto trabajo, Dickens, la segregación, Marpessa, la agricultura y sigo sin saber siquiera quién soy.

«Tienes que hacerte dos preguntas: ¿quién soy? y ¿cómo puedo llegar a ser yo mismo?».

Estaba más perdido que nunca, y pensé seriamente en poner la granja patas arriba, arrrancar las cosechas, vender el ganado e instalar una piscina de olas. Porque ¿acaso hay algo más guay que hacer surf en tu patio trasero?

23

Unas dos semanas después de la búsqueda del tesoro perdido de las películas de Laurel Canyon, se reveló el secreto. La revista *The New-ish Republic*, que no había mostrado un niño en portada desde el bebé Lindbergh, fue la que descubrió el pastel. Encima del pie «el nuevo Jim Crow: ¿la educación pública le ha cortado las alas al niño blanco?» se veía a un blanco de unos doce años, posando como un símbolo minúsculo de racismo inverso. El nuevo Jim Crow se encontraba en los escalones de la Escuela Chaff con una pesada cadena de oro al cuello. Bajo la malla para el pelo le asomaban unos mechones rubios y rebeldes, y llevaba unos auriculares de reducción de ruido. En una mano tenía una gramática de la lengua negra y en la otra, un balón de baloncesto. Entre los labios entornados le brillaba un ortodoncia de oro y la camiseta XXXL que llevaba puesta lucía la leyenda ENERGY = AN EMCEE².

Hace mucho tiempo, mi padre me enseñó que, cuando ves una pregunta en la portada de una revista, la respuesta es siempre «No», porque los editores saben que las preguntas con respuesta afirmativa, como las advertencias gráficas de los paquetes de cigarrillos y los primeros planos de genitales verrugosos (anuncios que, por otro lado, tienden no a disuadir, sino a alentar el consumo de tabaco y las relaciones sexuales de riesgo) asustan al lector. Así que uno recibe dosis de amarillismo como estas: «O. J. Simpson y el racismo: ¿el veredicto dividirá a América?», no. «¿La televisión ha ido demasiado lejos?», no. «¿Ha vuelto el antisemitismo?», no, porque nunca se fue. «¿La educación pública ha cortado las alas al niño blanco?», no, porque una semana después de que ese número llegara a los quioscos, cinco niños blancos, con sus mochilas llenas de libros, silbatos antiviolación y botes de gas pimienta, saltaron de un autobús escolar alquilado y trataron de acabar con la segregación de la Escuela Chaff, en cuya puerta la subdirectora Charisma Molina les cortó el paso a su institución cuasisegregada.

Incluso de no haber contado con toda la publicidad que aseguraba que, si continuaba mejorando a aquel ritmo, el año siguiente Chaff se convertiría en la cuarta mejor escuela pública del condado, sí debería haber tenido muy presente que, pese a que doscientos cincuenta niños pobres de color que reciben una educación inferior nunca serán noticia de portada, el que se le niegue a un solo estudiante blanco el acceso a una educación decente siempre desencadenará un alud de mierda en todos los medios de comunicación. Lo que nadie podría haber previsto, sin embargo, fue aquella coalición de padres blancos que estaban hartos, escucharon los consejos de Foy Cheshire y sacaron a sus hijos tanto de las escuelas públicas de bajo rendimiento como de las privadas de precios estratosféricos. Y que además exigían el regreso del autobús escolar desegregado, contra el que muchos de aquellos padres habían protestado con vehemencia una generación antes.

Con desgana, demasiado pobre y avergonzado para brindar una escolta armada, el estado de California vio cómo Suzy Holland, Hannah Nater, Robby Haley, Keagan Goodrich y Melonie Vandeweghe, los nuevos corderos expiatorios de la reintegración, bajaban del autobús bajo la protección, no ya de la Guardia Nacional, sino de la magia de la televisión en directo y la boca ruidosa de Foy Cheshire. Habían transcurrido un par de semanas desde que me lo encontrara viviendo en su coche y, por lo que había oído, vio que nadie acudía a la última reunión de los dum dums, a pesar de que el programa prometía la charla de un reputado activista comunitario, el señor _ _ r _ _ _ O _ _ _ _ .

Aceptando el desafío, dispuestos a hacer historia, los Dickens Five, sobrenombre por el que llegaría a conocerse al quinteto, se prepararon para una lluvia de piedras y botellas encorvando los hombros y cubriéndose la cara con los brazos. Pero, a diferencia de Little Rock, Arkansas, el 3 de septiembre de 1957, la ciudad de Dickens no les escupió a la cara ni fueron blanco de ningún insulto racista; al contrario, les pedían autógrafos y les preguntaban si ya tenían pareja para el baile de graduación. No obstante, cuando los aspirantes a alumnos llegaron a lo alto de las escaleras, allí estaba la subdirectora Charisma en su mejor papel de gobernador Faubus y negándose a moverse un ápice, con el brazo derecho apoyado en el quicio de la puerta. Hannah, la más alta del grupo, intentó sortearla, pero Charisma se mantuvo firme.

—Prohibida la entrada a los anglos.

Hominy y yo estábamos al otro lado de la contienda. De pie, detrás de Charisma y, como todos, todos salvo el personal de vigilancia y los empleados de las cocinas del instituto Central de Little Rock o de la Universidad de Misisipi en 1962, del lado equivocado de la historia. Hominy había ido a la escuela aquel día para dar clases particulares a Jim Crow. Charisma me había invitado a leer la carta comercial que acompañaba el envío del último texto multicultural reimaginado por Foy Cheshire, *De latones y hombles*, una adaptación totalmente china del clásico de Steinbeck de los tiempos de los culis del ferrocarril. El libro era una copia en papel carbón del texto original, pero sin artículos y con todas las erres convertidas en eles. «Homble fuelte, de baliga plominente, entló en casa de peones.» Nunca entenderé por qué, después de más de medio siglo del hijo número uno de Charlie Chan, el tipo de Smashing Pumpkins, esos productores musicales puestos hasta las cejas, los skaters y las dóciles esposas asiáticas casadas con blancos que salen en los anuncios de ferreterías, sigue habiendo gente como Foy

EL VENDIDO

Cheshire, que todavía piensa que los asiáticoamericanos no saben pronunciar las erres, pero lo cierto es que había algo desconcertante en la nota apresurada que acompañaba al libro:

Estimada marioneta del complot progresista:

Sé que vas a desdeñar este agotador trabajo de desbordante inteligencia, pero tú te lo pierdes. Este libro me colocará firmemente en la tradición autodidacta de autores como Virginia Woolf, Kawabata, Mishima, Mayakovsky y DFW. Nos vemos este lunes para el primer día de escuela. La clase bien puede tener lugar en tu campus, pero estarás asistiendo como oyente a mi mundo. Trae papel, boli y a ese Vendido que Susurra a los Negratas.

Atentamente,

FOY «¿SABÍAS QUE GANDHI ATIZABA
A SU ESPOSA?» CHESHIRE

Cuando Charisma me preguntó por qué habría citado Foy a aquellos escritores en concreto, respondí que no tenía ni idea, pero evité mencionar que la lista estaba compuesta únicamente por novelistas que se habían quitado la vida. Costaba saber si la declaración suponía una especie de aserción suicida, aunque era de esperar. Hoy en día no quedan muchos negros que sean los primeros en algo y, dado que Foy era un buen candidato para el título de «primer escritor negro en borrarse a sí mismo del mapa», había que estar preparado. Y si de verdad era «autodidacta», no cabía duda de que también era el peor maestro del mundo.

Foy se puso a la cabeza para hacerse cargo de las negociaciones, sacando como por arte de magia una pequeña pila de resultados de ADN. Resultados que plantó directamente ante la lente de la cámara de televisión más cercana, y no ante el rostro de Charisma.

—Tengo aquí, en la mano, una lista de análisis que demuestran que cada uno de estos niños tiene raíces maternas que se remontan miles de años, al gran Valle del Rift, en Kenia.

—Negrata, pero ¿tú de qué lado estás?

Me encontraba en los ignominiosos pasillos de la escuela, de modo que no pude ver quién había hablado, pero era una buena pregunta y, a juzgar por el silencio reinante, también una para la que Foy no tenía respuesta. Tampoco es que yo supiera de qué lado me encontraba. Todo lo que sabía era que la Biblia, los raperos con conciencia y Foy Cheshire no estaban de mi lado. Charisma, sin embargo, tenía muy clara su postura y, tras ponerle ambas manos en el pecho, empujó a Foy y a aquellos niños escaleras abajo como si fueran bolos. Miré a mi alrededor para ver las caras de los que estaban de mi lado del umbral: Hominy, los maestros, Sheila Clark... tal vez un poco temerosos todos, sí, pero resueltos. Mierda, quizá después de todo me hallaba del lado correcto de la historia.

—Si tantas ganas tenéis de estudiar en Dickens, os sugiero que esperéis hasta que se abra la escuela al otro lado de la calle.

Los futuros estudiantes blancos se levantaron y se giraron para mirar a sus antepasados, los orgullosos pioneros de la mítica Academia Wheaton. Con sus prístinas instalaciones, sus eficientes profesores y su inmenso campus verde, había algo innegablemente atractivo en la Wheaton y, como ángeles atraídos por la música de laúdes y la comida decente de la cafetería, los jóvenes empezaron a gravitar ansiosamente hacia aquel cielo docente... hasta que Foy les cortó el paso.

—¡Que nadie se deje engañar por este ídolo! —gritó—. Esta escuela es la raíz de todos los males. Es una bofetada en la cara de cualquiera que haya defendido la justicia y la igualdad. Es un chiste racista que se burla de la gente trabajadora de esta y de todas las comunidades, colocando una zanahoria en un

EL VENDIDO

palo y sosteniéndola ante viejos caballos demasiado cansados para correr. ¡Y, además, no existe!

—Pero parece tan real...

—Esos son los mejores sueños, los que parecen reales.

Decepcionado, pero no derrotado, el grupo se situó en una franja de césped cerca del asta de la bandera. Aquello era un duelo mexicano de orden cultural: Foy y su culo negro con los niños blancos en medio, justo entre Charisma y el espectro utópico de la Academia Wheaton, a ambos lados.

Se dice que, amigo de los timos y en un intento cutre por desconcertar a su hijo, el padre de un joven Tiger Woods hacía sonar la calderilla que llevaba en el bolsillo cada vez que su retoño estaba de pie sobre un *putt*, a dos metros de la victoria. El resultado final fue que aquel zoquete rara vez perdía la concentración. Yo, por contra, me distraigo con facilidad. Estoy permanentemente despistado, porque a mi padre le gustaba jugar a un juego que denominaba «Después de los hechos», en el que, cuando me encontraba en mitad de algo, me interrumpía para mostrarme una foto histórica muy conocida y preguntarme:

—¿Qué pasó después?

Estábamos en el partido de los Bruins, en un tiempo muerto crucial, y entonces sacaba la foto de la huella de Neil Armstrong en suelo lunar y me la plantaba en la cara.

—Vale, ¿qué pasó después?

Yo me encogía de hombros.

—No lo sé. Hizo esos anuncios de Chrysler para la tele.

—Se convirtió en un alcohólico.

—Papá, creo que ese fue Buzz Aldrin.

—De hecho, muchos historiadores creen que cuando puso el pie por primera vez en la Luna estaba bolinga. «Esto es un pequeño paso para el hombre, pero un salto gigante para la humanidad.» ¿Qué coño significa eso?

MANZANAS Y NARANJAS

En mi primer partido de Little League como bateador, Mark Torres, un lanzador larguirucho cuyos tiros eran tan duros como una erección adolescente y, al igual que ese primer encuentro sexual, precozmente veloces, me arrojó una bola rápida de 0-2 que no vimos ni el árbitro ni yo, y que solo puedo suponer que iba alta y por dentro por el roce que me hizo en plena frente. Mi padre salió corriendo de la caseta. No para darme ningún consejo de bateo, sino para enseñarme la famosa foto de los soldados estadounidenses y rusos reunidos en el río Elba, estrechándose la mano y celebrando el final de facto de la Segunda Guerra Mundial en el escenario europeo.

—Vale, ¿qué pasó después?

—Estados Unidos y la Unión Soviética continuaron enfrentados en una Guerra Fría que duró casi medio siglo, obligando a cada país a gastar miles de millones de dólares en defensa, en una estafa piramidal que Dwight D. Eisenhower denominaría el Complejo Militar Industrial.

—Por poco sacas nota. Stalin mandó fusilar a cada soldado ruso de esta fotografía por confraternizar con el enemigo.

Dependiendo de si eres o no un friki de la ciencia ficción, el episodio que ves puede ser *Star Wars II* o *Star Wars V*. Pero sea cual sea, en pleno duelo de espadas láser entre Darth Vader y Luke Skywalker, justo después de que el Señor Oscuro le haya cortado de un tajo el brazo a Luke, mi padre le arrancaba la linterna de la mano a un acomodador y me estampaba una foto en blanco y negro en el pecho.

—Vale, ¿qué pasó después?

En un borroso círculo de luz, una joven negra con una blusa blanca exquisitamente planchada y una falda como de tela de mantel se sujetaba una carpeta de tres anillas contra unos pechos y una psique aún por desarrollar. Llevaba unas gafas de sol gruesas y oscuras, pero su mirada no se posaba ni en mí ni en las mujeres blancas que la atormentaban a gritos a su espalda.

291

—Es una de las Little Rock Nine. Enviaron tropas federales. Fue a la escuela. Y, colorín colorado, ese cuento se ha acabado.

—Lo que sucedió después fue que, al año siguiente, el gobernador, en lugar de seguir integrando el sistema escolar tal como exigía la ley, cerró todas las escuelas secundarias de la ciudad. Si los negratas querían aprender, entonces nadie iba a aprender nada. Y, hablando de aprender, toma nota de que ellos no te enseñan esa parte en la escuela.

Jamás repliqué, diciéndole que «ellos» eran maestros como mi padre. Solo recuerdo haberme preguntado por qué se precipitaba Luke Skywalker hacia un abismo estrellado sin razón aparente.

A veces me gustaría que Darth Vader hubiera sido mi padre. Me habría ido mucho mejor. No tendría mano derecha, pero definitivamente tampoco cargaría con el hecho de ser negro y con tener que decidir constantemente cuándo me importaba una mierda serlo o si de verdad me importaba. Además, soy zurdo.

Así que allí todo el mundo se mostraba digamos que obstinado como manchas de verdín, esperando que otro moviera ficha. El gobierno. Dios. La lejía para ropa de color. La fuerza. Lo que fuera.

Charisma me miró exasperada.

—¿Cuándo se termina esta mierda?

—Nunca —murmuré, y salí a disfrutar de la perfecta brisa que corre cada mañana de primavera por California.

Foy había preparado a sus tropas para cantar «We Shall Overcome» a coro. Se habían tomado del brazo, balanceándose y tarareando la melodía lentamente, siguiendo el ritmo. La mayoría de la gente piensa que «We Shall Overcome» es de dominio público. Que, gracias a la generosidad de la lucha de los negros, sus poderosos lemas son libres de ser cantados por cualquier persona, en cualquier momento, justo cuando sienta las picaduras de la injusticia y la traición, que es como debe ser. Pero si te plantaras ante la Oficina de Derechos de Autor de Estados Unidos y protestaras cantando «We Shall Overcome» porque te parece fatal que haya gente que se beneficie de canciones robadas a otros, entonces les deberías a los herederos de Pete Seeger un centavo por cada interpretación. Y a pesar de que Foy, que cantaba a voz en grito, había considerado conveniente cambiar el poético verso «algún día» por un expeditivo «¡ahora mismo!», dejé diez centavos en el asfalto por si acaso.

Foy levantó los brazos por encima de la cabeza, el jersey se le subió por encima de la barriga y dejó al descubierto la empuñadura de una pistola trabada en su cinturón de cuero italiano. Eso explicaba el cambio de verso, su impaciencia, la letra y la mirada desesperada en sus ojos. ¿Y por qué no había reconocido antes esa ausencia de ángulo en su peinado que siempre había corrido en paralelo al cráneo?

—Charisma, llama a la policía.

Solo los jipis universitarios, los coros de góspel, los fans de los Cubs y otros idealistas varios se saben de memoria los versos dos a seis de «We Shall Overcome» y cuando su rebaño empezó a trabarse con el verso siguiente, Foy sacó el arma y la agitó como un letrero del calibre 45. Trató de exhortar a sus compañeros a través de los tramos más difíciles, pero ellos ya le habían dado la espalda para salir a todo correr, dejándonos atrás a Hominy y a mí, hasta llegar a la entrada de la escuela, cuyas puertas no se abrieron porque Charisma las había cerrado a su paso.

Dickens no se dispersa con facilidad. Tampoco se van los medios de comunicación locales, acostumbrados a los asesinatos de bandas y a un suministro aparentemente interminable de asesinos psicóticos. Así que, cuando Foy pegó dos tiros a la trasera de su Mercedes mal aparcado en Rosecrans, la multitud se apartó lo justo para crear un carril a través del cual los niños blancos pudieron llegar hasta la relativa seguridad del autobús escolar, donde se agacharon bajo los asientos. La desegregación nunca es fácil en ninguna dirección y, después de que Foy disparase dos tiros más en dirección a los derechos civiles, su progreso sería aún más lento porque el autobús de la libertad había pasado a tener un par de ruedas pinchadas.

Foy le pegó otro tiro al logotipo de Mercedes-Benz. Esta vez el capó se abrió con esa lentitud majestuosa con que solo se abren los capós de los mercedes, y agarró una vieja lata de pintura blanca. Pero antes de que yo, o cualquier otro, pudiera llegar hasta él, dio media vuelta y nos rechazó con su pistola y su canto desafinado. Había hecho otro cambio en la letra. Esta vez personalizando la melodía, cambiando el estribillo a «I Shall Overcome» ¿Qué es lo que dicen siempre los jueces de esos concursos televisivos en los que la gente canta? «Realmente has hecho tuya la canción.»

El sonido de una lata de pintura al abrirse es siempre de lo más satisfactorio. Y justificadamente satisfecho consigo mismo y con las llaves de su coche, Foy, sin dejar de cantar a voz en grito, se puso de pie y, de espaldas a la calle, me apuntó con la pistola directamente al pecho. «Lo he visto un millón de veces —decía mi padre—. Negratas profesionales que simplemente se rompen en mil pedazos porque se acabó la farsa.» De repente, la oscuridad que los atenazaba se esfuma como polvo que dispersa la lluvia en la ventana. Lo único que queda es la transparencia de la condición humana, y todo el mundo es capaz de ver a través de ti. Por fin ha salido a la luz que mentiste en el currículo. La razón por la que tardan tanto en escribir sus informes ha sido revelada, y no se trata de una cuidadosa atención al detalle, sino de dislexia. Las sospechas confirmaron que el bote de enjuague bucal omnipresente en el escritorio del hombre de color, ese de la esquina, cerca del baño, no estaba lleno de «un líquido diseñado para acabar con el mal aliento y proporcionar protección las veinticuatro horas contra los gérmenes que causan enfermedades en las encías y gingivitis», sino de *schnapps* de menta. Un líquido diseñado para acabar con las pesadillas y proporcionar una falsa sensación de seguridad, para que creas que tu sonrisa Listerine los está matando lentamente. «Lo he visto un millón de veces», decía. «Los negratas de la Costa Este por lo menos tienen Martha's Vineyard y Sag Harbor. ¿Qué tenemos nosotros? Las Vegas y ese maldito Pollo Loco.» He de decir que a mí me encanta El Pollo Loco y, aunque no estaba del todo seguro de que Foy fuera un peligro para mí ni para nadie más, pensé que si salía vivo de aquello, lo primero que haría sería visitar El Pollo que hay en Vermont con la Cincuenta y ocho. Pediría un combo de tres piezas, con maíz a la parrilla, puré de patatas y uno de esos deliciosos zumos de frutos rojos que saben a la fiesta de mi octavo cumpleaños.

Las sirenas estaban a medio pueblo de distancia. Ni siquiera cuando el condado recibía dinero a espuertas por el impuesto de propiedades de casas tasadas muy por encima de su valor, Dickens tenía un número justo de funcionarios. Y hoy en día, con los recortes y la corrupción, el tiempo de respuesta se mide en eones: siguen en sus puestos los mismos operadores que recibieron las llamadas del Holocausto, Ruanda, Wounded Knee y Pompeya. Foy apartó la pistola de mí y se la llevó a la sien, y luego, con la mano libre, dejó caer el cubo de pintura espesa y semiendurecida sobre su cabeza. En grumos, la pintura le resbaló por el lado izquierdo de la cara y a lo largo del costado, hasta que quedaron completamente blancos un ojo, una fosa nasal, una manga de camisa, una pernera y un reloj Patek Philippe. Foy no era el Árbol de la Ciencia, a lo sumo un Arbusto de la Opinión, pero, en cualquier caso, era obvio que, tanto si solo pretendía llamar la atención como si no, lo cierto es que se moría por dentro. Miré sus raíces. Un zapato marrón salpicado con pintura de una cascada lechosa que le corría por la perilla y goteaba desde la barbilla. Esa vez no cabía duda de que no estaba en sus cabales, porque si hay una cosa que un hombre negro con éxito como Foy ame más que a Dios, su país y el estofado de cerdo de su mamá, son sus zapatos. Me acerqué a él. Levanté los brazos y abrí las manos. Foy se apretó el cañón de la pistola aún más contra la sien, donde tiempo atrás luciera su difunto afro, convirtiéndose en rehén de sí mismo. Me daba igual que se suicidara él solo o a manos de la policía, aunque me alegraba de que por fin hubiera dejado de cantar.

—Foy —dije, sonando sorprendentemente como mi padre—, tienes que hacerte dos preguntas: ¿quién soy? y ¿cómo puedo llegar a ser yo mismo?

Esperé oír el consabido «no dejo de romperme los cuernos por vosotros, negratas, y así me lo agradecéis».

La diatriba habitual sobre que nadie compraba sus libros. Sobre que, aunque era productor, director, editor, encargado del cáterin y estrella de un programa de televisión que se había vendido en dos continentes y aportó una drástica versión homogeneizada y romántica del pensamiento intelectual negro a decenas de hogares en más de seis países, nada había cambiado sobre cómo nos ve el mundo, eso por no hablar de cómo nos vemos a nosotros mismos. Sobre cómo él era el responsable directo de haber conseguido que un hombre negro hubiera sido elegido presidente y aun así nada había cambiado. Sobre cómo la semana anterior un negrata había ganado 75.000 pavos en la versión juvenil de *Jeopardy!* y nada había cambiado. De hecho, las cosas habían empeorado. Y uno podía ver que las cosas están empeorando. Porque la «pobreza» ha desaparecido del lenguaje común y de nuestra conciencia. Porque hay blancos que trabajan lavando coches. Porque las blancas que hacen porno son más guapas que nunca y hoy es un maromo gay el que se vuelve «hetero por la plata». Porque los actores famosos hacen anuncios en los que se exaltan las virtudes de las compañías telefónicas y el ejército de Estados Unidos. ¿Sabes cómo puede verse que está todo hecho una puta mierda? Porque alguien piensa que todavía seguimos en 1950 y ve la conveniencia de reintroducir la segregación en la ética americana. Y ese alguien no serías tú, ¿verdad, Vendido? ¿Poniendo señales de tráfico falsas? ¿Levantando falsas escuelas como si el gueto fuera una especie de París de pega, como esas estaciones de tren, ese Arco de Triunfo y esa Torre Eiffel construidos durante la Primera Guerra Mundial para engañar a los bombarderos alemanes? Del mismo modo en que en la guerra siguiente los alemanes construyeron en Theresienstadt falsos almacenes, falsos teatros y parques de pega para engañar a la Cruz Roja, para que esta creyera que no se cometían atrocidades, cuando la guerra no era sino un sinfín de malditas atrocidades: bala a bala, detención ilegal tras detención ilegal, esterilización tras esterilización, bomba atómica tras bomba atómica. No puedes engañarme. No soy la Luftwaffe ni la Cruz Roja. No crecí en este infierno... De tal palo, tal astilla...

Cuando es tu sangre la que te resbala entre los dedos, la cantidad solo puede describirse como «abundante». No obstante, mientras me retorcía en la cuneta agarrándome las entrañas, empecé a sentir algo parecido a un cierre, una resolución, un desenlace. Aunque no había oído el disparo, por primera vez en mi vida tenía algo en común con mi padre, a ambos nos había disparado en el vientre un hijo de puta sin agallas. Y encontré cierta satisfacción en eso. Fue como si por fin hubiera saldado mi deuda con él y con sus malditas nociones de negritud e infancia. Papá no creía en cierres. Decía que era un concepto psicológico falso. Algo inventado por terapeutas para mitigar la culpa occidental blanca. En todos sus años de estudios y prácticas, jamás había oído a un paciente de color hablar de la necesidad de «cierre». Necesitaban venganza. Necesitaban distancia. Y tal vez perdón y un buen abogado, sí, pero nunca cierre. Decía que la gente confunde el suicidio, el asesinato, la banda gástrica ajustable, el matrimonio interracial y dejar demasiada propina con haber cerrado algo, cuando en realidad lo que han conseguido es borrarlo.

El problema con el cierre es que, una vez lo has probado, lo deseas en todos los aspectos de tu vida. En especial cuando estás desangrándote y tu esclavo, en plena rebelión, chilla: «¡Devuélveme mis películas de *La pandilla*, hijo de puta!», y se lía a puñetazos con tu agresor con tal furia que reducirlo requiere la intervención de medio Departamento del Sheriff del condado de Los Ángeles, mientras tú intentas frenar la sangría con un viejo número empapado de la revista *Vibe* que alguien ha tirado a la cuneta, no hay tiempo que perder. Kanye West ha anunciado: «¡Soy el rap!». Jay-Z se cree Picasso. Y la vida es breve, joder.

—La ambulancia llegará enseguida.

Por fin se habían calmado las cosas. Hominy, que no podía dejar de llorar, se había quitado la camiseta, la había enrollado para hacer una almohada y acunaba mi cabeza en su regazo. Una ayudante del sheriff se agachó ante mí y me dio un golpecito en la herida con el mango de la linterna.

—Joder, eso que has hecho ha sido muy valiente, Susurrador de Negratas. ¿Necesitas algo mientras tanto?

—Un cierre.

—No creo que necesites sutura. No parece haber entrado en el abdomen; es más bien como si te hubieran dado en las lorzas. Es superficial, créeme.

Cualquiera que haya descrito alguna vez una herida de bala como superficial es que nunca ha recibido un disparo. Pero no pensaba dejar que esa pequeña carencia de empatía me impidiera el cierre total.

—Es ilegal gritar «¡fuego!» en un teatro lleno de gente, ¿verdad?

—Sí.

—Vale, pues yo he susurrado «racismo» en un mundo posracial.

Le conté mis desvelos por recuperar Dickens, y que había creído que construir la escuela para blancos daría a la ciudad cierto sentido de identidad. Me acarició el hombro con compasión, llamó a su supervisor por radio y, mientras esperábamos a la ambulancia, los tres discutimos sobre la gravedad del crimen. El condado se mostraría reacio a presentar cargos por algo más que vandalismo contra la propiedad pública, y yo intentaría convencerlos de que, incluso si la criminalidad había disminuido en Dickens desde la creación de la Academia Wheaton, lo que había hecho seguía constituyendo una violación de la Primera Enmienda, del Código Civil y, salvo en el caso de que se hubiera declarado un armisticio en la Guerra contra la Pobreza, de al menos cuatro artículos de la Convención de Ginebra.

Llegaron los paramédicos. Una vez que me hubieron estabilizado con gasas y unas cuantas palabras amables, una mujer de ellos procedió con el protocolo de evaluación estándar:

—¿Pariente más cercano?

Allí acostado, no agonizante exactamente pero casi, pensé en Marpessa. A juzgar por la posición del sol en lo alto del magnífico cielo azul, en ese preciso momento se hallaría al final de esa misma calle, haciendo una pausa para el almuerzo. Habría aparcado el autobús delante del océano. Tendría los pies descalzos en el salpicadero, la nariz enterrada en las páginas de un libro de Camus y escucharía «This Must Be the Place» de Talking Heads.

—Tengo una novia, pero está casada.

—¿Y qué hay de este tío? —me preguntó señalando con el

bolígrafo a un descamisado Hominy, que, de pie justo al lado, prestaba declaración a la ayudante del sheriff, la cual iba escribiendo en un bloc de notas y sacudiendo la cabeza con incredulidad—. ¿Son familia?

—¿Familia, dices? —replicó Hominy algo ofendido por las palabras de la paramédica; se secó los arrugados sobacos con la camiseta y se acercó para ver cómo estaba—. Mira, yo soy algo más cercano que un familiar.

—Dice que es su esclavo —intervino la ayudante leyendo sus notas—. Este puto tarado asegura que ha estado trabajando para él los últimos cuatrocientos años.

La paramédica asintió y, con las manos cubiertas con guantes de látex y polvos de talco, le examinó la espalda a Hominy.

—¿Cómo te has hecho estos verdugones?

—Me azotaron. ¿Cómo, si no, iba a tener marcas de látigo en la espalda un negrata vago y sin valor como yo?

Tras haberme esposado a la camilla, los ayudantes del sheriff sabían que por fin tenían algo con que acusarme, pero, de camino a la ambulancia, en medio de la multitud, no llegamos a ponernos de acuerdo sobre la gravedad del crimen.

—¿Trata de personas?

—Qué va, nunca ha sido comprado o vendido. Oye, ¿y qué tal servidumbre involuntaria?

—Tal vez, pero no es como si trabajase a la fuerza...

—No es como si trabajase, punto.

—¿De verdad lo has azotado?

—No personalmente. Pero pago a gente para... Es una larga historia.

A una paramédica se le habían soltado los cordones de los zapatos. Me posaron sobre el banco de madera de una parada de autobús mientras se los ataba. Allí, en el respaldo del banco, vi la foto de un rostro familiar que me tranquilizó con su sonrisa confiada y una corbata roja que irradiaba autoridad.

—¿Tienes un buen abogado? —me preguntó la ayudante del sheriff.

—Voy a llamar a este negrata —le contesté mientras le daba golpecitos al anuncio.

En él se leía:

HAMPTON FISKE

Abogado

Recuerda los cuatro pasos para la absolución:

1. ¡Cierra el pico! 2. ¡No corras!
3. ¡No opongas resistencia! 4. ¡Cierra el pico!

1-800- LIBERTAD
Se habla español

El día de la imputación del gran jurado, Hampton llegó tarde, pero sus servicios valían cada centavo que pagué. Le dije que no podía permitirme ir a la cárcel. Que tenía cosechas que recoger y que una de las yeguas iba a parir en un par de días. Sirviéndose de esta información, se paseó por la audiencia quitándose hojas de la chaqueta y sacudiéndose ramitas de la permanente, con una cesta de fruta en la mano y diciendo:

—Como agricultor, mi cliente es un miembro indispensable de una comunidad perteneciente a una minoría étnica, cuya desnutrición y pobre alimentación está sobradamente documentada. Nunca ha salido del estado de California, posee una camioneta de veinte años de antigüedad que funciona con maldito etanol, combustible, dicho sea de paso, que es casi imposible de encontrar en esta ciudad, y por lo tanto no presenta el menor riesgo de fuga.

Calzados con zapatos de Prada, los pies de la fiscal general de California, que había volado desde Sacramento solo para encargarse de mi caso, dieron un brinco.

—¡Protesto! El acusado, un genio maligno, ha conseguido, mediante sus abominables actos, discriminar racialmente a todas las razas al mismo tiempo; eso por no hablar de su descarado esclavismo. El estado de California cree contar con pruebas más que suficientes para demostrar que el acusado ha violado las leyes de Derechos Civiles de 1866, 1871, 1957, 1964 y 1968; la Ley de Igualdad de Derechos de 1963; las enmiendas decimotercera y decimocuarta y al menos seis de los malditos Diez Mandamientos. Si estuviera en mi mano, ¡lo acusaría de crímenes contra la humanidad!

—Esto es un ejemplo de la humanidad de mi cliente —replicó tranquilamente Hampton, posando con suavidad la cesta en la mesa del juez para retroceder luego con una reverencia—. Fruta recién cogida en la granja de mi cliente, señoría.

El juez Nguyen se frotó los ojos cansados. Tomó una nectarina de la cesta y la acarició con los dedos mientras decía:

—No he pasado por alto la ironía de que nos hayamos reunido en esta sala un fiscal de ascendencia negra y asiática, un acusado negro, un defensor negro, una alguacil latina y un juez de distrito vietnamita para establecer los parámetros de lo que, en esencia, es un argumento judicial sobre la aplicabilidad, la eficacia y la existencia misma de la supremacía blanca, expresada a través de nuestro sistema jurídico. Y aunque ninguno de los presentes negaría la premisa básica de los «derechos civiles», podríamos debatir una eternidad y un día qué significa en realidad «igualdad ante la ley», tal como se define en los mismos artículos de la Constitución que el acusado presuntamente ha violado. Al pretender restaurar su comunidad mediante la reintroducción de preceptos (a saber, la segregación y la esclavitud) que, dada su historia cultural, han llegado a definir su comunidad a pesar de la supuesta inconstitucionalidad e inexistencia de los mismos conceptos, ha logrado incidir en un defecto fundamental en la forma en que vemos la igualdad. «No me importa que seas negro, blanco, marrón, amarillo, rojo, verde o morado.» Todos lo hemos dicho. Lo hemos presentado como prueba de que nuestra ausencia de prejuicios, pero si tiñeran a cualquiera de nosotros de púrpura o de verde, nos volveríamos completamente locos. Y eso es lo que está haciendo él. Está tiñendo a todo el mundo, está pintando esta comunidad de púrpura y verde, para averiguar quién cree aún en la igualdad. No sé si lo que ha hecho es legal o no, pero el único derecho civil que puedo garantizar a este acusado es el derecho al proceso debido, el derecho a un juicio rápido. Nos reuniremos mañana a las nueve. Sin embargo, señores, ya sea inocente o culpable, quiero decirles que, con independencia del veredicto, esto va a ir directo al Tribunal Supremo, así que espero que no tengan nada programado para los próximos cinco años. La fianza se fija en... —el juez Nguyen hizo una pausa para dar un gran mordisco a la nectarina y luego besar su crucifijo—. La fianza se fija en un melón y dos naranjas enanas.

NEGRITUD EMPEDERNIDA

24

Como en todas las películas buenas de juicios —*Doce hombres sin piedad* y *Matar a un ruiseñor*—, esperaba que el aire acondicionado del Tribunal Supremo fuera una mierda. Los juicios de película siempre se celebran en lugares húmedos y en pleno verano, porque los libros de psicología aseguran que los crímenes aumentan con el calor. La gente pierde los estribos. Los testigos sudan, y abogados y fiscales empiezan a gritarse unos a otros. Los jurados se abanican, luego abren ventanas de cuatro paneles por las que escapar y respirar aire fresco. En esta época del año, aunque en Washington, D. C. hace bochorno, dentro del juzgado la temperatura es templada, casi fría, pero tengo que abrir una ventana de todos modos, para dejar salir todo el humo y cinco años de frustración por el sistema judicial.

—¡No aguantas la hierba! —le grito a Fred Manne, el extraordinario dibujante y cinéfilo del tribunal.

Nos encontramos en mitad de la pausa para cenar, en lo que viene siendo el caso más largo de la historia del Tribunal Supremo. Estamos sentados en una antecámara anónima matando el tiempo, nos pasamos el canuto y destrozamos la escena crucial de *Algunos hombres buenos*, que, aunque no es una gran película, se salva por el desprecio que demuestra Jack Nicholson por los actores y el guion, y por la forma en que pronuncia el último monólogo:

—¿Ordenó usted el Código Rojo?

—Podría ser. Ahora mismo llevo un ciego...

—¿Ordenó usted el Código Rojo?

—¡Pues claro que sí, joder! Y volvería a hacerlo, porque esta hierba es increíble —Fred pierde el hilo—. ¿Cómo se llama? —se refiere al canuto que tiene en la mano.

—Aún no le he puesto nombre, pero Código Rojo suena bastante bien.

Fred ha dibujado todos los casos importantes: el matrimonio entre personas del mismo sexo, el final de la Ley de Derechos Electorales y la desaparición de la discriminación positiva en la educación superior y, por ende, en todas partes. Dice que, en sus treinta años de ejercicio en este tribunal, es la primera vez que se aplaza la sesión para cenar. La primera vez que ha visto a los jueces alzar la voz y mirarse mal unos a otros. Me muestra el esbozo de la sesión de hoy. En él, un juez católico conservador ataca a un juez católico progresista del Bronx haciéndole un subrepticio rasguño en la mejilla.

—¿Qué significa *coño*?

—¿Qué?

—Es lo que susurró antes de decir: «¡Chupa mi verga, cabrón!».

Mi retrato con lápices de colores es horrible. Estoy en la esquina inferior izquierda del dibujo. No puedo decir nada de que el tribunal consienta el gasto corporativo no regulado en campañas electorales ni la quema de la bandera americana, pero la mejor decisión que ha tomado nunca fue la de prohibir el uso de cámaras de fotos en la sala, porque, al parecer, soy un hijo de puta muy feo. De mi cabeza calva, con forma de monte Fuji, sobresalen como anemómetros carnosos una nariz bulbosa y unas orejas gigantescas. Sonrío, sí, pero tengo los dientes amarillos y miro a la joven jueza judía como si viera a través de su toga. Fred comenta que si no permiten cámaras en el tribunal no es por mantener el decoro ni la dignidad. Es para evitar que el país vea qué hay debajo de Plymouth Rock. Porque el Tribunal Supremo es donde el país se saca la polla y las tetas, y decide a quién se va a follar y quién va a probar la leche materna. Lo de aquí dentro es pornografía constitucional, ¿y qué dijo el juez Potter sobre la obscenidad? «La reconozco en cuanto la veo.»

—Fred, ¿crees que podrías recortarme un poco los incisivos al menos? Parezco el maldito Blackula.

—*Blackula*. Película infravalorada.

Fred suelta la lámina del dibujo de su soporte y usa el clip de metal como pinza improvisada para asir la colilla del porro y acabárselo de una gloriosa calada. Cuando tiene los ojos y las fosas nasales cerrados, le pregunto si me presta un lápiz. Asiente con la cabeza y aprovecho para quitarle todos los lápices marrones del bonito estuche. Porque no me da la puta gana de pasar a la historia como el litigante más cutre en la historia del Tribunal Supremo.

Durante las clases de Ciencias Sociales, que papá denominaba «Medios y arbitrios del infatigable pueblo blanco», mi padre me advertía de que no debía escuchar rap ni blues con desconocidos caucásicos. Y, a medida que me hacía mayor, me sermoneaba para que tampoco jugase al Monopoly con ellos, me bebiera más de dos cervezas o fumara hierba en su compañía, pues tales actividades pueden producir una falsa sensación de familiaridad. Y nada, ni siquiera un gato selvático hambriento ni una lancha africana tienen más peligro que un blanco que se cree en terreno familiar. Y cuando Fred regresa después de exhalar una enorme nube de humo a la noche de Washington, tiene ese brillo en los ojos de tío-soy-tu-hermano-del-alma.

—Déjame decirte algo, colega. Por aquí he visto pasar de todo. Detención discriminatoria, matrimonio interracial, incitación al odio y discriminaciones por raza, ¿y sabes cuál es la diferencia entre mi gente y la tuya? Todos queremos sentarnos a la mesa, por así decirlo, pero, una vez que estáis dentro, vosotros, hijos de puta, nunca tenéis un plan de huida. ¿Nosotros? Estamos preparados para ahuecar el ala en cualquier momento. Yo no entro en un restaurante, una bolera o una orgía sin preguntarme: vale, si eligen este momento para venir a buscarme, ¿cómo hostias voy a salir de aquí? Nos costó una generación entera, pero aprendimos la puta lección. Os dijeron: «Se acabaron las clases, no hay nada más que aprender», y fuisteis tan necios que os lo creísteis. Piénsalo, si las malditas tropas de asalto llamaran a la puerta ahora mismo, ¿qué harías? ¿Cuál es tu estrategia de salida?

Llaman a la puerta. Es una alguacil, está tragándose el último bocado de un rollo de sushi de atún picante prefabricado. Quiere saber por qué tengo una pierna colgando por la ventana. Fred se limita a menear la cabeza. Miro hacia abajo. Incluso si lograra sobrevivir a la caída de tres pisos, quedaría atrapado en un patio de mármol muy hortera. Emparedado por diez metros de pretenciosa arquitectura colonial. Rodeado de cabezas de león, tallos de bambú, orquídeas rojas y una fuente limosa. Al salir, Fred señala una pequeña puerta lateral tamaño hobbit, oculta tras una maceta, que imagino que conduce a la Tierra Prometida.

Vuelvo a entrar en la sala del tribunal y veo que me ha robado el asiento un chico blanco de una palidez descabellada. Es como si el tipo hubiera esperado hasta el cuarto periodo de un partido de baloncesto para bajar de las gradas, pasar por delante de los porteros y sentarse a pie de cancha, en una silla desocupada por algún fan que se ha largado antes de que acabe el encuentro para sortear el tráfico. Me recuerda un viejo chiste sobre los clientes blancos que al regresar a sus sitios se encuentran a unos «negratas en sus asientos» y juegan al palito más corto para decidir quién va a pedirles que muevan el culo.

—Ese es mi sitio, colega.

—¡Eh! Solo quería decirte que me siento como si mi constitucionalidad también estuviera siendo juzgada. Y que no parece que haya mucha gente animándote —hizo un gesto agitando unos pompones invisibles en el aire—. ¡Rica-roca! ¡Rica-roca! Sis. ¡Bum! ¡Ba!

—Te agradezco el apoyo. De verdad. Pero muévete.

Los jueces regresan a la sala en fila india. Nadie menciona a mi nuevo compañero de equipo. Ha sido un día muy largo. Ahora tienen bolsas bajo los ojos. Llevan las togas arrugadas y deslucidas. De hecho, da la impresión de que la del juez negro está manchada de salsa barbacoa. Las únicas dos personas en la sala que parecen descansadas son el jeffersoniano presidente del Tribunal Supremo y el guaperas de Hampton Fiske; ambos lucen en plena forma y no tienen un solo cabello fuera de lugar. Sin embargo, Hampton ha superado al presidente del Tribunal Supremo con un cambio de vestuario. Ahora va hecho un pincel con un mono verde de pata de elefante ceñido a la altura de las pelotas. Se recoloca el sombrero de fieltro, la capa y el bastón con empuñadura de marfil, se palpa la entrepierna y guarda silencio, pues el presidente quiere anunciar algo.

—Sé que ha sido un día duro. Sé que en esta cultura resulta especialmente complicado hablar de «raza» pues sentimos la necesidad de aplazar...

A mi lado, el chico blanco hace como que tose y dice «¡chorradas!», igual que en *Desmadre a la americana*. Le pregunto a ese hijo de puta fantasmal cómo se llama, porque uno debe saber a quién tiene en su trinchera.

—Adam Y_.

—Vale, tío.

Estoy muy colocado, pero no lo bastante para ignorar que «hablar de raza» es complicado porque es complicado hablarlo. También cuesta hablar del maltrato infantil en este país, pero, que yo sepa, de eso no se queja nadie. No se habla de ello y punto. ¿Y cuándo fue la última vez que ustedes entablaron una conversación tranquila y meditada sobre las satisfacciones del incesto consensuado? A veces nos enfrentamos a temas peliagudos, sí, pero creo que en general en este país se sabe hablar de raza y cuando la gente dice «¿por qué no podemos hablar con más claridad de las razas?», lo que realmente quiere decir es «¿por qué los negratas no podéis ser razonables?» o «¡jódete, blanco; si te dijera lo que de verdad me pasa por la cabeza, me pondrías de patitas en la calle mucho antes de lo que me despedirías si hablar de razas fuera algo sencillo». Y cuando decimos «raza», en el fondo queremos decir «negratas», porque, sea cual sea tu ideología, nadie parece tener el menor reparo en poner a parir a nativos americanos, latinos, asiáticos y a la nueva raza americana: las celebridades.

Los negros no hablan de raza. Ya nada se achaca al color de la piel. Todo son «circunstancias atenuantes». Los únicos que abordan con perspicacia y valor el tema de la «raza» son los blancos de mediana edad que tienen en un pedestal a los Kennedy y la Motown; los jóvenes blancos con una mentalidad abierta y un buen bagaje de lecturas, como el colega de mi lado con la camiseta teñida con la leyenda «Tíbet y Boba Fett libres»; unos cuantos periodistas independientes de Detroit, y los *hikikomori* estadounidenses que se sientan en sus sótanos tecleando respuestas meditadas y bien pensadas al interminable torrente de comentarios racistas online. Así que gracias a Dios por la MSNBC, Rick Rubin, el negro del *Atlantic*, la Universidad Brown y la preciosa jueza del Upper West Side del Tribunal Supremo de Justicia, quien, inclinándose fríamente ante su micrófono, ha formulado por fin la primera pregunta procedente en lo que va de juicio:

—Creo que ya hemos fijado el dilema legal, en cuanto a si una violación de la Ley de Derechos Civiles que dé como resultado el mismo logro que los estatutos antes mencionados pretendían conseguir, aunque no tuvieran éxito, supone de hecho un incumplimiento de dicho tratado de derechos civiles. Lo que no debemos dejar de recordar es que la doctrina de «separados, pero iguales» se desechó no por motivos morales, sino sobre la base de que este tribunal entendía que aquellos que están separados no pueden ser iguales. Llegados a este punto, como mínimo, este caso sugiere que evitemos hacer hincapié en si aquellos que están separados son o no son iguales, para preguntarnos ¿qué sucede si lo que se aborda aquí es un «separados y no exactamente iguales, pero infinitamente mejor que antes?». El caso «Yo contra los Estados Unidos de América» nos obliga a realizar un examen exhaustivo de qué significan para nosotros conceptos como «separado», «igual», «negro». Así que, dejándonos de rodeos, ¿qué queremos decir con «negro»?

Lo mejor de Hampton Fiske, aparte de que se niega a dejar morir la moda setentera, es que siempre está preparado. Primero se endereza las solapas que se asientan en lo alto de su pecho como el toldo de una tienda de campaña y luego se aclara la garganta; es un gesto resuelto, con el que sabe que logrará que algunas personas se pongan nerviosas. Y quiere a su público en tensión, porque así como mínimo estará atento.

—Entonces, ¿qué es la negritud, señoría? Buena pregunta. La misma que se hizo el inmortal autor francés Jean Genet después de que un actor le pidiera que escribiera una obra de teatro con un reparto totalmente negro, cuando se preguntó no solo «¿qué es exactamente un negro?», sino algo aún más fundamental: «En primer lugar, ¿cuál es su color?» —los ayudantes de Hampton tiran de unas cuerdas y las cortinas caen y oculta las ventanas mientras él se dirige al interruptor de la luz y deja la sala a oscuras—. Además de Genet, muchos raperos y pensadores negros han meditado sobre el tema. Un antiguo grupo de rap compuesto por cinco críos blancos petulantes conocidos como los Young Black Teenagers cantaba que «la negritud es un estado de ánimo». El padre de mi cliente, el estimado psicólogo afroamericano F. K. Yo (que el genial mamonazo descanse en paz), planteaba la hipótesis de que la identidad negra se forma por etapas. Según su teoría de la quintaesencia negra, la etapa I corresponde al «negro neófito». Aquí la persona negra existe en un estado de preconciencia. Y así como muchos niños temerían la oscuridad absoluta en la que nos hallamos inmersos ahora, el negro neófito teme su propia negritud.

Hampton chasquea los dedos y en las cuatro paredes de la sala se proyecta una foto gigante de Michael Jordan haciendo un mate para Nike, pero se ve rápidamente reemplazada por imágenes sucesivas de Colin Powell explicando su receta del óxido de uranio concentrado ante la Asamblea General de las Naciones Unidas, poco antes de la invasión de Irak, y de Condoleezza Rice mintiendo como una bellaca. Estos son los afroamericanos que ilustran dicha postura. Ejemplos de cómo el odio hacia ti mismo puede obligarte a anteponer la aceptación de los demás al amor propio y la moral. Ahora vemos imágenes de Cuba Gooding, Jr., de Coral de *The Real World* y de Morgan Freeman. Al hacer referencia a esos iconos pop ya olvidados, Hampton se está quedando un poco desfasado, pero sigue hablando:

—Él o ella quiere ser cualquier cosa menos negro. Tienen mala autoestima y una piel extremadamente ceniciente.

En las paredes destella una foto del juez negro fumándose un puro y embocando una bola de golf en un hoyo a tres metros y medio de distancia. Todos, incluso el propio juez negro, se ríen.

—Los negros de la etapa I ven reposiciones de *Friends* y pasan por alto el hecho de que cuando un blanco sale con una negra en una comedia televisiva, siempre es el más feo del grupo el que recibe un poco de amor por parte de las hermanas. Son el Turtle de *Entourage*, el Skreech de *Salvados por la campana*, el David Schwimmer de *Friends* y el George Costanza de *Seinfeld*.

El presidente del tribunal levanta la mano.

—Discúlpeme, señor Fiske, tengo una pregunta.

—¡Ahora no, capullo, que estoy en racha!

Y yo también. Saco la máquina de liar y, haciéndolo lo mejor que puedo a oscuras, lleno la bandeja de producto fresco. Podrán acusarme de desacato, de *le mépris*. No necesito que nadie me diga cuál es la etapa II de la negritud. Es «negro con ene mayúscula». Me sé esta mierda de memoria. Me la han metido en la cabeza desde que fui lo bastante mayor para jugar a «¿qué es lo que no cuadra?» y mi padre me hizo señalar al blanco simbólico de la foto de los Lakers. Mark Landsberger, ¿dónde estás cuando te necesito?

—La característica distintiva de la etapa II de la negritud —prosigue Fiske— es una mayor conciencia de raza. Ahora el tema de la raza sigue siendo algo imperioso, pero de forma positiva. La negritud se convierte en un componente esencial del entorno experiencial y conceptual. Se idealiza la negritud y se denigra la blancura. El rango de emociones abarca desde la amargura, la ira y la autodestrucción hasta oleadas de euforia pronegra e ideas de supremacía negra...

Para evitar que me pillen, meto la cabeza debajo de la mesa, pero el porro no acaba de tirar. No puedo dar ni una sola calada decente. Desde mi recién descubierto escondite, lucho por mantener la brasa ardiendo, mientras contemplo imágenes de Foy Cheshire, Jesse Jackson, Sojourner Truth, Moms Mabley, Kim Kardashian y mi padre. Nunca consigo esquivar del todo a mi padre. Tenía razón, no existe nada parecido al cierre. Puede que la hierba esté demasiado húmeda todavía. Puede que haya prensado demasiado el porro al liarlo. Puede que esto no sea hierba y estoy tan colocado que llevo los últimos cinco minutos intentando fumarme el dedo.

—La etapa III de la negritud corresponde al «transcendentalismo de raza». Una conciencia colectiva que lucha contra la opresión y busca la serenidad.

EL VENDIDO

A tomar por saco, me largo. Me doy el piro. Decido escabu-
llirme en silencio para no avergonzar a Hampton, que ha tra-
bajado como un campeón desde que aceptó defenderme en
este caso interminable.

—Ejemplos de negros en la etapa III son personajes como
Rosa Parks, Harriet Tubman, Toro Sentado, César Chávez e
Ichiro Suzuki.

En medio de la oscuridad, me cubro la cara y mi silueta se
recorta contra un fotograma de *Operación Dragón*, con Bruce
Lee repartiendo leña a diestro y siniestro. Gracias a Fred, el
artista del tribunal, tengo un plan de huida y me abro camino en la oscuridad.

—Los negros de la etapa III son la mujer de su izquierda, el
hombre de su derecha. Son personas que creen en la belleza
por amor a la belleza.

Como la mayoría de las ciudades, Washington, D. C. es mucho más bonita de noche. Pero mientras estoy en la escalinata del Tribunal Supremo haciéndome una pipa con una lata de
refresco, y contemplo la Casa Blanca iluminada como el escaparate de unos grandes almacenes, trato de adivinar qué es lo
que hace que la capital de nuestra nación sea distinta. El aluminio de una lata de Pepsi no es lo mejor para fumar hierba,
pero servirá. Echo el humo. Debería haber una etapa IV de la
identidad negra: la negritud empedernida. No estoy seguro de
qué es eso, pero, sea lo que sea, no vende. A simple vista, la
negritud empedernida conlleva una aparente falta de voluntad para alcanzar el éxito. Es Donald Goines, Chester Himes,
Abbey Lincoln, Marcus Garvey, Alfre Woodard y el actor negro
formal. Son los puros tiparillos, el mondongo y una noche en
la cárcel. Es el *crossover* en baloncesto y salir de casa en pan-
tuflas. Es usar expresiones como «visto que» o «cosas de esa
naturaleza». Son nuestras bonitas manos y nuestros pies de
mierda. La negritud empedernida es, simplemente, que nada

316

te importa un huevo. Clarence Cooper, Charlie Parker, Richard Pryor, Maya Deren, Sun Ra, Mizoguchi, Frida Kahlo, Godard en blanco y negro, Céline, Gong Li, David Hammons, Björk y el Wu-Tang Clan en cualquiera de sus permutaciones encapuchadas. La negritud empedernida es intentar colar ensayos como si fueran ficción. Es entender que no existen absolutos, excepto cuando existen. Es aceptar que la contradicción no es ni un pecado ni un crimen, sino una debilidad humana, como las puntas abiertas o el libertarianismo. La negritud empedernida significa acabar aceptando que todo es tan siniestro y tiene tan poco sentido que a veces es el nihilismo lo que hace que la vida merezca la pena.

Sentado aquí, en la escalinata del Tribunal Supremo, fumando marihuana bajo el lema JUSTICIA E IGUALDAD ANTE LA LEY, mirando las estrellas, por fin he descubierto qué es lo que no funciona en Washington, D. C. Es que todos los edificios son más o menos de la misma altura y no hay ningún *skyline*, salvo el obelisco del Monumento a Washington, que se alza hacia el cielo nocturno como si quisiera sacarle un dedo gigante al mundo.

25

Lo más gracioso es que, dependiendo de la decisión del Tribunal Supremo, mi fiesta de Bienvenido a Casa podría ser también mi fiesta de Vuelve Pronto del Trullo, por lo que la banderola que hay encima de la puerta de la cocina dice: CONSTITUCIONAL O INSTITUCIONAL: SE DECIDIRÁ. Marpessa no ha invitado a mucha gente, solo a algunos amigos y a los López, que viven al lado. Están todos en mi leonera viendo las películas perdidas de *La pandilla*, acurrucados alrededor de Hominy, el verdadero protagonista de la noche.

A Foy le han declarado inocente de intento de asesinato por enajenación mental transitoria, aunque yo he ganado la demanda civil que presenté contra él. No es que no fuera obvio, pero, como con la mayoría de los famosos en este país, los rumores sobre la fortuna de Foy Cheshire eran justo eso, rumores. Y después de vender el coche para pagar las costas del abogado, las únicas posesiones que tenía eran lo único que quería yo: las películas de *La pandilla*. Pertrechados con sandía, ginebra, limonada y un proyector de 16 mm, nos preparamos para una agradable velada de películas en blanco y negro de grano gordo, con un racismo del tipo «sí, *bwana*», tan antiguo que no se ve desde los días de *El nacimiento de una nación* o lo que sea que estén poniendo ahora mismo en ESPN. Al cabo de dos horas, nos preguntamos por qué se tomaría tantas molestias Foy. Aunque Hominy está embelesado al verse en la pantalla, el tesoro se compone principalmente de inéditos de *La pandilla* de la época de la Metro. A mediados de los cuarenta, la serie ya llevaba tiempo muerta y desprovista de ideas, pero estos cortos son especialmente malos. El elenco de pillos es el de los

últimos tiempos: Froggy, Mickey, Buckwheat, la poco conocida Janet y, por supuesto, Hominy en varios papeles menores.
Estos cortos de posguerra son muy serios. En «Nazi pasa con-
sulta», la Pandilla rastrea a un criminal de guerra alemán dis-
frazado de pediatra. Y a Herr Doktor Jones le delata su racismo cuando un febril Hominy llega para un chequeo y el doctor
le saluda con un sarcástico «veo que no te hicimos *kaput* durante la guerra, *nein*. Toma *tabletten* de arsénico y a verrr qué
podemos hacerrr contigo *jetzt, ja?*». En «Mariposa asocial»,
Hominy da un extraño salto a la fama. Lleva tanto tiempo dormido en el bosque que una mariposa monarca tiene tiempo de
sobra para tejer un capullo en su pelo enmarañado; entonces
Hominy se asusta y se quita el sombrero de paja para mostrarle su descubrimiento a la señorita Crabtree. Emocionada, ella
proclama que él tiene una «crisálida romboidea», que los co-
tillas de la Pandilla interpretan como «gonorrea», para acto
seguido tratar de ponerlo en cuarentena en una «casa de mala
refutación». Sin embargo, hay un par de joyas ocultas. En un
intento de resucitar la franquicia, estancada, el estudio pro-
dujo algunas reconstrucciones abreviadas de piezas teatrales
interpretadas por la Pandilla. Es una lástima que el mundo se
haya perdido a Buckwheat en el papel de Brutus Jones y a Froggy como el sombrío Smithers en *El emperador Jones*, de Euge-
ne O'Neill. Darla hace acto de presencia para brindar una actuación brillante como la testaruda protagonista de *Antígona*.
Alfalfa no resulta menos convincente en el papel de Leo en el
Paraíso perdido de Clifford Odets. Pero, en su mayor parte, los
archivos de Foy no contienen nada que nos aporte pistas de
por qué trató con tanto denuedo de evitar que el mundo viera
estas obras. Su racismo, como de costumbre, no tiene límites,
pero tampoco es más ponzoñoso que una excursión a la asamblea legislativa del estado de Arizona.

—¿Cuánto queda de película, Hominy?

—Unos quince minutos, amo.

Las palabras «Negrata en un montón de leña - Toma 1» destellan en la pantalla sobre una pila de leña . Pasan dos o tres segundos, y, ¡pam!, vemos una pequeña cabeza negra que sobresale con una amplia sonrisa de granuja.

—¡Aquí gente negra! —exclama antes de frotarse los ojos, grandes, adorables, de bebé de foca.

—Hominy, ¿eres tú?

—¡Ojalá lo fuera! ¡Ese chico es un actor nato!

De repente se oye al director fuera de pantalla gritando:

—Tenemos leña de sobra, pero necesitamos que seas más negrata. ¡Vamos, Foy, hazlo bien esta vez!

La Toma 2 no es menos espectacular, pero lo que sigue es una película de bajo presupuesto de unos diez minutos de duración cuyo título es «¡Magnates del petróleo!» y está protagonizada por Buckwheat, Hominy y un miembro hasta ahora desconocido de la Pandilla, un chiquitín acreditado como Little Foy Cheshire, alias Gente Negra; un clásico instantáneo y, por lo que sé, la última aportación de *La pandilla* al mundo.

—¡De esta me acuerdo! ¡Oh, Dios mío! ¡La recuerdo!

—Hominy, estate quieto.

En «¡Magnates del petróleo!», tras una reunión clandestina en un callejón con un vaquero que lleva un sombrero enorme y tiene chófer, se ve a nuestros chicos empujando una carretilla llena de dinero en efectivo por las seguras calles de Greenville. El trío de negratas, que ahora van vestidos con chaqués y sombreros de copa, invita a los otros miembros de la Pandilla a chucherías y sesiones de cine sin fin, lo que hace que sus compañeros empiecen a sospechar. También le regalan al pobre Mickey la costosa equipación de *catcher* que ha estado admirando en el escaparate de una tienda de artículos deportivos. Pero lo cierto es que a los miembros de la Pandilla no les convence la explicación que les da Buckwheat para su nueva riqueza:

—He encontrado un trébol de cuatro hojas y he ganado la lotería irlandesa.

De modo que la Pandilla sopesa varias teorías. Los chicos están metidos en timbas ilegales. Están apostando a los caballos. Ha muerto Hattie McDaniel y les ha dejado todo su dinero en testamento. Al final, la Pandilla amenaza con expulsar a Buckwheat si este no les dice de dónde viene el dinero. «Tenemos petróleo», les cuenta. Pero, como todavía albergan dudas y no han dado con ningún pozo de perforación, la Pandilla persigue a Hominy hasta un almacén escondido, donde descubren que esos viles morenitos han conectado vías intravenosas a todos los niños de Villanegrata y, a centavo el litro, llenan las latas de petróleo, negra gota a negra gota. Al final, Foy, en pañales, se vuelve a cámara y exclama «¡gente negra!» antes de que la escena se funda misericordiosamente en negro acompañada por la sintonía de *La pandilla*.

Al final es King Cuz quien rompe el silencio:

—Ahora sé por qué se volvió loco ese idiota de Foy. Yo también me volvería loco si tuviera algo así en la conciencia. Y eso que me gano la vida matando a hijoputas a tiros sin motivo.

A Stevie, un gánster duro e inclemente como el libre mercado, e insensible como un vulcano con síndrome de Asperger, le resbala una lágrima por la mejilla. Levanta la lata de cerveza hacia Hominy y propone un brindis:

—No estoy seguro de cómo decir esto, pero allá va: «Hominy, eres mejor hombre que yo». Juro que los Oscar deberían dar un premio honorífico a los actores negros, porque lo teníais muy difícil.

—Todo sigue igual —comenta Panache, que ni siquiera sabía que estaba aquí; supongo que acaba de regresar de un largo día en el set de *Hip-hop Cop*—. Sé por lo que has pasado, Hominy. A veces un director te dice: «Necesitamos que esta escena sea más negra. ¿La puedes ennegrecer?». Y entonces tú replicas:

«¡Vete a la mierda, hijoputa racista!». Y responden: «¡Justo eso! ¡No pierdas la intensidad!».

Néstor López se levanta de golpe, balanceándose por culpa del vodka y la maría.

—Por lo menos Hollywood os ha dado un lugar en la historia. ¿Qué tenemos nosotros? Speedy Gonzales, una mujer con plátanos en la cabeza, ese «Nosotros no tenemos insignias, ¡no las necesitamos!» de *El tesoro de Sierra Madre* y algunas películas carcelarias!

—¡Pero son grandes películas carcelarias, tío!

—Por lo menos había negros en *La pandilla*. ¿Por qué no hubo ningún miembro llamado Chorizo o Bok Choy?

Aunque Néstor tiene razón, porque jamás hubo ningún miembro llamado Chorizo, me callo que sí hubo dos asiáticos llamados Sing Joy y Edward Soo Hoo, dos miembros de *La pandilla* que, aunque no fueron precisamente estrellas, tuvieron una carrera profesional más exitosa que la de muchos otros mocosos que los estudios pusieron ante a las cámaras. Me dirijo hacia el granero para echarle un vistazo a mis ovejas suecas, recién adquiridas. Las crías de roslag están acurrucadas bajo el caqui; es su primera noche en el gueto y tienen miedo de que las ataquen las cabras y los cerdos. Un cordero tiene la lana blanca y desaliñada; el otro es de un grisáceo moteado. Ambos están temblando. Los abrazo, les doy besos en los hocicos.

No había advertido que Hominy estaba a mi espalda, de pie y, culo veo, culo quiero, me planta un beso con esos labios hepáticos y agrietados en toda la boca.

—¿Qué cojones haces, Hominy?

—Lo dejo.

—¿Que dejas qué?

—La esclavitud. Hablaremos de las indemnizaciones por la mañana.

Los corderillos siguen temblando de miedo.

—*Vara modig* —les susurro en sus temblorosas orejas. No sé qué significa, pero, según el folleto, debo repetírselo al menos tres veces al día durante la primera semana. No debería haberlos comprado, pero estaban en peligro y un viejo profesor de agricultura me vio en las noticias y pensó que sería un buen cuidador. Lo cierto es que también tengo miedo. ¿Qué pasa si voy a la cárcel? ¿Quién va a cuidar de ellos, entonces? Incluso si no me inculpan por violar las enmiendas primera, decimotercera y decimocuarta, se habla de que el Tribunal Penal Internacional podría juzgarme por *apartheid*. No han procesado a un solo sudafricano por el *apartheid*, ¿y van a meterse conmigo, con un inofensivo afroamericano de South Central? *Amandla awethu!*

—¡Entra cuando termines! —me grita Marpessa desde el dormitorio.

Hay un tono de urgencia en su voz. Sé que «cuando termines» quiere decir ahora mismo; les daré el biberón más tarde. Ya ha empezado *Eyewitness News*. Mi novia desde hace cinco años está tumbada boca abajo en la cama, con su bonita cabeza entre las manos, viendo el pronóstico del tiempo en el televisor de encima de la cómoda. Charisma está sentada a su lado. Está apoyada contra el cabecero de la cama, lleva medias y tiene las piernas cruzadas y los pies apoyados en el culo de Marpessa. Encuentro el poco espacio que queda libre sobre el colchón y me subo a mi sueño de *ménage à trois*.

—Marpessa, ¿y si tengo que ir a la cárcel?

—Cállate y mira la tele.

«Durante el juicio, Hampton ofreció un argumento de peso al aseverar que, si la "servidumbre" de Hominy era equivalente a la esclavitud humana, entonces más les valía a las grandes corporaciones americanas estar listas para enfrentarse a una demanda colectiva infernal, presentada por generaciones de becarios sin remuneración alguna.»

323

—¿Te quieres callar? ¡Te lo vas a perder!

—Pero ¿qué pasa si voy a la cárcel?

—Entonces tendré que buscarme a otro negrata con el que fornicar sin gracia.

Los demás asistentes de la fiesta están apiñados alrededor de la puerta del dormitorio. Pendientes de la tele. Marpessa se inclina hacia atrás, me agarra por la barbilla y me obliga a mirar la pantalla.

—Observa esto.

La meteoróloga Chantal Mattingly agita las manos sobre la región de Los Ángeles. Hace calor.

«La humedad avanza desde el sur. El aviso por altas temperaturas sigue vigente en el Valle de Santa Clarita y los valles interiores del condado de Ventura. En otras zonas se esperan temperaturas propias de esta época con bajada hasta aproximadamente la medianoche. En su mayor parte, los cielos estarán despejados y, en ocasiones, parcialmente nubosos, y las temperaturas serán moderadas a lo largo de la costa de Santa Bárbara y el condado de Orange, aunque en el interior pueden ser mucho más cálidas. Ahora vayamos a los pronósticos locales. No se espera ningún cambio importante desde ahora hasta la madrugada...»

Siempre me han gustado los mapas meteorológicos. A medida que el pronóstico avanza hacia el sur y hacia el interior, el efecto tridimensional del mapa topográfico de la costa gira y se mueve creando un efecto agradable. Y esas gradaciones de color entre las cordilleras y los llanos nunca dejan de impresionarme.

«Temperaturas actuales: Palmdale 39,5 °C / 31 °C. Oxnard 25 °C / 21 °C. Santa Clarita 42,2 °C / 41,6 °C. Thousand Oaks 25 °C / 20,5 °C. Santa Mónica 25,5 °C / 19 °C. Van Nuys 40,5 °C / 27,5 °C. Glendale 35 °C / 25,5 °C. Dickens 31 °C / 25 °C. Long Beach 27,5 °C / 24,5 °C...»

—Espera, ¿ha dicho Dickens?

Marpessa se ríe como una loca. Paso junto a los colegas y los críos de Marpessa, cuyos nombres me niego a pronunciar. Salgo a la calle a todo correr. La rana termómetro que cuelga del porche trasero dice que estamos exactamente a 31 °C. No puedo dejar de llorar. Dickens vuelve a estar en el mapa.

26

En una ocasión, en el aniversario de la muerte de mi padre, Marpessa y yo bajamos al Dum Dum Donuts para la noche de micrófono abierto. Nos sentamos donde siempre, alejados del escenario, cerca de los lavabos y del extintor, bañados por la brumosa luz roja de la señal de salida de emergencia. Le señalé las otras salidas, por si acaso.

—¿Por si acaso qué? ¿Por si, por arte de magia, alguien cuenta un chiste divertido y tenemos que salir a desenterrar a Richard Pryor y a Dave Chappelle y asegurarnos de que sus cadáveres siguen en el puto suelo y no es la Pascua negra? Estos putos cómicos micronegros de hoy en día no tienen ni puta gracia. Hay una razón por la que no hay equivalentes negros para gente como Jonathan Winters, John Candy, W. C. Fields, John Belushi, Jackie Gleason o Roseanne Barr: porque, en este país, una persona negra verdaderamente divertida iba a acojonar a todo dios.

—Tampoco quedan cómicos blancos y gordos. Y Dave Chappelle no está muerto.

—Piensa lo que quieras sobre Dave. Pero ese negrata está muerto. Tuvieron que matarlo.

Una vez hubo alguien que me hizo reír en el club. Mi padre y yo habíamos ido juntos, y un negro fornido, el nuevo presentador, saltó al escenario. Era negro como los recibos de la luz sin pagar, y parecía una rana toro desquiciada. Los ojos le sobresalían como si estuvieran tratando de escapar de la locura mental que había en él. Y, ahora que lo pienso, también estaba gordo. Estábamos sentados en nuestro lugar de siempre. Por lo general, salvo cuando mi padre subía al escenario, yo solía leer un libro y pasar de los chistes sexuales y los de blancos y negros como si fueran ruido de fondo. Pero el hombre rana abrió con un chiste que hizo que se me saltaran las lágrimas de la risa:

—Tu vieja lleva mucho tiempo cobrando el subsidio —bramó sosteniendo el micrófono plateado como si no lo necesitara y lo tuviera allí solo porque se lo habían dado—. De hecho, tu vieja lleva tanto tiempo cobrando el subsidio que han puesto su cara en los cupones de comida.

Alguien capaz de hacerme despegar la nariz de las páginas de *Catch-22* tenía que ser divertido. Después de eso fui yo quien arrastraba a papá a las veladas de micro abierto. Si queríamos nuestros asientos habituales, teníamos que llegar cada vez más temprano, porque por todo el Los Ángeles negro había corrido la voz de que el presentador de nuestras noches de micrófono abierto era un hijo de puta gracioso. La tienda de donuts se llenaba de negros que se partían el pecho de risa desde las ocho de la tarde en adelante.

Este bufón de juzgado de guardia hacía algo más que contar chistes: te arrancaba el subconsciente y te zurraba con él, pero no hasta que quedaras irreconocible, sino hasta que fueras reconocible. Una noche, una pareja de blancos entró en el club dos horas después de que se abrieran las puertas, se sentaron delante y en el centro, y se unieron a la juerga. A veces se desternillaban. A veces se reían como si supieran de qué iba el chiste, como si hubieran sido negros toda la vida. No sé qué le llamó la atención de ellos, a él, con su cabeza perfectamente esférica empapada en sudor. Tal vez esas carcajadas en un tono demasiado agudo. El que dijeran «je, je» cuando deberían haber dicho «ja, ja». Tal vez se encontraban demasiado cerca del escenario. Tal vez aquello nunca habría pasado si los blancos no necesitaran sentarse siempre justo en medio de todo.

—¿De qué pollas os estáis riendo, blanquitos? —gritó.

El público se descojonó. La pareja blanca también se desternillaba dando golpes en la mesa, encantada de acaparar la atención, feliz de ser aceptada.

—¡Lo digo en serio! ¿De qué cojones os reís, putos entrometidos de mierda? ¡Salid de aquí echando hostias!

No hay nada gracioso en una risa nerviosa. Esa tensión forzada con que atraviesa una sala, ganando y perdiendo intensidad como el jazz malo de un mal combo a la hora del *brunch*. Los negros y las latinas de la mesa redonda que habían salido aquella noche de juerga sabían que debían dejar de reír. La pareja de blancos, no. Los demás bebimos en silencio nuestras latas de cerveza y nuestros refrescos, decididos a mantenernos al margen. Los blancos se reían solos, porque aquello tenía que ser parte del espectáculo, ¿no?

—Tíos, ¿creéis que me estoy quedando con vosotros? Esta mierda no es para vosotros. ¿Vale? ¡Largaos de aquí! ¡Esto es nuestro!

Nadie se reía. Solo había un ruego, una súplica, miradas no correspondidas pidiendo ayuda y el suave chirrido de dos sillas que se alejaban, lo más silenciosamente posible, de la mesa. Una ráfaga de aire frío en pleno diciembre y los sonidos de la calle. El encargado del turno de noche que cerró las puertas cuando salieron, barriendo cualquier prueba de que la gente blanca había estado alguna vez allí, salvo por un pedido mínimo de dos bebidas y tres donuts.

—Vale, ¿dónde cojones estaba antes de que me interrumpieran con tan malos modos? Ah, sí, tu vieja, esa calva...

Cuando pienso en aquella noche, en aquel cómico negro expulsando a la pareja de blancos a la noche oscura, con el rabo y sus soñadas historias entre las piernas, no pienso en si estuvo bien o mal. No; cuando mis pensamientos regresan a aquella noche, pienso en mi propio silencio. El silencio puede ser de censura o consentimiento, pero la mayoría de las veces es solo de miedo. Supongo que es por eso que parezco tan tranquilo y se me da tan bien susurrar, a negratas y en otros contextos. Es porque siempre tengo miedo. Miedo de lo que podría decir. De todas las promesas y amenazas que podría hacer y luego tendría que cumplir. Eso es lo que me gustaba de aquel hombre, aunque no coincidía con él cuando dijo: «Largaos de aquí. ¡Esto es nuestro!». Me parecía razonable que a él se la sudara, pero hubiera preferido no estar tan asustado, haberme atrevido a protestar. No para censurar lo que hizo ni para proteger a los blancos agraviados. Después de todo, ellos podrían haberse defendido, podrían haber acudido a las autoridades o a su Dios y haber puesto a todo el mundo en su lugar... Es solo que me habría gustado enfrentarme a aquel hombre y haberle hecho una pregunta:

—Vale, ¿qué es exactamente «lo nuestro»?

CIERRE

Recuerdo que, el día después de que el negro saliera elegido presidente, Foy Cheshire, más chulo que un ocho, recorrió la ciudad en su cupé, tocando el claxon y enarbolando una bandera americana. No fue el único que lo celebró; Dickens no se alegró tanto como cuando absolvieron a O. J. Simpson ni cuando los Lakers ganaron la liga en 2002, pero poco faltó. Foy pasó por delante de mi casa y me vio sentado en la puerta pelando maíz.

—¿Por qué llevas esa bandera? —le pregunté—. ¿Por qué ahora? Nunca lo habías hecho.

Dijo que el país, los Estados Unidos de América, por fin había saldado sus deudas. Eso pensaba.

—¿Y qué hay de los nativos americanos? ¿Qué pasa con los chinos, los japoneses, los mexicanos, los pobres, los bosques, el agua, el aire y el puto cóndor de California? ¿Cuándo recibirán ellos su compensación? —le pregunté.

Él se limitó a sacudir la cabeza. Dijo algo sobre cómo mi padre se avergonzaría de mí y añadió que yo nunca lo entendería. Tiene razón: nunca lo entenderé.

AGRADECIMIENTOS

Gracias a Sarah Chalfant, Jin Auh y Colin Dickerman. Y gracias también de todo corazón a Kemi Ilesanmi y a Creative Capital. Este libro no habría existido sin vuestro apoyo. Un fuerte abrazo a Lou Asekoff, Sheila Maldonado y Lydia Offord. Y un saludo a la familia: mamá, Anna, Sharon y Ainka. Tenéis todo mi amor. Asimismo, brindo a William E. Cross, Jr. todo mi respeto, aprecio e inspiración por su innovadora obra sobre el desarrollo de la identidad negra y, en especial, por su ensayo «The Negro-to-Black Conversion Experience», aparecido en *Black World*, número 20 (julio de 1971), que leí en la facultad y que me ha acompañado desde entonces.

ÍNDICE

· ALIOS · VIDI ·
· VENTOS · ALIASQVE ·
· PROCELLAS ·

© Paul Beatty, 2015
© Traducción: Íñigo García Ureta
Revisión: Andrea M. Cusset
© Malpaso Ediciones, S. L. U.
Gran Via de les Corts Catalanes, 657, entresuelo
08010 Barcelona
www.malpasoed.com

Título original: *The Sellout*
ISBN: 978-84-16665-69-3
Depósito legal: B-8346-2017
Primera edición: mayo de 2017

Impresión: Cayfosa
Diseño de interiores y maquetación: Sergi Gòdia
Imagen de cubierta: © Matt Buck